카프카의
문장들

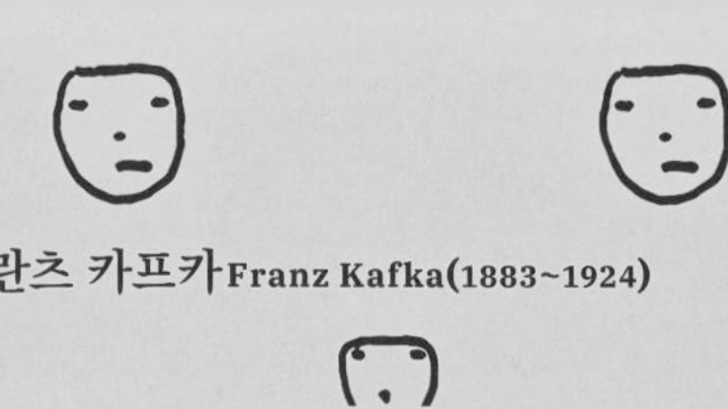

프란츠 카프카 Franz Kafka(1883~1924)

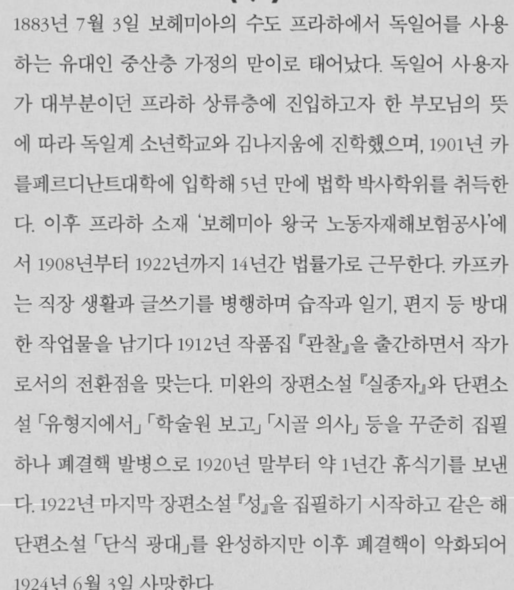

1883년 7월 3일 보헤미아의 수도 프라하에서 독일어를 사용하는 유대인 중산층 가정의 맏이로 태어났다. 독일어 사용자가 대부분이던 프라하 상류층에 진입하고자 한 부모님의 뜻에 따라 독일계 소년학교와 김나지움에 진학했으며, 1901년 카를페르디난트대학에 입학해 5년 만에 법학 박사학위를 취득한다. 이후 프라하 소재 '보헤미아 왕국 노동자재해보험공사'에서 1908년부터 1922년까지 14년간 법률가로 근무한다. 카프카는 직장 생활과 글쓰기를 병행하며 습작과 일기, 편지 등 방대한 작업물을 남기다 1912년 작품집『관찰』을 출간하면서 작가로서의 전환점을 맞는다. 미완의 장편소설『실종자』와 단편소설「유형지에서」「학술원 보고」「시골 의사」등을 꾸준히 집필하나 폐결핵 발병으로 1920년 말부터 약 1년간 휴식기를 보낸다. 1922년 마지막 장편소설『성』을 집필하기 시작하고 같은 해 단편소설「단식 광대」를 완성하지만 이후 폐결핵이 악화되어 1924년 6월 3일 사망한다.

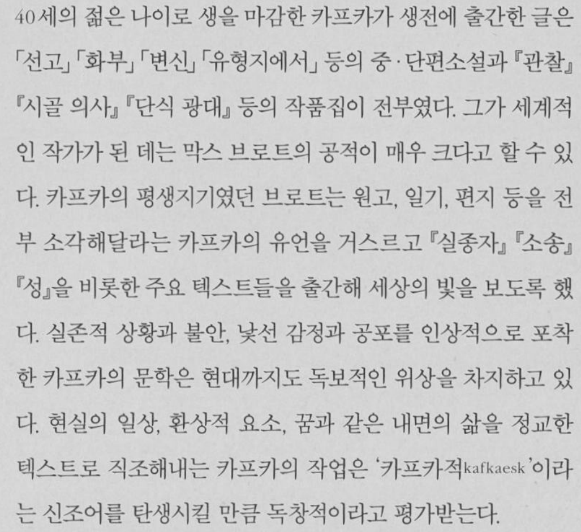

40세의 젊은 나이로 생을 마감한 카프카가 생전에 출간한 글은「선고」「화부」「변신」「유형지에서」등의 중·단편소설과『관찰』『시골 의사』『단식 광대』등의 작품집이 전부였다. 그가 세계적인 작가가 된 데는 막스 브로트의 공적이 매우 크다고 할 수 있다. 카프카의 평생지기였던 브로트는 원고, 일기, 편지 등을 전부 소각해달라는 카프카의 유언을 거스르고『실종자』『소송』『성』을 비롯한 주요 텍스트들을 출간해 세상의 빛을 보도록 했다. 실존적 상황과 불안, 낯선 감정과 공포를 인상적으로 포착한 카프카의 문학은 현대까지도 독보적인 위상을 차지하고 있다. 현실의 일상, 환상적 요소, 꿈과 같은 내면의 삶을 정교한 텍스트로 직조해내는 카프카의 작업은 '카프카적kafkaesk'이라는 신조어를 탄생시킬 만큼 독창적이라고 평가받는다.

카프카의 문장들

프란츠 카프카

권혁준
엮고 옮김

마음산책

엮고 옮긴이 | **권혁준**

서울대학교와 동 대학원에서 독일 문학을 전공하고, 쾰른대학교에서 프란츠 카프카 연구로 문학 박사학위를 받았다. 한국카프카학회 회장을 역임했으며, 현재 인천대학교 독어독문학과 명예교수로 재직 중이다. 옮긴 책으로『다섯 번째 여자』『소송』『모래 사나이』『베를린 알렉산더 광장』『카프카 단편집』『성』『싯다르타』『황야의 이리』『밤 풍경』등이 있다.

카프카의 문장들

1판 1쇄 인쇄 2026년 3월 25일
1판 1쇄 발행 2026년 3월 30일

지은이   프란츠 카프카
엮고 옮긴이 권혁준
펴낸이   정은숙
펴낸곳   마음산책

담당 편집   황서영
담당 디자인 오세라
담당 마케팅 권혁준·조은현
경영지원   박지혜

등록   2000년 7월 28일(제2000-000237호)
주소   (우 04043) 서울시 마포구 잔다리로3안길 20
전화   대표 362-1452 편집 362-1451 팩스 362-1455
홈페이지   www.maumsan.com
블로그   blog.naver.com/maumsanchaek
엑스   x.com/maumsanchaek
페이스북   facebook.com/maumsan
인스타그램 . instagram.com/maumsanchaek
전자우편   maum@maumsan.com

ISBN   978-89-6090-983-0 03850

• 책값은 뒤표지에 있습니다.

악은 선에 대해 알고 있지만,

선은 악에 대해 알지 못한다.

프란츠 카프카(1883~1924)

차례

프란츠 카프카의 생애와 작품

카프카와 현대문학

20세기 독일어권의 대표적인 작가인 프란츠 카프카는 현대문학을 내용적인 면과 형식적인 면에서 누구보다 혁신한 인물로 평가받는다. 그의 작품에는 방향을 상실한 현대인의 정신적 노숙 상황, 특히 익명의 힘들이 지배하는 복잡다단한 사회에서 개인이 느끼는 무력감과 소외가 예리하면서도 파격적인 문체로 묘사된다. '소외'라는 문제는 카프카의 작품 전체를 관류하는 중심적인 주제이다.

비교적 젊은 나이에 생을 마감한 카프카가 생전에 탈고하여 출간한 글은 「선고」 「화부」 「변신」 「유형지에서」 등의 중·단편소설과 『관찰』 『시골 의사』(작고 직전까지 교정을 보고 사후 2개월 만에 출간된) 『단식 광대』 등의 작품집이 전부였다. 이러한 그가 세계적인 작가로서의 문명文名을 얻게 된 것은 막스 브로트의 공적이 매우 크다고 할 수 있다. 카프카의 평생지기였던 그는 카프카가 생전에 작품을 출판할 수 있도록 물심양면으로 도와주었을 뿐만 아니라 자신의 원고, 일기, 편지 등을 전부 소각해달라는 친구의 유언을 거스르면서 카프카

문학의 근간이 되는 세 편의 장편소설, 즉『실종자』『소송』
『성』그리고 여타 중요한 텍스트를 카프카 사후에 출간해
세상의 빛을 볼 수 있도록 했다.

카프카의 문학은 제2차 세계대전이 끝나고 사르트르,
카뮈와 같은 실존주의 작가들에 의해 본격적으로
재발굴되었다. 이후 카프카는 세계문학계가 꾸준히
관심을 갖는 작가로 자리 잡았으며, 타계한 지 어느덧
백여 년이 지난 현재도 가장 논쟁적인 작가로 남아 있다.
'카프카적kafkaesk'이라는 신조어가 만들어질 정도로 독특한
세계와 이야기를 전개해나가면서 독창적인 서사 기법과
혁신적인 양식을 보여주는 카프카 문학은 현대문학에서
독보적인 위상을 차지한다. 이는 현실의 일상, 환상적 요소,
꿈과 같은 내면의 삶을 정교한 텍스트로 직조해내면서
현대인이 처한 실존적 상황과 불안, 낯선 감정과 공포를
인상적으로 포착한 덕분이다.

20세기의 새로운 '환상성'이라고 불릴 수 있는 이러한
성격 때문에 카프카의 텍스트는 (철학자 아도르노가 지적한
것처럼) 문장 하나하나가 '나를 해석해보라'*고 독자를
자극하면서도, 일의적인 해석을 거부하며 독자의 접근을

---

*   "각각의 문장은 '나를 해석하라'고 말하는 듯하지만 어느 문장도 해석을 허락하지 않으려 한다. 각각의 문장은 '사실이 그렇다'는 반응과 더불어 '그것을 나는 어디서 알게 되었는가' 하는 질문을 강요한다."—테오도어 W. 아도르노, 『프리즘』, 홍승용 옮김, 문학동네, 293쪽에서 재인용.

쉽게 허용하지 않는다. 독자는 환상적이고 초월적인
요소들과 현실이 뒤섞여 있는 텍스트를 읽으면서 마치
꿈의 세계나 미로를 헤매는 듯한 착각을 하기도 한다.
이렇듯 난해하다고 평가받기도 하는 카프카의 텍스트가
계속해서 연구되고 읽히는 이유는 그 '난해함' 속에 잠재된
'다층성'에서 찾을 수 있다. 종종 독자에게 수수께끼처럼
다가오는 그 다층성 덕분에 카프카의 작품들은 읽는
관점에 따라 다양한 해석이 가능하기 때문이다. 따라서
카프카의 문학이 정신분석학, 해석학, 구조주의, 표현주의,
실존주의, 전기적 배경, 가족 간 권력관계, 시오니즘 등
다양한 맥락에서 연구되는 것은 당연한 귀결이라고 할
수 있다. 어떤 관심에서 출발하느냐에 따라 카프카는
"키르케고르처럼 철학하는 인물, 헤겔처럼 사고하는
인물, 청년 시절의 마르크스처럼 소외를 서술하는 인물,
프로이트처럼 오이디푸스콤플렉스를 정신분석하는 인물,
푸코처럼 권력의 작동 메커니즘을 통찰하는 인물 혹은
데리다처럼 형이상학적 의미를 해체하는 인물"* 등으로
읽힐 수 있다. 카프카의 텍스트가 자신이 속했던 시대의
예술 추세(모더니즘)를 넘어서 20세기 후반부터 활발하게
논의되어온 포스트모더니즘에서도 핵심적인 역할을 한
것 또한 카프카의 작품이 갖는 의미의 불확정성과 개방성

---

*   Thomas Anz, *Franz Kafka*, München, 1980.

덕분이라고 할 수 있다.

경계인 카프카: 프라하 출신의 유대계 작가

프란츠 카프카는 1883년 7월 3일 프라하에서 독일어를
사용하는 유대계 중산층 가정의 맏이로 태어났다. 그는
프라하의 독일계 대학(카를페르디난트대학)에서 법학을
전공한 후, 1908년부터 프라하 소재 '보헤미아 왕국
노동자재해보험공사'에서 법률가로 직장 생활을 시작했다.
폐결핵에 걸려 1922년 여름 조기퇴직할 때까지 그곳에서
14년 동안 근무했으며, 1924년 6월 3일 오스트리아 빈
교외(키얼링)의 호프만 요양소에서 마흔 살의 나이로 생애를
마쳤다.

카프카의 삶에는 세 차례에 걸친 약혼과 파혼이 있었는데,
이 중 두 차례(1914년, 1917년)의 상대는 펠리체 바우어였고,
다른 한 번(1919년)은 율리 보리체크였다. 다른 여인과의
관계, 예를 들면 밀레나 예젠스카와의 교제(1920~1922년),
그리고 병세가 악화 일로에 있었던 말년의 도라
디아만트와의 행복했던 결합(1923~1924년) 등 서너 번의
연애 사건을 제외하면 외면상 큰 굴곡이 없는 삶을 살았다.
하지만 내면적으로는 불안과 갈등, 주저함으로 점철된
고뇌의 삶이었다.

단편 「시골 의사」에서 나오는 '상처'라는 표현이 암시하듯이, 카프카는 줄곧 경계인 내지는 이방인으로서의 상처를 안고 살았다. 삶의 대부분을 프라하에서 보낸 그에게 이 상처는 태생적인 것으로, 독일어를 사용하는 유대계 집안에서 태어나면서부터 생겨났다고 볼 수 있다. 당시 프라하(현재 체코의 수도)는 오스트리아-헝가리 이중제국에 속했던 보헤미아 지방의 수도였다. 카프카가 태어난 시기에, 프라하 주민의 다수는 체코어를 사용했고, 독일어를 쓰는 인구는 전체 주민의 7.5퍼센트에 불과했다. 물론 보헤미아계 독일인 주축의 독일어 사용자들은 대학, 음악당, 다수의 김나지움과 학교 그리고 강력한 언론을 소유했을 뿐만 아니라 프라하 사회에서 명실상부한 상층부였다. 하지만 카프카는 독일어 사용자 그룹 안에서도 유대인이라는 소수에 속했으므로 주류 독일인이나 기독교 세계에 동질감 내지는 소속감을 느끼기 어려웠다. 카프카는 체코어에도 능통했지만, 독일어 사용자 그룹이었던 탓에 체코인 사이에서도 소외감을 느낄 수밖에 없었다. 그는 프라하가 배출한 뛰어난 작가였으나 정작 고향 도시에 애착을 느끼기보다는 언제나 그곳을 벗어나기를 소망했다. 아울러 그는 보헤미아 지방 태생으로 오스트리아의 중심에도 속하지 않았다.* 이렇듯

---

*　카프카의 공식 국적은 처음에는 오스트리아-헝가리 이중제국의 신민으로 오스트리아였고, 제1차 세계대전이 끝나 제국이 해체된 후 체코슬로바키아공화국이 탄생한 1918년부터 마지막 약 5년 반은 체코슬로바키아공화국이었다.

카프카는 어디에도 소속되지 못한 '이방인'의 실존을 깊이 경험한 작가이고, 이러한 삶의 체험은 그의 작품의 근간을 형성한다.

한편 카프카는 유대인 혈통이었지만, 그렇다고 전통적인 유대 문화에 제대로 뿌리박힌 삶을 산 것도 아니었다. 당시 보헤미아 지역 유대인들은 자신이 처한 여러 불리한 상황에서 벗어나기 위한 자구책으로 서구 사회에 동화되고자 했다. 카프카 역시 서구 사회에서의 물질적인 성공과 사회적인 지위 상승을 추구하는 세속적인 가정에서 자라났다. 아버지 헤르만 카프카가 보헤미아 남부지방인 보세크에서 프라하로 이주한 것도 이러한 사회적 상승을 위해서였다.

그러나 서구 동화를 지향하는 유대인 가정에서 자라난 새로운 세대들은 (언젠가 카프카가 친구 브로트에게 표현했듯이) 대체로 "뒷발로는 여전히 아버지의 유대교 전통에 달라붙어 있고, 앞발로는 새로운 땅을 찾지 못한"(69쪽) 불안정한 과도기적 상황에 있었다. 새로운 세대는 한편으로 서구 주류사회에 제대로 편입되지 못하는 상황에서 여전한 사회적 차별과 배제로 불안한 실존을 경험해야 했고, 다른 한편으로 유대교 전통을 고수해온 동구 유대인들과는 달리 유대교 전통에서 뿌리가 뽑혔다는 감정을 떨칠 수 없었다. 더군다나 카프카의 아버지는 유대교 전통에 거의 무관심했던 탓에 서구로의

동화 과정에 있었던 성장기의 카프카 역시 유대교 전통을
제대로 접할 기회가 없었다. 어디에서도 소속감을 느끼지
못하는 데서 비롯된 정체성의 결핍과 경계인으로서의
불안정한 생활감정은 당시 소수의 유대계 작가들에게
일종의 '영감'으로 작용했으며, 카프카 문학의 저변에
흐르는 기본 정서로 자리 잡았다. 카프카가 작품에서
형상화한 경계인의 삶과 감정은 여러 익명의 힘에
노출된 현대인의 실존적인 감정과 일맥상통하고, 그 점이
카프카의 텍스트가 지금까지도 독자의 공감을 얻는 이유일
것이다.

경계인으로서의 삶의 감정은 개인적인 차원에서는
아버지와의 불편한 관계로 인해 더욱 강화된다. 카프카는
왕성한 생명력을 지닌, 자수성가한 아버지라는 존재로
인해 생전에 심한 콤플렉스에 시달렸다. 1919년에 쓴
『아버지에게 보내는 편지』는 작가가 아버지에게 가졌던
인간적인 갈등을 잘 보여주는 기록물이다. 아들의 눈에
비친 아버지는 야윈 체격의 자신과는 달리 당당한
신체에 심히 위압적인 성격일 뿐 아니라, 물질적인
성공과 사회적인 출세에만 집중하는 혐오스러운 '폭군'의
모습이고, 이러한 아버지의 존재는 아들이 인간적으로
성숙하는 데 어려움을 안겨준다. 카프카 연구에서
흔히 '부자父子 갈등'으로 일컬어지는 이러한 갈등 구도
그리고 부정적인 이미지의 아버지로 대표되는 '아버지

세계'는 초기의 단편소설 「선고」부터 마지막 장편소설
『성』에 이르기까지 전 작품을 관류하는데, 후기 소설에서
아버지의 형상은 특히 여러 사회적인 권위의 대변자들,
예를 들어 자본주의 사회질서, 투시 불가능한 법정이나 성,
관료 기구 등 익명의 권위와 힘으로 확대되어 나타난다.

시민적 삶과 글쓰기에 대한 열망

카프카는 프라하에서 가족의 뜻을 따라 4년제
초등학교(독일계 소년학교)를 다닌 후 독일계 김나지움에
진학했다. 이곳에서 그는 평생의 지기가 된 몇 명의 소중한
친구들을 만나는데, 카프카에게 사회주의 지식을 전해준
루돌프 일로비, 시온주의자 후고 베르크만, 훗날 보헤미아
왕국 노동자재해보험공사에 카프카를 추천해준 보험공사
대표의 아들인 에발트 펠릭스 프리브람 그리고 문학적인
성향을 가진 오스카 폴락이 그들이다. 특히 정신적으로
매우 조숙했던 오스카 폴락은 카프카의 예술과 사상의
발전에 커다란 영향을 주었고, 외부 세계에 폐쇄적이었던
카프카와 세상 사이의 교량 역할을 해주었다. 오스카
폴락은 카프카에게 니체가 공동 창간한 잡지 〈예술의
파수꾼Der Kunstwart〉을 소개해주었고, 이것을 계기로
카프카는 『차라투스트라는 이렇게 말했다』 등 프리드리히

니체의 저작을 읽게 되었다. "내 인생의 시인이 되고 싶다"라는 니체의 선언은 카프카와 같이 글쓰기에서의 '시적인 것'을 믿고자 했던 청년 문인 지망생들에게 큰 자극이 되었다.

김나지움을 졸업하고 카프카는 1901년 아버지의 권유로 독일계 대학인 카를페르디난트대학에 입학했다. 처음에는 화학, 독문학, 예술사 강의를 듣는 등 다른 전공에도 관심을 보였지만, 부모를 비롯한 가족의 기대를 저버릴 수 없어 결국 법학을 선택했다. 물론 법관이나 변호사가 되는 방향은 염두에 두지 않았다. 이미 김나지움 시절에 습작 경험(당시 일기와 원고들은 소실되었다)이 있는 카프카는 대학 시절에는 헤르만 헤세와 귀스타브 플로베르의 작품에 매력을 느꼈고, 토마스 만의 『토니오 크뢰거』에 매혹되어 문예지 〈디 노이에 룬트샤우 Die neue Rundschau〉에 실리는 그의 작품들을 관심 있게 읽었다. 그리고 무엇보다 이 시기에 카프카는 가장 친한 친구이자 평생의 지기인 막스 브로트를 만나게 된다. 브로트는 일찍부터 카프카의 문학적 천재성을 알아보고 카프카가 글을 쓰도록 항상 격려해주었다. 그는 카프카를 문단에 소개해 작품이 출판되도록 도와주었을 뿐만 아니라, 카프카 사후에는 유고들을 불태우라는 그의 유언을 따르지 않고 출판함으로써 카프카가 세계적인 명성을 얻는 데 결정적인 역할을 했다. 카프카가 첫 번째 연인 펠리체 바우어를 만난 것도 브로트의 소개를 통해서였다.

1906년 6월 카프카는 5년 만에 법학 박사학위를 취득하고 그해 가을부터 프라하의 형사법원과 민사법원에서 1년 동안 법률 시보로 수습 기간을 보낸다. 그러나 애초 법관이나 변호사에 뜻이 없던 카프카는 1907년 10월 이탈리아계 민간 보험회사에 취직해 10개월 정도 근무한다. 하지만 그곳에서의 근무는 매우 고됐고, 무엇보다 카프카는 자신이 좋아하는 글쓰기에 시간을 낼 수 없는 상황에 만족하지 못했다. 그래서 그는 1908년 7월 말, 프라하 소재 '보헤미아 왕국 노동자재해보험공사'라는 준국영기업의 법률고문으로 이직한다.

카프카가 주로 맡았던 업무는 보험공사의 홍보 선전물을 만드는 일, 법률가로 법정에 출두해 회사를 변호하는 일, 라이헨베르크의 북부 공업지대 공장들을 감독하기 위해 출장을 가는 일, 산업재해 방지를 위한 방안을 마련하는 일이었다. 이곳에서 카프카는 작품에서 풍기는 어두운 이미지와는 달리 성실하고 지적이며 유머가 많고 인기 있는 직원으로 통했다. 그는 전문성 높은 업무 능력으로 상관들에게 높은 평가를 받았고, 동료들과 상사들은 카프카의 답변서를 보며 탁월한 문체에 언제나 경탄했다. 카프카는 공무 출장 등 산업노동자들과의 접촉 업무로 관료 기구의 무자비성, 노동자들이 처한 가혹한 대우와 비참한 삶을 직접 체험하고 자본주의사회의 내면을 속속들이 통찰하게 되었다. 그의 작품에서 보이는 개인의 소외와 무력감에 대한 깊은 통찰은 작가의 이러한 체험에서 나온 것이라고 볼 수 있다.

카프카는 1917년 말 폐결핵을 진단받아 여러 차례 병가를 내기는 했지만, 보험공사에서 줄곧 근무하다가 죽기 두 해 전인 1922년에 연금을 받고 조기퇴직했다. 이곳에서 카프카가 오래 근무한 까닭은 당시 열악한 환경에 놓인 노동자들의 민원을 접수하고 권익을 보호하며 얻는 보람도 있었지만, 통상 아침 8시에 출근하고 오후 2시에 퇴근할 수 있어 자신의 본래 소명으로 느끼는 글쓰기에 유리한 근무 환경이었기 때문이다.

카프카는 직장 생활이 안정되면서, 한때 결혼하고 가정을 이루는 시민적인 삶을 꿈꾸기도 했다. 새로운 가정의 가장이 되는 것은 아버지로부터 독립할 수 있는 길이었고, 아버지의 그늘에서 벗어나는 일은 그의 숙원이었다. 그러나 카프카는 시민사회에 진입하고 뿌리내리는 삶에서 자신의 정체성을 찾을 수 없었고, 끝내 아버지의 '영원한 아들'로 남는다. 이는 무엇보다 글쓰기에 대한 그의 열망 때문이었다. 시민적인 삶은 그의 작가적인 삶을 잠식할 뿐이라고 여긴 카프카는 결국 양립하기 어려운 두 가지 생의 방식에서 작가적인 삶을 선택한다. 세 차례에 걸친 약혼과 파혼이라는 특이한 이력도 이러한 정황을 반영한다.

카프카는 이미 김나지움과 대학 시절에 몇 번의 습작 경험이 있었다. 첫 작품으로 알려진 「어느 투쟁의 기록」은 대학에 다니던 1903년에서 1907년 사이에 쓴 것으로 추정된다. 대학 졸업을 앞둔 1906년부터 1909년 사이에는 미완성 소설 「시골에서의 혼례 준비」를 집필하기도 했다. 이후 직장 생활을 하게 된 카프카는 밤늦게까지 글쓰기에 몰두했고, 자신이 쓴 글들을 출판하고자 한다. 그가 1914년 8월 6일 자 일기에서 "문학의 측면에서 보면, 나의 운명은 아주 단순하다. 꿈과 같은 내 내면의 삶을 서술하려는 감각이 다른 모든 것을 부차적인 것으로 밀어버렸다"라고 고백한 것처럼, 글쓰기는 카프카에게 삶의 유일한 의미이자 숙명으로 자리 잡았다.

탈주 욕망과 작가로서의 출발

카프카의 첫 작품 발표는 1908년 3월, 문예지 〈히페리온Hyperion〉에 '관찰'이라는 제목으로 짧은 산문 여덟 편을 실은 것이다. 아울러 카프카는 1910년부터 본격적으로 일기를 쓰기 시작했고, 이때부터 쓴 일기의 방대한 분량이 지금까지 남아 있다. 그가 남긴 일기가 중요한 이유는, 그에게 일기란 자신의 삶을 성찰하는 수단일 뿐만 아니라 이미지와 비유, 때로는 서사적 형식의 문학적인 구상을 담는 등 자신의 삶을 해명하고 정당화하는 동시에 문학적 착상들을 기록하는 장소이기 때문이다.

1912년 12월에는 「어느 투쟁의 기록」에 수록된 소품들과 1910년에서 1912년 사이에 쓴 다른 소품들을 합쳐 『관찰』(총 열여덟 편)이라는 제목의 첫 작품집을 라이프치히의 로볼트 출판사에서 출간한다. 인간관계에서 발생하는 소외, 독신의 삶, 시민적인 삶의 수고로움과 부적응 등 이후 작품에서 나타나는 주제들이 놀랍게도 이 작품집에 실린 소품들에 이미 배태되어 있다.
첫 작품집 『관찰』이 출간된 1912년은 작가 카프카의 삶에서 전환점이 되는 해였다. 그는 1911년 말 동유럽 유대인 순회극단을 만난 후 유대인의 역사와 종교에 관심을 갖고 집중적으로 탐구한다. 극단 배우이자 그에게 동유럽 유대인들에게 남은 유다이즘judaism 전통에 눈뜨게 해준 이츠하크 뢰비를 친구로 사귀고, 여성 배우 중 한 명과 일시적으로 사랑에 빠지기도 한다. 또 하나의 중요한 변화는 베를린 출신의 유대계 여성 펠리체 바우어와의 만남이다. 카프카는 1912년 8월 13일 프라하에 있는 브로트 집에서 그녀를 처음 만났고 9월 20일부터 편지 왕래를 시작한다. 이에 앞서 카프카는 아버지가 마련해준 석면 공장에 대한 공동 책임을 떠맡게 된다. 카프카는 펠리체와 교제하면서 결혼을 통해 시민적인 삶에 본격 진입할지를 진지하게 고민한다. 하지만 오직 글쓰기에 희망을 걸었던 카프카는 시민적 삶에 대한 전망을 가질 수 없었고, 펠리체와도 약혼과 파혼을 두 차례 거듭하는 등 결혼으로 나아가지 못한다.

그가 시민적인 삶에 진입하기를 크게 주저한 것은, 시민적 삶이 작가·예술가로서 자신의 실존을 위협하리라고 내다보았기 때문이다. 단편 「선고」는 작가의 이러한 전기적 배경에서 나온 작품이다. 카프카는 1912년 9월 22일에서 23일로 넘어가는 밤, 몇 시간에 걸쳐 이 작품을 단숨에 완성했는데, 펠리체와 편지 교환을 시작한 지 이틀이 지난 시점이었다. 따라서 사업에 성공하고 약혼을 앞둔 주인공 게오르크가 러시아에서 독신으로 지내는 자신의 친구를 더 선호하는 아버지에게 익사 형을 선고받고 강물에 투신하는 이 단편에서 시민적인 삶과 예술가적 실존의 대립을 읽는 것은 큰 무리가 아니다. 그런데 주인공의 아버지가 시민적 삶에 진입하려는 아들을 정죄하는 구도는 역설적이라는 인상을 준다. 이야기 속의 아버지는, 아들의 문학 작업을 이해하지 못하고 아들을 시민적 삶으로 내몰았던 카프카의 실제 아버지와는 정반대의 모습이기 때문이다. 여기에는 결혼으로 시민적 삶의 방식에 진입함으로써 침해받을 자신의 예술가적 자아를 우려한 작가의 은밀한 소망이 투영되었다고 볼 수 있다.

카프카는 1912년 11월 하순부터 3주에 걸쳐 중편 대표작 「변신」을 집필한다. 주인공이 어느 날 아침에 흉측한 갑충이 되어 깨어나는 초자연적인 사건과 더불어 시작되는 이 이야기는 한 시민 가정을 배경으로 자신의 욕망, 강요된 직업, 착취적인 인간관계 등 현대인이 경험하는 소외의 다층성을 즉물적으로 제시한다. 카프카가 볼 때 가정은 아버지의 권위와 율법이 지배하고 정죄와 죄의식이 산출되는 장소일 뿐만 아니라, 이미 자본주의사회의 상호 의존과 기만, 착취가 시작되는 영역이다. 한편 1912년은 카프카의 첫 장편소설 『실종자』가 본격적으로 집필된 시기이기도 하다.

카프카는 1912년 10월에 이 소설의 첫 장인 「화부」를 탈고하고(이 장은 전체 소설과는 별도로 1913년 5월에 쿠르트 볼프 출판사의 표현주의 문학 시리즈로 출간된다), 이후 1914년까지 집필을 이어가 다섯 장을 완성한다. 이 소설은 카프카 사후인 1927년 막스 브로트가 우선 『아메리카』라는 제목으로 세상에 선보이는데, 유럽에서 부모에게 떠밀려 미국으로 내보내진 청소년 주인공 카를 로스만은 미국이라는 현대 자본주의사회에서 여러 인물에 의해 반복적으로 추방, 배제되는 운명을 맞는다. 주인공이 이러한 운명을 겪는 것은, 한 개인을 억압하고 훈육하는 보이지 않는 규율, 즉 자본주의사회의 율법에 무지한 탓이다. 카프카에게 억압적이라고 여겨지는 '아버지의 세계'가 이

소설에서는 자본주의사회 속 익명의 대리자들로 확대되어
나타난다. 이를 통해 카프카는 (19세기 후반『데이비드
코퍼필드』와 같은 작품으로 기술 발전의 어두운 측면과 가혹한
사회제도 등을 고발한 영국의 소설가 찰스 디킨스의 전통에서)
인간을 억압하고 훈육하는 사회체제에 대해 철학자 미셸
푸코가 체계적으로 분석하기 앞서 날카로운 통찰을
보여주고 있다.

시민적 자아와 작가적 자아의 갈등

시민의 삶과 작가의 삶이라는 두 구상構想의 대립은 해가
지날수록 카프카의 삶에서 더욱 구체적인 모습으로
나타난다. 그는 1913년 8월에 펠리체에게 청혼하고 1914년
초여름(6월 1일) 베를린에서 마침내 약혼하지만 6주
만에(7월 12일) 파혼한다(두 사람은 이후 재회하여 1917년
7월에 두 번째로 약혼하지만, 카프카가 폐결핵 진단을 받는 것을
계기로 재차 파혼에 이른다). 두 연인이 결혼에 이르지 못한
것은, 카프카에게 결혼은 아버지에 대한 의존 상태에서
벗어나는 길이면서 동시에 소름 끼치도록 무섭고 불가능한
일이었기 때문이다. 영국의 작가 엘리아스 카네티가
지적한 것처럼, 카프카가 펠리체에게 보인 사랑은 '또 다른
소송'의 성격을 띠며, 주저와 연기延期의 과정, 정당화를

위한 소송 심리와 같은 것이었다. 그러므로 카프카가 1914년 가을, 펠리체와 파혼하면서 두 번째 장편소설 『소송』의 집필에 몰두한 것은 우연이 아니다.

소설 『소송』의 집필은 1915년에도 계속되다 카프카 사후인 1925년 막스 브로트에 의해 첫 출간이 이루어진다. 이 소설은 인간 존재의 근본적인 불안과 부조리한 운명을 날카롭게 통찰하고 현대인의 실존적 체험을 독특한 문체로 표현했다는 평가를 받으며 카프카가 세계적인 작가로서 명성을 얻는 데 실질적인 토대가 된다. 첫 소설(『실종자』)의 주인공과는 달리 이 두 번째 장편소설에는 사회적 규범에 정통하고 이에 훌륭하게 적응한 요제프 K라는 인물이 등장한다. 그는 서른 살의 생일을 맞은 때 정체를 알 수 없는 법원에 돌연 체포되어 1년 동안 전망 없는 무죄 입증을 시도하다가 결국 처형되고 만다. 실존주의적인 시각에서 보면 요제프 K는 소송을 계기로 자신의 실존에 대한 인식을 요구받지만 이를 거부하는 세속적인 인간으로 해석될 수 있다. 그런데 카프카의 전체 작품의 맥락에서 보면, 추방과 처벌이라는 첫 소설의 주제가 이 작품에서는 '소송'이라는 비유를 통해 인간 실존의 불완전함과 심판의 불가피성으로 확대되었다고 볼 수 있다.

문제가 되는 것은 소송과 처벌의 근거가 되는 법률 내지는 율법이 명확하게 드러나지 않는다는 점이다. 이는 소설에 삽입된 핵심적인 비유담 「법 앞에서」에서 잘 나타난다.

요제프 K가 처한 상황을 다시 확인해주는 장치이자 소설 내용의 축소판이라고 할 수 있는 이 비유담에서, '시골에서 온 남자'는 법 안으로 들어가기 위해 먼 길을 오지만 법의 입구에 서 있는 문지기의 위세에 눌려 진입을 감행하지 못한다. 결국 그 남자는 문 앞에서 일생을 허비하다가, 죽음의 순간에야 법으로 들어가는 입구에서 나오는 광채를 경험한다. 요제프 K 역시 1년에 걸친 소송을 겪으면서 출구 없는 상황을 인식하고 처형을 받아들이며 체념하지만, 죽음의 순간에도 해방의 계기는 맛보지 못하며 "개같이" 죽는다는 치욕을 떨쳐내지 못한다. 이는 카프카의 한 잠언에서 나오는 문구처럼 그의 주인공들이 겪는 실패와 좌절이 개인적인 실책이나 무기력 때문이 아니라 "대지, 공기, 계명의 결핍"(202쪽)에서 비롯된 것임을 말해준다. 결국 『소송』은 재판이라는 비유를 동원해 인간 존재가 처한 부조리하고 역설적인 상황을 제시해주는 카프카의 탁월한 문학적 장치라고 할 수 있다. 『소송』의 집필에 몰두하던 1914년 10월 카프카는 제1차 세계대전의 암울한 분위기에서 「유형지에서」를 집필한다. 이 이야기는 비인간적이고 전체주의적인 권력이 표방하는 이른바 '정의'라는 것이 얼마나 극단적으로 왜곡되었는지 보여준다. 이러한 체제에서 인간은 자신을 정당화하거나 변호할 여지가 없으며, 온몸에 처형이 가해지기 전에는 자신에게 내려진 판결조차 인식하지 못한다.

카프카는 1915년 3월 프라하 시내에 방을 얻어 처음으로
한동안 가족으로부터 독립하게 된다. 그해 10월에는
「변신」이 〈디 바이센 블래터Die weißen Blätter〉에
발표되고(이어 쿠르트 볼프 출판사의 표현주의 문학
시리즈 '최후 심판일'로 출간), 12월에는 「화부」로 폰타네
문학상Fontane-Preis을 수상한다. 아울러 1916년 7월에는
펠리체와의 관계가 회복되어 함께 휴가를 보내기도
한다. 그러나 카프카는 글쓰기의 고독을 다시 추구하고,
카프카와 마찬가지로 가족과 거리를 두고 싶어 했던 막내
여동생 오틀라는 오빠가 은둔하며 글을 쓸 수 있도록
1916년 11월 말부터 흐라드친 언덕(프라하성이 위치한
곳)의 연금술사 골목에 있는 중세풍의 자그마한 집을 빌려
내어준다. 언덕 아래 구시가지에 방을 마련한 카프카는
매일 저녁 흐라드친 언덕에 올라 글을 쓰는데, 1917년
4월까지 이곳에서 머물면서 몇 달 동안에 단편집『시골
의사』에 수록할 만큼 성공적인 텍스트들을 집필한다.
카프카는 1917년 7월 7일 이 단편집의 원고를 출판사에
보내고, 출판인 쿠르트 볼프는 즉시 관심을 보이며
출간하려 하지만 실제 책이 출판되기까지는 거의 3년이
걸렸다. 1920년 5월 카프카의 두 번째 단편집으로 쿠르트
볼프 출판사에서 출간된『시골 의사』에는 같은 제목의
소품을 포함해 총 열네 편의 단편이 수록되었다. 카프카는
이 책을 아버지에게 헌정하고 싶었을 뿐만 아니라, "내가

여전히 「시골 의사」 같은 작품을 쓸 수만 있다면(그 가능성이 매우 희박하지만) 나는 이따금 만족감을 느낄 것"(309쪽)이라고 흡족해했다.

각혈, 말년의 고통에도 꺼지지 않은 창작 열기

카프카는 1917년 7월 펠리체와 함께 부다페스트를 여행하고 두 번째로 약혼하면서 자신의 삶을 근본적으로 바꾸겠다고 마음먹는다. 하지만 얼마 지나지 않아(1917년 8월 11일) 각혈과 함께 폐결핵 증세를 보이고, 9월 4일에 폐결핵 진단을 받게 되자 펠리체와의 두 번째 파혼을 결심한다. 카프카는 즉시 요양을 위해 여동생 오틀라의 작은 농장이 있는 보헤미아 북부의 취라우로 향해 이듬해 4월 말까지 머물면서 휴양한다. 이 시기, 즉 1917년 성탄절 무렵에 펠리체에게 최종적으로 결별을 통보하는 한편, 같은 날 오스트리아 조간신문에 '빨간 피터'를 주인공으로 하는 산문 「학술원 보고」를 게재한다.

카프카는 평소에도 병약한 편이었고 이전에도 인간 존재의 근본 문제들에 천착했지만, 폐결핵 진단으로 상당한 충격을 받은 것이 분명하다. 그는 특히 취라우에 머무는 동안 키르케고르와 쇼펜하우어를 읽으면서 아포리즘적 글쓰기를 시도한다. 이때 나온 잠언 109개를 모아 막스 브로트가 카프카 사후인 1931년에 『죄, 고통, 희망 그리고 참된 길에 대하여』라는 제목으로 출간한 카프카의 잠언집을 보면, 그는 이 시기에 신과 세계, 심판의 불가피성과 구원의 부재, 감각적인 세계와 정신적인 세계의 단절, 예술, 자신과 삶의 문제, 인간 안의 파괴될 수 없는 것 등 '궁극적인 것들'을 집중적으로 탐색하였음을 알 수 있다.

카프카는 1918년 5월에 직장으로 복귀하지만, 건강상태가 호전되지 않아 요양 휴가를 받아 프라하 북쪽의 온천 마을 셸레젠에서 4개월 정도 머무른다. 이곳에서 카프카는 체코의 유대인 구두 수선공의 딸 율리 보리체크를 만나 1919년 9월에 약혼까지 하지만, 아버지의 심한 반대로 1920년 7월에 결국 약혼을 취소한다. 이를 계기로 카프카는 1919년 11월에 『아버지에게 보내는 편지』를 남기게 된다. 실제로 발송되지는 않고 사후에 출간된 이 장문의 편지에서 카프카는 아버지의 정당하지 않은 권위에 눌려 자신이 제대로 삶을 살지 못하고 결혼도 감행하지 못했음을 토로하면서 아버지와의 갈등을 극복하고자 하는 모습을 보인다. 카프카가 개인적으로 안고 있었던 '부자 갈등'에 대한 이 전기적 기록은 그의 문학을 이해하는 데 중요한 역할을 한다.

1920년 3월 카프카는 직장 동료의 아들인 구스타프 야누흐의 잦은 방문으로 그와 대화를 나눌 기회가 있었다.

야누흐가 후에 회고 형식으로 출간한『카프카와의 대화』는 카프카의 견해를 간접적으로 전하는 책이기에 그 진정성이 의심받기도 하지만, 생전에 카프카와 나눈 대화의 기록이라는 점에서 카프카의 생각과 문학을 이해하는 데 귀중한 자료로 남았다.

카프카는 건강이 계속 나빠지자 다시 직장에 휴가를 내 4월 티롤 지방의 메란에서 요양을 한다. 이때 그는 체코 출신의 저널리스트이자 작가인 밀레나 예젠스카를 만나 활발한 서신교환을 하게 된다. 젊은 시절 약물중독으로 정신병원에 입원한 전력이 있는 밀레나는 카프카의 김나지움 시절 친구인 오스카 폴락을 만나 결혼하고 저널리스트로 활동하면서 1920년부터 1921년까지 카프카의 작품을 체코어로 번역했다. 카프카는 그녀에게 상당한 호감을 품고 있었지만, 두 사람은 애정 관계로까지는 발전하지 못했고, 수많은 편지를 주고받은 교유에 머물렀다.

카프카는 1920년 가을에 석 달 정도 직장에 복귀했다가 심신이 더욱 지쳐가면서 정상적인 직장 생활이 어려워지자 12월에 다시 병가를 내어 슬로바키아 타트라산지의 마틀리아리 요양소에서 1921년 8월까지 휴양한다.

이곳에서 지내는 동안 카프카는 인간의 실존을 생생하게 묘사한 단편「귀향」「작은 우화」를 집필하고, 나중에 자신의 임종을 지키게 되는 동료 환자이자 의학도로베르트 클롭슈톡을 만나게 된다. 1921년 8월 말에 카프카는 직장에 두 달 정도 다시 복귀하지만, 11월부터는 또다시 장기 휴가를 얻는다. 카프카는 10월 초에는 밀레나에게 10년에 걸친(1910~1920년) 방대한 분량의 일기를 건네주고는 일기를 새로 쓰기 시작하고, 이어 막스 브로트에게 사후에 발견되는 모든 원고의 소각을 부탁하는 유언을 남긴다(카프카는 1922년 11월에도 같은 사안을 재차 부탁한다).

해가 바뀌어 1922년에 접어들면서 카프카는 불면과 절망감 등 신경쇠약 증세를 토로한다. 그는 1월 말부터 체코 북부 리젠 산맥의 슈핀델뮐레에서 3주 정도 요양하면서 마지막 장편소설인『성』의 집필에 착수한다. 소설의 원고는 1922년 10월에 밀레나에게 넘겨졌고, 카프카 사후인 1926년에 막스 브로트에 의해 세상에 모습을 드러낸다. 이 미완성 소설에는 토지측량사를 자처하는 K라는 인물이 한 마을에 도착해 그 마을이 속한 성과 성의 관청으로부터 자신의 직업 활동과 개인적인 삶을 인정받기 위해 벌이는 절망적인 투쟁이 그려지고 있다. 카프카의 작품 중에서도 독자들에게 특히나 난해하게 여겨지는 이 소설은, 성의 실체와 주인공의 투쟁을 두고 신학적, 종교적 해석에서부터 정신분석학적 해석에 이르기까지 다양하게 풀이된다. 하지만 전기적인 맥락에서 본다면 주어진 삶에 만족하지 못하고 글쓰기의 소명을 따라 작가라는 예외적인 존재로서 살고자 한 카프카 자신의 삶에 대한 비판적인 성찰이 담겼다고도 볼 수 있다.

카프카는 1922년 2월 중순 요양을 마치고 「첫 고통」 「단식 광대」 「어느 개의 연구」 등 단편들을 집필한다. 그리고 7월 1일부터는 14년간 다녔던 직장에서 조기퇴직하고 연금 생활을 시작하는데, 8월 말 다시 신경쇠약 증세가 나타나 프라하 서쪽 플라나에 위치한 여동생 오틀라의 여름 별장에 9월까지 거주하면서 요양한다. 해가 바뀌고 카프카는 오랜 병상 생활로 기운이 소진된 상황에서도 글쓰기에 집착하는 날들을 보낸다. 아울러 그는 시오니즘에도 관심을 보이는데, 1923년 4월부터 히브리어 공부에 몰두하며 후고 베르크만의 방문 이후 팔레스타인으로 이주할 계획을 세우기도 한다. 7월에는 여동생 엘리의 가족과 발트해의 뮈리츠를 방문하고, 이곳에서 마지막 연인인 열다섯 살 연하의 유대계 폴란드 여성 도라 디아만트를 만나게 된다. 카프카는 1923년 9월 말에는 도라와의 동거를 위해 삶의 대부분을 보냈던 프라하를 떠나서 베를린으로 이주한다. 그는 몸이 극도로 쇠약해진 상태였지만 헌신적인 도라와 함께 삶의 마지막 시기를 보내면서 처음으로 행복을 맛보고, 창작 활동에 계속 매달려 단편「작은 여인」과「굴」을 집필한다.
그러나 1924년 3월 중순 병세가 극도로 악화되자 막스
브로트는 카프카를 다시 프라하로 데려온다. 카프카는
마지막 작품으로「여가수 요제피네 또는 쥐 종족」을
집필하지만, 4월에는 폐결핵이 후두까지 진전되어 점차
음식물을 섭취하거나 말하는 데 어려움을 겪는다. 결국
카프카는 빈의 병원과 요양소들을 거쳐 빈 북쪽 키얼링에
있는 호프만 요양소에 입소한다. 이곳에서 그는 도라
디아만트의 헌신적인 보살핌으로 삶에 애착을 보였고
의사의 지시도 잘 따랐으나, 1924년 6월 3일 마흔 살의
나이로 짧은 삶을 마감하고 프라하의 유대인 공동묘지에
안장된다.

카프카는 호프만 요양소로 옮겨져 생의 막바지를
보내면서도 마지막 작품집『단식 광대』원고의 교정쇄를
붙들며 씨름했다. 이 작품집에는「첫 고통」「작은 여인」
「단식 광대」「여가수 요제피네 또는 쥐 종족」등 총 네
편이 수록되었다. 이 책은 모든 유고를 불태워달라는
카프카의 유언에서 제외되어 그해 8월에 디 슈미데
출판사에서 출간된다. 기운이 쇠하고 죽음에 이를 때까지
글쓰기를 놓지 않던 카프카는 마지막 순간까지 단식을
포기하지 않고 굶어 죽는 '단식 광대'를 닮았다고도 할 수
있다.

매혹적이면서도 접근을 거부하는
카프카의 텍스트

카프카는 이미 학창 시절에 친구에게 보냈던 편지에서
책에 대해 독특하고도 과격한 견해를 피력한 바 있다.

> 내 생각에 우리가 오로지 읽어야 할 책들은 우리를 깨물고
> 찌르는 그런 책들이어야 한다. 우리가 읽는 책이 주먹으로
> 두개골을 내리치는 것이 아니라면, 무엇 때문에 그 책을
> 읽는단 말인가? (…) 우리가 필요로 하는 책은 우리를
> 심하게 아프게 하는 불행과 같고, 우리가 자신보다 더
> 사랑한 사람의 죽음과 같고, 마치 우리가 모든 사람에게
> 버림을 받고 멀리 숲속에 추방된 상태와 같고, 자살과 같은
> 그런 충격을 주는 책들이어야 한다. 한 권의 책은 우리
> 안에 얼어붙은 바다를 깨뜨리는 도끼여야 한다.

이러한 소신에서 출발한 카프카의 텍스트는 흔히
난해하다고 평가받는다. 그 난해함은 어쩌면 지극히
사실적이고 구체적인 묘사에도 불구하고 정작 서술되는
내용은 일상적이고 경험적인 현실에서 벗어난 것 같은
인상, 다시 말해 서술의 냉철함과 서술된 내용 사이의
간극에서 비롯된 것으로 보인다.
1945년 이후에 나온 방대한 분량의 연구서들과 저술들

그리고 다양한 방향(정신분석학적, 전기적, 철학적, 사회학적, 종교적 등)의 해석들은 카프카의 텍스트가 지닌 이러한 특성에 조응하는 것이다. 그런데 작품에서 묘사되는 세계가 독자의 눈에는 경험칙에 반하고 비현실적으로 보일지 모르지만, 카프카로서는 자신이 보는 '현실'을 기록한 것이라 할 수 있다. 그의 대표작 「변신」에서 갑충으로의 '변신'이라는 초현실적인 사건과 이야기의 전개를 통해 독자가 섬뜩한 현실을 마주하게 되듯, 오히려 '비현실'로 보이는 작품 내 세계는 실은 카프카가 독자들에게 '진짜 현실'을 볼 수 있도록 제시한 환상의 세계이기 때문이다. 「변신」에서 거대한 갑충으로 변한 주인공은 현대 자본주의사회에서 인간이 겪는 다층적인 소외를 사회의 축소판인 가정을 무대로 즉물적으로 보여준 카프카의 문학적 착상이라고 할 수 있다.

카프카가 자신의 문학으로 이러한 '현실'을 형상화하려 했다는 점은 그가 구스타프 야누흐와 나눈 대화에서도 잘 나타난다. 프라하에서 개최된 피카소 전시회를 관람하고 돌아오는 길에 야누흐가 카프카에게 "피카소는 방자한 데포르마시옹 déformation 의 화가"라고 말하자, 카프카는 정색하며 이렇게 반박했다고 한다. "나는 그렇게 생각하지 않습니다. 피카소는 아직 우리들의 의식에 들어와 있지 않은, 아직은 형체를 갖추고 있지 않은 것을 묘사하고 있습니다. 예술은 하나의 거울입니다. 예술은 때로는 시계와도 같이 '앞서가는' 것입니다." 피카소의 그림 속에 나타난 기형화 내지 데포르마시옹 그리고 카프카의 비현실적 묘사는 같은 맥락에서 읽힐 수 있다. 피카소는 기형화된 그림 속에 진실을 담고 있고, 카프카는 비현실적으로 보이는 세계를 통해 참된 현실을 보여주기 때문이다. 이들의 예술은 대상(경험적 현실)의 단순한 모방에서 벗어나 주관적인 현실을 재현하고자 하는 서구 모더니즘 예술 추세에도 부응한다.

카프카의 텍스트는 한 걸음 더 나아가 전통적인 글쓰기를 해체하는 방식으로 혁신을 기한다. 그의 작품은 물론 그가 남긴 잠언들을 보면 역설적 인식을 담은 많은 문장이 이를 잘 보여주며, 이러한 특성으로 카프카의 텍스트가 모더니즘적 글쓰기를 넘어 포스트모더니즘적 세계관과 글쓰기 방식에도 중요한 자극이 되고 있다.

이 책은 카프카의 대표적 문장들을 통해 그의 작품 세계로 독자를 이끌어가고자 기획되었다. 이를 위해 그의 생전에 발표된 소품을 포함한 단편과 중편 작품들, 카프카 사후 발표된 장편 작품들과 그가 남긴 방대한 분량의 일기와 편지, 아포리즘 등 유고에서 그의 작품 세계를 엿볼 수 있는 중요한 문장들을 뽑아서 제시하고자 했다. 다시 말해 카프카가 남긴 다양한 형태의 문학적, 비문학적 기록물에 나온 중요한 문장들을 여러 주제로 선별하여 '날것' 그대로 독자에게 전하려는 시도라고 할 수 있다.

『카프카의 문장들』을 통해 독자는 작가가 체험한 삶과 그에 대한 견해, 고민은 물론, 작가의 문학적 착상으로 발현된 사유의 단초들까지 읽어낼 수 있을 것이다. 이로써 작가가 남긴 문학 텍스트에 접근하는 일에 흥미를 나눌 수 있다면, 직접 문장들을 추출하여 우리말로 옮기고 엮은 이에게는 더할 나위 없는 보람이다.

2026년 봄

권혁준

인간은 현실에서 도망칠 수 없어요.

꿈은 우회로에 지나지 않습니다.

■ 일러두기

1. 이 책은 프란츠 카프카의 저작물과 편지·일기·대화록에서 엄선한 문장을 엮은 것으로, 그 목록은 다음 페이지에서 확인할 수 있다.

2. 외국 인명, 지명, 독음 등은 외래어표기법을 따르되 관용적인 표기와 동떨어진 경우 절충하여 실용적 표기를 따랐다.

3. 발췌문의 출전은 문장 말미에 표기해두었으며, 편지와 일기의 경우 작성한 날짜를 병기했다.

4. 본문 아래 적힌 주석은 모두 옮긴이 주다.

5. 국내에 소개된 작품명은 번역된 제목을 따랐고, 국내에 소개되지 않은 작품명은 제목을 우리말로 옮겨 적었다.

6. 책 제목은 『 』로, 편명은 「 」로, 잡지와 신문 등 매체명은 〈 〉로 묶었다.

이 책에 인용된 저작물과 편지 및 일기

『관찰Betrachtung』

「선고Das Urteil」

「변신Die Verwandlung」

「유형지에서In der Strafkolonie」

『시골 의사Ein Landarzt』

『단식 광대Ein Hungerkünstler』

『유고 1Nachgelassene Schriften und Fragmente I』

『유고 2Nachgelassene Schriften und Fragmente II』

『소송Der Prozess』

『성Das Schloss』

『실종자Der Verschollene』

『일기Tagebücher』

『편지들Briefe 1902-1924』

『아버지에게 보내는 편지Brief an den Vater』

『펠리체에게 보내는 편지Briefe an Felice』

『밀레나에게 보내는 편지Briefe an Milena』

『잠언집Die Zürauer Aphorismen』

구스타프 야누흐의 『카프카와의 대화Gespräche mit Kafka』

〈디 노이에 룬트샤우Die neue Rundschau〉에 실린 막스 브로트의

「문인 프란츠 카프카Der Dichter Franz Kafka」

I

기원

1   다만 어떤 이유에서든 불안에 사로잡힌 인간에게
고향이라는 것은 (…) 뭔가 대단히 불편한 것, 추억의
장소, 비애의 장소, 편협함의 장소, 수치심을 느끼는
곳, 유혹의 장소, 힘들이 남용되는 곳입니다.

「민체 아이스너*에게 보내는 편지(1920. 3.)」『편지들』

2   프라하는 우리 두 사람 모두를 놓아주지 않는다.
우리의 이 작은 어머니는 발톱을 갖고 있다.

「오스카 폴락**에게 보내는 편지(1902. 12. 20.)」『편지들』

3   사람이 의식하고 살면 옛 고향도 늘 새로운
법입니다. 다른 사람들에 대한 자신의 결합 상태와
의무를 의식하고 산다면 말입니다. 인간은 본래
단지 그렇게, 다시 말해 타인과의 결합을 통해서만
자유로워집니다. 그리고 그것이 삶에서 최상의
것입니다.

『카프카와의 대화』

4   어떤 일들은 단지 그 반대되는 것으로 단호하게

---

*   민체 아이스너(Minze Eisner, 1901~1972)는 카프카가 1919년 말에 만나 한동안
편지 교제를 하였던 연하의 여성이다.

**   오스카 폴락(Oskar Pollak, 1883~1915)은 카프카의 김나지움 시절 동급생으로, 두
사람은 함께 대학에 진학한 후에도 절친한 사이로 지냈다.

뛰어들어야 도달할 수 있는 법입니다. 사람은 자신이
떠난 고향을 발견하기 위해서는 낯선 땅에 가보아야
합니다.

『카프카와의 대화』

5   당신이 말한 것은 의심할 여지가 없이 옳아요. 그러나
우리가 이제 입장을 한번 바꿔봅시다. 당신에게는
당신의 고향이 있고, 당신은 또한 그것을 포기하는
것도 가능합니다. 그것은 어쩌면 또한 고향을 두고
행하는 최선일 수 있습니다. 특히 그 경우에는
고향에서 어떤 포기할 수 없는 것을 포기하는 것은
아니기 때문입니다.
하지만 그 사람*은 고향이 없어 포기할 수 있는
대상도 없고, 고향을 구하거나 건설하는 일을 언제나
계속 생각해야 합니다.

『밀레나에게 보내는 편지(1920. 07. 31.)』

6   나는 고향집으로 돌아왔다. (…) 나는 도착했다. 누가
나를 맞아줄 것인가? 누가 부엌문 뒤에서 기다리고
있는가? 굴뚝에서는 연기가 솟아오르고 있고, 저녁
식사를 위해 커피가 끓고 있다. 너에게 친숙하고

---

*   유대인인 카프카 자신을 가리킨다.

편안한 느낌이 드는가? 나는 모르겠다, 나는 몹시
불확실하다. 내 아버지의 집이지만, 서 있는 물건
하나하나가 모두 자신이 해야 할 일에만 몰두해 있는
것처럼 차갑기만 하다.

「귀향」『유고 2』

7 고향집 문 앞에서 오랫동안 망설이면 망설일수록
   우리는 그만큼 더 낯설어지는 법이다.

   「귀향」『유고 2』

8 나는 지금 전차 플랫폼에 서 있다. 그런데 이
   세계에서 나의 위치, 이 도시에서 나의 위치, 내 가족
   안에서 나의 위치와 관련해 나는 완전히 불확실하다.
   그리고 내가 그 어떤 방향에서든 어떤 것을 요구할 수
   있을지에 대해 나는 임시로라도 말할 수 없을 것이다.
   나 자신이 이 플랫폼에 서 있는 것, 이 손잡이에
   의지하고 있는 것, 이 전차가 나를 싣고 가도록
   내버려두는 것, 사람들이 전차를 피하거나 조용히
   걸어가는 것 또는 진열창 앞에 멈춰 서는 것, 이런
   것을 나는 전혀 방어할 수 없다. 아무도 그것을 내게
   요구하지 않지만, 그것은 아무래도 상관이 없다.

   「승객」『관찰』

9   나는 히브리어로 '안셀'이라는 이름을 갖고 있는데,
     외증조부의 이름을 따른 것이다. 어머니의 기억에
     의하면, 외증조부는 기다란 흰 수염을 기른 아주
     강건하고 학식이 많은 분이었고, 어머니가 여섯 살 때
     돌아가셨다.

『일기(1911. 12. 25.)』

10   나는 여섯 남매 중 장남입니다. 나보다 조금 늦게
     태어난 두 남동생은 아주 어렸을 적에 의사들의
     잘못으로 죽었습니다. 그러고 나서 한동안 조용했고
     나는 유일한 아이로 남아 있었습니다. 그러다가
     4~5년이 지나면서 누이가 셋 태어났습니다. 부모님은
     언제나 가게에 나가 있었기에 나는 오랫동안 혼자
     지내면서 집에서는 유모들과 보모들, 신랄한 성격의
     요리하는 여자들, 우울한 가정교사들과 씨름하며
     지냈습니다.

『펠리체에게 보내는 편지(1912. 12. 19.)』

11   형제와 자매 간의 사랑—어머니와 아버지 간의
     사랑이 반복되는 것.

『일기(1912. 9. 15.)』

12   아니, 나는 가족에게서 완전히 물러난 삶을 살고

있지는 않습니다. (…) 막내 여동생은 나의 가장 친한
프라하 친구입니다. 다른 두 누이와도 마음이 잘 맞는
편이고, 둘 다 상냥합니다.
아버지와 나만은 서로를 철저히 미워한답니다.

『펠리체에게 보내는 편지(1912. 11. 11.)』

13 나는 가장 훌륭하고 사랑스러운 사람들인 가족
내에서 그 어떤 이방인보다도 낯설게 살고 있습니다.
지난 몇 년 동안 어머니와는 하루에 평균 스무 마디의
말도 나누지 않았고, 아버지와는 인사를 나누는
정도였습니다. (…)
가족이 볼 때 내게는 함께 사는 삶에 대한 감각이
결핍되어 있습니다.

「약혼녀 펠리체의 아버지 카를 바우어에게 보내는 편지(1913. 8. 28.)」

『편지들』

14 부모님은 약혼한 펠리체와 나를 위해 좋은 집을
찾으신 것으로 보인다. 정작 나 자신은 오후 내내
아무 소득 없이 돌아다녔다. 그들의 세심한 배려로
내가 행복한 삶을 살고 난 후에도 부모님은 나를 무덤
속까지 집어넣는 것 아닐까?

『일기(1914. 5. 6.)』

15 자식들에게 감사하는 마음을 기대하는 부모들은(심지어
그것을 요구하는 부모도 있는데) 고리대금업자와도
같다. 이자를 받을 수만 있다면 그들은 자본을 잃는
위험까지도 기꺼이 감수한다.

『일기(1914. 11. 12.)』

16 나는 일반적으로 자식이 부모에게 공정하기보다는
부모가 자식에게 더 공정하다는 사실을
깨달았습니다. (…) 오인을 받는 자식들보다 오인을
받는 부모가 더 많거나 그러한 상태가 더 오래
지속됩니다.

「그레테 블로흐*에게 보내는 편지(1914. 3. 7.)」『편지들』

17 내 부친이 나를 부르고 있습니다. 아버지는 내 걱정을
하고 있습니다. 사랑은 종종 폭력의 얼굴을 지니고
있거든요.

『카프카와의 대화』

18 아버지는 내 친구이자 유대인 순회극단의 배우인
이츠하크 뢰비를 두고 이렇게 말씀하셨다. "개들과

---

* 그레테 블로흐(Grete Bloch, 1892~1944)는 카프카와 서신을 주고받은 파트너이
자 펠리체 바우어의 친구였다. 카프카는 1913년 10월 말 프라하에서 그녀를 알
게 되었고, 이후 두 사람은 반년 동안 서신 왕래를 했다.

함께 잠드는 자는 빈대들과 함께 일어나는 법이다."
나는 도저히 참을 수가 없어 다소 험한 말을
내뱉었다.

『일기(1911. 11. 3.)』

19   가령 아버지는 먼저 체코인들에 대해, 다음으로
      독일인들에 대해, 그다음으로는 유대인들에 대해
      욕할 수 있었는데, 그것도 선택적으로 욕을 한 것이
      아니라 모든 측면에서 그렇게 할 수 있었습니다.
      결국 아버지 외에 욕을 먹지 않은 사람은 아무도
      없었습니다.
      이렇게 아버지는 제게 가장 불가사의한 존재가
      되었는데, 이는 이성적 사고가 아니라 자신들의
      지위를 근거로 권리를 행사하는 모든 폭군이 지닌
      특성입니다.

      『아버지에게 보내는 편지(1919. 11.)』

20   어릴 때의 저는 야위고 허약하고 홀쭉했던 반면,
      아버지는 튼실하고 큰 키에 건장한 체격이었습니다.
      수영장 탈의실에서 이미 저 자신의 모습이 비참하게
      여겨졌습니다. 아버지 앞에서뿐만 아니라 전 세계
      앞에서 그렇게 느꼈습니다. 당시 아버지는 제게
      만물의 척도였으니까요.

『아버지에게 보내는 편지(1919. 11.)』

21 어린 시절에 있었던 한 사건이 곧장 기억납니다.
아버지도 기억하실 겁니다. 한번은 제가 밤에 물을
달라고 계속 칭얼댄 적이 있습니다. 목마름 때문이
아니라, 아마 화를 돋우려는 생각도 있었고 재미있어
그랬던 것 같습니다. 몇 번 위협을 가해도 소용이
없자, 아버지는 저를 침대에서 들어 창밖 발코니에
내다 놓았고, 문이 잠긴 발코니에서 속옷만 입은
채로 한참이나 혼자 서 있게 하셨지요. 아버지의
행동이 옳지 않았다고 말하려는 것이 아닙니다.
그때 정말 다른 방식으로는 밤의 평온이 보장될 수
없었으니까요.
그러나 그 사건을 사례로 저는 아버지의 교육
방식과 그것이 제게 끼친 영향을 적시하고자 합니다.
저는 이후 곧장 순종적인 아이였지만, 내상內傷을
입었습니다. 물을 달라고 하는 무의미하지만 제게는
자명한 것과 바깥으로 추방당하는 극도의 공포를
저의 본성상 결코 제대로 연결할 수 없었습니다.
그러고 나서 몇 년이 지난 후에도 저는 고통스러운
생각에 시달려야 했습니다. 몸집이 거대한 남자, 최고
심판의 권위를 가진 나의 아버지가 굳이 그럴 이유가
없었는데도 한밤중에 나를 침대에서 들어 발코니로

내칠 수 있었다는 생각, 그리고 아버지께는 내가
그토록 하찮은 존재였다는 생각입니다.

『아버지에게 보내는 편지(1919. 11.)』

22 그런데 그때 무엇인가가 가볍게 던져져 그의
바로 곁을 스치듯이 지나치며 떨어지더니 그의
앞으로 굴러갔다. 그것은 사과였다. 곧 두 번째
사과가 날아왔다. 그레고르는 기겁하며 멈춰 섰다.
아버지가 그에게 폭격을 가하겠다고 마음먹은 이상
계속 달려보았자 소용없는 일이었다. 아버지는
식기장 위의 과일 바구니에 담긴 사과를 주머니에
가득 집어넣고는 일단은 별로 조준하지 않은 채
사과를 연달아 던져댔다. 이 작고 빨간 사과들은
마치 전기충격이라도 받은 듯이 바닥을 이리저리
굴러다니며 서로 부딪혔다. 약하게 던져진 사과
하나가 그레고르의 등을 스쳤지만 상처를 입히지는
않고 그냥 미끄러져 떨어졌다. 하지만 즉시 뒤이어
날아온 사과는 그레고르의 등에 정통으로 박혔다.
그레고르는 갑자기 찾아온 믿을 수 없는 고통이
장소를 옮기면 사라질 수 있기라도 하다는 듯이 발을
질질 끌며 나아가려 했다. 그러나 그는 마치 못에
단단히 박혀버린 것같이 느꼈고, 곧 정신이 완전히
혼미해진 채 뻗어버렸다. (…)

심한 부상으로 그레고르는 한 달 이상 고생했는데,
사과는 아무도 감히 빼내줄 엄두를 내지 못했기
때문에 살 속에 그대로 박힌 채로 이 사건의 명백한
기념물로 남았다.

「변신」

23   하지만 어린 저에게는 아버지가 소리 질러
지시하시는 모든 것은 정말 하늘의 명령이었고, 한번
들으면 결코 잊지 못했습니다. 그 말씀들은 제게
세상을 판단할 때 가장 중요한 기준으로 남았습니다.
그것은 특히 제가 아버지 자신을 판단할 때도 그대로
적용되었는데, 그 기준에 따르면 아버지는 완전히
낙제였습니다.

『아버지에게 보내는 편지(1919. 11.)』

24   저는 제 뇌리에 깊이 아로새겨진 아버지의
말씀을 지금도 기억합니다. 아버지께서는 이렇게
말씀하셨어요. "일곱 살 때 벌써 난 손수레를 끌고 이
마을 저 마을로 돌아다녀야 했단다." "우리는 모두
한방에서 잠을 자야 했다." "우리는 감자만 있어도
마냥 행복했다."

『아버지에게 보내는 편지(1919. 11.)』

25   "아, 게오르크!" 아버지는 이렇게 말하고 곧 아들을
향해 다가왔다. 아버지가 걸음을 옮기는 동안 무거운
잠옷이 풀어 헤쳐지며 허리띠 양 끝이 아버지
주위에서 너풀거렸다.
'내 아버지는 여전히 거인이구나.' 게오르크는 이런
생각이 들었다.
「선고」

26   그는 아버지를 팔로 안아서 침대로 옮겼다. 침대로
몇 발짝 걸어가는 동안 아버지는 게오르크의 가슴에
드리운 시곗줄을 만지작거렸고, 게오르크는 그것을
알아차린 순간 섬뜩한 느낌이 들었다. 아버지를
침대에 누이는 일도 쉽지 않았다. 아버지가 시곗줄을
꼭 잡고 놓으려 하지 않았기 때문이다.
「선고」

27   "내가 잘 덮였니?" 아버지는 이렇게 물으면서 대답에
유난히 신경을 쓰시는 것 같았다. (…) "이 녀석아,
네가 나를 덮어버리려는 걸 잘 알고 있다. 하지만
나는 아직 덮이지 않았어. 그리고 내게 남은 마지막
힘으로 너를 충분히 상대하고도 남아."
「선고」

28 두 분의 결혼 생활은 여러모로 제게 모범이 됩니다.
이를테면 서로에 대한 신의, 내조와 외조는 물론 자녀
수도 모범이 됩니다. 그리고 자식들이 성장해 점점 더
평화를 깨뜨리게 되었을 때도 두 분의 결혼 생활은
아랑곳하지 않고 그대로 유지되었습니다.

『아버지에게 보내는 편지(1919. 11.)』

29 우리의 현재 상황에서 결혼은 그것이 하필이면
아버지의 가장 고유한 영역에 자리 잡고 있어서
저한테는 막혀 있습니다. 때때로 저는 세계지도가
활짝 펼쳐져 있고 그 한복판에 아버지가 사지를
쭉 펴고 누워 계신 모습을 상상합니다. 그러면서
아버지의 몸에 가려지지 않은 곳 또는 아버지의
영향권에 있지 않은 지역이 내 삶의 공간일 거라는
생각이 듭니다. 그런데 아버지의 우람한 체구를
생각하면 남는 지역은 그리 많지 않고 크게 위안이
되는 지역도 아니며, 특히 결혼은 그 지역에 들어
있지 않습니다.

『아버지에게 보내는 편지(1919. 11.)』

30 어제 나는 독일어의 방해로 어머니가 당연히 받아야
하고 내가 할 수 있는 만큼 어머니를 사랑하지
못했다는 점이 떠올랐다. 유대인 가정의 어머니는

독일어 단어가 말하는 '어머니Muttter'가 아니다. (…)
우리는 유대인 여자에게 '어머니'라는 독일어 명칭을
부여하는 경우 그만큼 더 감정 이입이 어려운 모순이
있음을 망각한다. 유대인에게 '어머니'라는 명칭은
특히나 독일적으로 여겨지는데, 거기에는 기독교적인
광채 외에도 기독교적 냉혹함이 무의식적으로 담겨
있다. 따라서 유대인 여성이 독일어로 '어머니'라고
불리는 경우 우스울 뿐만 아니라 낯설게 느껴진다.
'엄마'라는 명칭 뒤에 어머니를 상상하지 않는
경우라면 '엄마'가 더 나은 명칭일 것이다.

『일기(1911. 10. 24.)』

31   나에 대한 어머니의 사랑은 나에 대한
몰이해만큼이나 큽니다. 그리고 이 몰이해에서
나온 것으로서 어머니의 사랑이라는 모습을 취하는
가혹함은 어떤 경우는 더욱 커져 있어 때로는 내가
도무지 이해할 수 없을 정도입니다.

『펠리체에게 보내는 편지(1912. 11. 21.)』

32   어머니께서 제게 한없이 자애로우셨던 것은
사실입니다. 그러나 제게는 그 모든 것이 아버지와의
관계 속에서, 그러니까 결코 좋지 못한 관계 속에서
이루어진 것입니다.

어머니는 부지불식간 사냥터에서 몰이꾼 역할을
맡았던 것입니다.

『아버지에게 보내는 편지(1919. 11.)』

33 곰곰이 생각해보면, 내가 받은 교육은 여러 방향에서
내게 엄청난 해를 끼쳤다고 고백하지 않을 수
없다. (…) 이러한 비난은 많은 이, 다시 말해 나의
부모님, 몇몇 친척들, 우리 집을 찾아온 개별 방문객,
다양한 작가들, 1년 동안 나를 학교에 데려다주었던
하녀, 여러 선생과 장학사 한 분, 천천히 지나가는
사람들까지 겨냥한다. 간단히 말해, 나의 비난은
단검처럼 사회를 파고든다. (…) 나의 부모와 그의
추종자들은 여태까지는 내 비난을 온통 진지하게
받아들였으나, 지금은 그것을 대수롭지 않게
생각하면서 미소 짓는다.

『일기(1910. 6. 19.)』

34 실질적인 교육과 가정에서의 교육 간의 근본적인
차이는, 실질적인 교육은 인간의 문제인 반면 가정
내 교육은 가족의 문제라는 것이다. 개개인은 사실
인류 안에서 자리를 부여받고 있거나, 적어도 자기
방식대로 몰락할 가능성을 지니고 있다. 그러나
부모에 의해 포위된 가정에서는 아주 특정한

요구들과 부모가 정하는 일정들을 잘 따르는 특정한
인간에게만 자리가 부여된다. 그러한 요구를 따르지
않는 경우는 예컨대 가족의 범주에서 추방되면
좋겠지만 가족이 하나의 유기체여서 그것은
불가능하다. 따라서 저주를 받거나 잡아먹히게 되고
아니면 그 둘을 모두 경험하게 된다. 잡아먹히는 일은
그리스신화에 나오는 부모의 전형(크로노스)처럼
육체적으로 일어나지는 않을 것이다. 하지만
크로노스는 자녀들에 대한 연민으로 행하는 통상의
방법보다는 자신의 방법을 선호한 것 같다.

「여동생 엘리에게 보내는 편지(1921년 가을)」『편지들』

35   부모가 갖는 본래의 감정인 이기심은 그 한계를 알지
못한다. 부모의 가장 큰 사랑조차도 교육의 의미에서
보면 돈을 받는 교육자의 가장 작은 사랑보다 더
이기적이다. 그것은 달리 어찌할 도리가 없다. 부모는
어떤 어른이 아이를 대할 때처럼 자녀를 자유롭게
대하지 못한다. 자녀는 바로 부모의 피이고, 더
복잡한 사정은 두 사람의 피라는 것이다.
아버지가 '교육'을 맡게 되는 경우, 그는 예를 들어
자신 속에 이미 미워했고 극복할 수 없었지만 이제
극복하기를 희망하는 것들을 자식에게서 발견하게
된다. 그 약한 자식을 자기 자신보다 더 잘 통제할 수

있다고 믿기 때문이다. 그래서 그는 발달을 기다리지 못하고 맹목적으로 분노하면서 그 성장하는 인간에게 개입한다. 또는 예컨대 자신의 특출한 영예로 여겨서 가족 안에서 없어서는 안 된다고 여기는 것이 자식에게 결핍되어 있음을 알고 경악하고는 자식에게 그것을 억지로 주입하기 시작한다. 그것은 성공할 수도 있고, 자식을 산산조각 내기 때문에 실패할 수도 있다. 혹은 아버지는 예컨대 아내에게서는 사랑한 측면이면서도 자식에게는 받아들이기 힘든 것들을 아이에게서 발견한다. (…) 혹은 그는 마음으로 사랑하고 갈망하는 것 그리고 가족에게 필수적이라고 여기는 것을 자식한테서 발견하게 된다. 그렇게 되면 자식의 다른 모든 것에는 무관심해진다. 그는 자식에게서 오직 그 사랑스러운 것만 보고, 그것에만 매달리며, 그것의 노예가 될 정도로 자신을 낮추고, 사랑의 감정으로 그것을 먹어버린다.

「여동생 엘리에게 보내는 편지(1921년 가을)」『편지들』

36 이기심에서 나온 부모의 두 가지 교육수단은 모든 단계에서의 독재와 굴종이다. 이때 독재는 매우 부드럽게 표현될 수 있고("너는 나를 믿어야 해, 나는 네 엄마잖아!"), 굴종은 심한 자부심으로 나타날 수 있다("너는 내 아들이고, 그래서 나는 너를 나의 구원자로

만들겠어!"). 하지만 그것들은 두 가지 끔찍한
교육수단, 두 가지 반反교육수단으로, 자식이 나온
바닥으로 다시 짓밟아 넣는 데 적당한 것이다.

「여동생 엘리에게 보내는 편지(1921년 가을)」『편지들』

37　부모는 자녀들에게 다만 동물적이고 의미 없고
자신을 자식과 끊임없이 혼동하는 사랑만을 지니고
있다. 그러나 교육자는 아이에게 존중심을 갖고
있고, 그것은 교육적인 의미에서 보면 비록 사랑이
동반되지 않는다고 해도 비교할 수 없을 정도로
성과가 많다.

「여동생 엘리에게 보내는 편지(1921년 가을)」『편지들』

38　이곳 직장*에서의 나의 업무는 우스꽝스럽고
보잘것없을 정도로 가볍습니다. 당신은 전혀 상상할
수 없을 것입니다. 나는 무엇에 대한 보상으로 내가
봉급을 받는지 모르겠습니다.

『밀레나에게 보내는 편지(1920. 6. 10.)』

39　만약에 나에게 그 자체로 책임감이면서 동시에 아주
영예로운 어떤 것이 있다면, 그것은 근본적으로

＊　보헤미아 왕국 노동자재해보험공사를 뜻한다.

공무원 정신과 소년다움, 그리고 아버지에 의해 꺾인
의지다.

『일기(1916. 8. 27.)』

40 유대인들, 특히 러시아에 사는 유대인들에게는
엄격한 가정생활이 그리 보편적이거나 특별히
중요해 보이지 않는다. 따지고 보면 가정생활은
기독교인들에게도 있기 때문이다. 유대교의 탈무드
공부에서 여자를 배제하는 것도 유대인의 가정생활에
장애 요인이 된다. 그래서 가장이 공부한 탈무드의
내용을 두고 손님들과 토론하려 하면, 다시 말해
그들의 삶에서 핵심적인 활동을 하려 하면, 여자들은
무조건 그래야 하는 것은 아니지만 옆방으로
물러난다.
그래서 기회가 주어질 때마다 자기들끼리 자주
모이는 것은 유대인들의 특성이 된다. 기도를
위해서든, 공부를 위해서든, 신적인 일에 대해
논의하기 위해서든, 또는 종교적인 의미가 부여되는
연회에서 아주 적당한 정도로 술을 마실 때든 그들은
그렇게 한다. 다시 말해 그들은 격식을 갖추고
서로에게로 피신하는 것이다.

『일기(1911. 12. 25.)』

41 유대인들과 나의 공통점은 무엇일까? 나는 나
자신과도 공유하는 게 거의 없다. 나는 그저 숨을 쉴
수 있다는 사실에 만족하고, 전적으로 조용히 구석에
처박혀 있어야 할 것이다.

『일기(1914. 1. 8.)』

42 유대인 회당은 몰래 숨어들 수 있는 장소가
아닙니다. 어린아이였을 때도 그러했고, 지금도
마찬가지입니다. 내가 어린아이였을 때 회당에 있던
시간이 너무 지루하고 무의미해서 정말 그 속에서
익사할 것만 같았던 기억이 남아 있습니다. 그것은
나중에 내가 사무실 생활을 해나갈 수 있게 지옥이
미리 연출한 예행연습이었습니다. 단지 시오니즘
때문에 회당으로 몰려오는 사람들이 있는데, 내가
보기에는 조용히 일반 출입구로 들어가지 않고
언약궤를 뒤따르면서 억지로 회당 입구로 진입하려
했던 사람들과 같습니다.

『펠리체에게 보내는 편지(1916. 9. 16.)』

43 나는 러시아에서 유대인 공동체마다 갖추고 있는
유대인의 정화수라는 것이 윤곽이 정확한 대야가
설치되어 있는 작은 방이라고 생각한다. 그것은 랍비가
지정하고 감독하는 시설이며, 따라서 그 외적인 특성은

문제가 되지 않는다. 그러므로 정화수는 더럽고 악취가
날 수도 있지만, 그래도 자신의 목적을 달성하는
상징물이다. 여자는 생리로부터 자신을 정화하고자,
'토라tôrāh'*를 기록하는 사람은 토라 대목 중 마지막
문장을 쓰기 전에 모든 부정한 상념을 씻어내기 위해
이 작은 방을 찾는다.

『일기(1911. 10. 27.)』

44 이렇게 훌륭하면서도 제대로 벌지도 못하고 더군다나
감사와 명성조차도 충분히 받지 못하는 이 유대인
순회극단 배우들에 대해 우리가 갖는 연민은 본래
수많은 고귀한 노력, 무엇보다 우리가 기울이는
노력의 비극적인 운명에 대한 연민일 뿐이다. 따라서
그 연민 또한 지나칠 정도로 강하다. 왜냐하면 그
연민은 겉으로는 낯선 사람들에 대해 품는 것이면서도
실제로는 우리에게 속하는 것이기 때문이다.

『일기(1911. 10. 22.)』

45 그 후 청소년 시기에 접어들었을 때 제가 이해할 수

---

* '가르치다'라는 뜻의 '토라'는 구약성경의 첫 다섯 권, 즉 창세기, 출애굽기, 레위
기, 민수기, 신명기를 가리킨다. 모세의 저작으로 알려져 '모세 오경'으로 불리기
도 하는데, 유대인은 성서의 여러 책 중에서도 이 다섯 권을 가장 중요한 문서로
여긴다.

없었던 것은, 정작 아버지는 자신이 지닌 유대주의를 무의미하게 여기면서도 그와 유사하게 무의미한 행위들을 실행하려 하지 않는 저를 어떻게 책망하실 수 있었는가, 하는 점이었습니다. 제가 보기에 그것은 정말 무의미한 행위이자 재미난 일이었는데, 그렇다고 웃을 일도 아니었습니다. 아버지는 해마다 나흘 회당에 가셨지만, 그런 일을 진지하게 생각하는 사람이라기보다는 아무래도 좋다고 여기는 사람에 더 가까웠습니다. 그런데도 아버지는 형식적인 기도를 인내심을 발휘하며 마치셨고, 때로는 방금 인용된 부분을 기도서에서 정확히 찾아내어 저를 놀라게도 했습니다. 아무튼 저는 회당에 있는 동안은 제가 있고 싶은 곳에 죽치고 앉아 시간을 보낼 수 있었지요.

『아버지에게 보내는 편지(1919. 11.)』

46 사랑하는 밀레나, 나는 독일 민족 안에서 산 적이 없어요. 내게는 독일어가 모어母語이고 그래서 자연스럽기는 하지만, 훨씬 정겨운 언어는 체코어입니다. 그래서 그대의 편지는 여러 불확실한 것을 찢어버립니다. 나는 당신을 더 또렷하게 보고, 당신 신체의 움직임, 민첩하고 단호한 손의 움직임을 봅니다. 그것은 거의 하나의 만남이라고 할 수 있습니다. 물론 내가 눈을 들어 당신 얼굴을 보게 되면,

편지를 쓰는 중에 불이 일어나고 나는 오로지 불을
보게 됩니다.

『밀레나에게 보내는 편지(1920. 5. 2.)』

47   당신은 또한 유대인들이 저 특유의 불안감을
지녔다고 비난해서는 안 됩니다. (…) 유대인들의
불안정한 지위, 그 자체로도 불안정하고 또 사람들
사이에서도 불안정한 그 지위를 생각해보면 모든
것이 이해될 것입니다.
유대인들은 자신의 수중에 있거나 치아 사이에 물고
있는 것만을 소유한다고 믿습니다. 그들은 손으로
잡을 수 있는 소유물만이 그들에게 삶의 권리를
부여하며, 한번 잃어버린 것은 결코 다시 얻지
못하고 영원히 그들에게서 떠나간다고 여깁니다.
그들에게는 가장 예상하지 못했던 곳에서부터 위험이
닥치니까요.

『밀레나에게 보내는 편지(1920. 5. 30.)』

48   오히려 나로서는 (나를 포함해) 당신이 알고 있는
유대인들에 대해 당신이 너무 좋게 생각한다고
비난할 수 있을 겁니다. 가끔은 나는 (나를 포함해)
유대인인 그들을 죄다 저기 세탁물 상자 서랍에
처넣고 싶을 때가 있습니다. 그러고 나서 서랍을

조금 빼내서 모두 질식사했는지 확인하고, 그렇지
않았으면 서랍을 다시 밀어 넣고 끝까지 그렇게
계속하고 싶을 때가 있어요.

『밀레나에게 보내는 편지(1920. 6. 13.)』

49 나의 지인들과 본질적으로 다른 것은 아니지만,
내게는 상당히 뚜렷한 차이를 보이는 특성이 하나
있습니다. 우리는 모두 서구 유대인들의 특징이
여실히 드러나는 사례들을 알고 있습니다.
내가 아는 한 나는 서구 유대인 중에서도 가장
서구적인 유대인입니다. 다시 말해, 좀 과장해서
말한다면, 내게는 어떤 평온한 순간도 주어지지
않았다는 뜻입니다. 내게는 그 어떤 것도 그저
주어지지 않고, 나는 모든 것을 힘겹게 노력해서
획득해야만 합니다. 현재와 미래뿐만 아니라 각자가
삶에서 덤으로 받는 과거까지 획득해야 합니다.
아마도 그것이 가장 어려운 일입니다.

『밀레나에게 보내는 편지(1920. 11. 18.)』

50 유대인과 독일인은 공통점이 많습니다. 그들은
부단히 노력하고, 유능하고, 근면하면서도 다른
사람들에게서 철저히 미움받는 대상입니다. 유대인과
독일인은 추방당한 자들입니다.

『카프카와의 대화』

51 아버지의 삶을 이끌어가는 믿음은 근본적으로 어떤
특정한 유대인 계층의 견해가 무조건 옳다고 여기는
믿음이었습니다. 그 견해들은 사실 아버지의 본질을
이루는 것이라는 점에서 사실상 아버지 자신을 믿은
것이라고 할 수 있습니다.

『아버지에게 보내는 편지(1919. 11.)』

52 저는 아버지 앞에 서면 저 자신에 대한 신뢰를
상실했고, 그 대신 한없는 죄책감만을 갖게
되었습니다.
그 한없는 죄책감에 대해서는 제가 어떤 사람의
이야기를 쓸 때 "그는 자신이 죽더라도 수치는
살아남게 될 것을 두려워했다"라고 적절하게 표현한
적이 있습니다.

『아버지에게 보내는 편지(1919. 11.)』

53 순수하고 천진난만한 사람들, 가령 유대인 순회극단
배우인 이츠하크 뢰비 같은 사람들이 아버지로부터
응징을 당해야 했습니다. 그 사람에 대해 잘
알지도 못하면서 아버지는 그 사람을, 정확히 어떤
끔찍한 표현이었는지는 잊어버렸지만, 해충에

비유하셨습니다.

『아버지에게 보내는 편지(1919. 11.)』

54 이 경우 정신분석보다 더욱 내 마음에 드는 것은, 어떤 사람들이 정신적으로 자양분을 취하는 그 아버지콤플렉스라는 것이 순진무구한 아버지가 아니라 아버지의 유대교 전통과 관련 있다는 것이다. 독일어로 글을 쓰기 시작한 유대인들 대부분은 아버지들에게서 불명확한 동의를 받은 상태에서 유대교 전통으로부터 멀리 벗어나고자 했다. 그러나 그들은 뒷발로는 여전히 아버지의 유대교 전통에 달라붙어 있고, 앞발로는 새로운 땅을 찾지 못한 상태였다. 그리고 이에 대한 절망이 그들에게는 영감이 되었다.

「막스 브로트에게 보내는 편지(1921. 6.)」『편지들』

55 저의 글쓰기, 또 글쓰기와 관련된 것에 대한 아버지의 거부감은 한결 정당한 것이었습니다. 글을 쓸 때는 제가 실제로 한 걸음 자립하여 아버지를 벗어날 수 있었기 때문입니다. (…) 아버지는 저의 글쓰기에 대해서도 당연히 즉각적인 거부감을 보이셨지만, 제게는 그 거부감조차 오히려 반가웠습니다. (…) 저의 글쓰기는 아버지에 관한 것입니다. 아버지의

가슴에 기대어 푸념하지 못한 것들을 글에서
한탄하며 털어놓았습니다.

『아버지에게 보내는 편지(1919. 11.)』

56　나는 집을 떠나 있고, 언제나 집을 향해 글을 써야
한다. 비록 집의 모든 것이 오래전에 떠내려가 영원
속으로 흘러갔다고 해도 그렇다.
이 모든 글쓰기는 섬의 가장 높은 지점에 세워둔
로빈슨 크루소의 깃발에 다름 아니다.

「막스 브로트에게 보내는 편지(1922. 7. 12.)」『편지들』

57　휴양지인 이곳 발트해에서 어쨌든 나는 행운이
있었다. 나의 발코니에서 50보쯤 떨어진 곳에는
베를린의 유대인 단체에서 운영하는 휴가용 주택이
하나 있다. 나무들 사이로 아이들이 뛰어노는 모습이
보인다. 쾌활하고, 건강하고, 열정적인 아이들이다.
서유럽 유대인들이 베를린의 위험에서 구출한 동유럽
유대인들이다. 매일 낮과 밤의 절반은 집과 숲, 그리고
해변이 노래로 가득하다. 그들 사이에서 함께 지내고
있노라면, 나는 행복한 상태는 아니지만, 행복의
문턱에 서 있는 것 같다.

기원

「후고 베르크만*에게 보내는 편지(1923. 7.)」『편지들』

★　후고 베르크만(Hugo Bergmann, 1883~1975)은 프라하 출신의 유대계 작가이자
김나지움 시절 카프카의 급우였다. 그는 열렬한 시오니즘 추종자였고, 팔레스타
인으로 이주하려는 카프카의 계획을 지지하기도 했다.

II

고독

고독

1 나는 많은 시간을 혼자서 지내야 한다. 내가 해낸
일은 오로지 고독한 삶의 성과물이다.

『일기(1913. 7. 21. 또는 1913. 8. 21. 추정)』

2 모든 것이 환상이다. 가족, 직장, 친구들, 길거리,
멀리 있든 가까이 있든 그 모든 것이 환상이고, 가장
가까이 있는 여자 또한 환상이다.
진실은 네가 창문도 문도 없는 감방 벽에 머리를
기대고 있다는 것뿐이다.

『일기(1921. 10. 21.)』

3 우리는 숲속에서 길 잃은 아이들처럼 내버려진
존재들이다. 네가 내 앞에 서서 나를 바라보고
있으면서도 내 안에 있는 고통이 무엇인지 어찌
알겠으며, 또 나로서도 너의 고통에 대해 무엇을
알겠는가! 내가 마치 지옥 앞에서 몸을 엎드리듯
네 앞에 엎드린다고 해도, 또 자네에게 누군가가
지옥이 뜨겁고 무시무시하다고 아무리 설명한다 해도
마찬가지일 것이다. 벌써 그 때문에 우리 인간은 마치
지옥의 입구에 서 있는 것처럼 서로에 대해 외경심을
갖고 성찰하고 사랑하는 모습을 보여야 한다.

「오스카 폴락에게 보내는 편지(1903. 11. 8.)」『편지들』

4   독신 상태로 남아 있는 것, 노인이 되어 사람들과
    저녁을 함께 보내고 싶을 때마다 어렵게 품위를
    유지하면서 초대를 구걸하는 것, 몸이 아픈 것, 침대
    구석에서 몇 주 동안 텅 빈 방을 쳐다보는 것, 늘 대문
    앞에서 작별하는 것, 한 번도 자기 아내와 나란히
    층계를 올라가지 못하는 것, 자신의 방에는 오로지
    다른 사람의 집으로 통하는 옆문만 있는 것, 한 손에
    저녁거리를 들고 귀가하는 것, 다른 사람의 아이들을
    놀라워하며 바라볼 수밖에 없고 '나는 자식이 하나도
    없군!' 하는 말을 끊임없이 반복해서는 안 되는 것,
    청춘 시절의 기억에 남아 있는 독신자 한두 명의
    외모와 태도를 모방하는 것은 아주 끔찍한 일 같다.
    그렇게 될 것이고, 실제로도 그는 오늘날이나
    후일에나 하나의 몸뚱이와 하나의 진짜 머리, 다시
    말해 자기 손으로 칠 수 있는 이마만 지닌 채로 남을
    뿐이다.

    「독신의 불행」『관찰』

5   독신 상태에 있는 총각의 불행은 겉보기에든
    실제로든 상관없이 주위 사람들이 쉽게 짐작할 수
    있다. 그래서 사생활의 비밀을 기꺼이 숨기려고
    총각으로 남은 것이라면, 필시 그는 그 결정을
    저주할 것이다. 그는 상의 단추를 잠그고 양손은 재킷

위 주머니에 찌른 채 팔꿈치를 쳐들고 모자를 푹
눌러쓰고 돌아다닌다. 그는 안경이 눈을 보호해주듯,
타고난 거짓 미소가 입을 보호해준다고 생각한다.
바지는 그의 마른 다리에 어울리는 것 이상으로
좁다. 그렇지만 누구나 그의 상황을 알고 있고, 그의
괴로움을 하나하나 열거할 수 있다.

『일기(1911. 12. 3.)』

6 고독하게 혼자 살고 있으면서 가끔 어딘가로 관계를
   맺고 싶어 하는 자, 하루 시간의 변화, 날씨의 변화,
   직업 상황의 변화 또는 그와 같은 것을 고려해 그저
   매달릴 수 있는 어떤 팔이라도 당장 보고자 하는 자는
   골목길로 난 창 없이는 도저히 오래 견디지 못할
   것이다.

「골목으로 난 창」『관찰』

7 그 친구는 그 스스로 이야기했듯이 현지에 있는
   동향인 그룹과는 제대로 연결되어 있지 않았고,
   고향의 친지들과도 거의 사교적인 교류가 없었으며,
   그런 식으로 평생 독신으로 지낼 각오까지 하고
   있었다.

「선고」

8 "나는 이곳에 상당히 오래 머물 예정인데 벌써
외톨이가 된 기분입니다. 마을 농부들에게 속한 것도
아니고, 그렇다고 성에 속한 것도 아니니까요."
『성』

9 나를 방해한 것이 있는데, 완전한 독신의 삶 속에 나
자신을 위한 더 높은 의무, 다시 말해 어떤 이득이나
욕망이 아니라 의무와 고통이 담겨 있다고 여기는
꾸며낸 감정이 그것입니다. 이제 나는 그것을 믿지
않습니다. 그것은 공허한 구상에 지나지 않습니다.
그것은 내가 당신 없이는 살 수 없다는 사실만으로도
충분히 반박할 수 있습니다. 나는 편지에 써 보낸
이 끔찍스러운 구절을 포함해 현재 모습의 당신을
원합니다. 그것도 나의 위안이나 욕망을 위해서가
아니라, 당신이 자립적인 인간으로서 나와 함께 살 수
있도록 말입니다.

『펠리체에게 보내는 편지(1913. 12. 29.)』

10 자신의 아기가 누워 있는 바구니를 옆에 두고 아기
엄마와 마주 앉아 느끼는 깊고 따뜻하고 구원을
약속하는 무한한 행복이 있다. 거기에는 '중요한 것은
더 이상 네가 아니다'라는 감정도 다소 들어 있다.
이에 반해 자녀가 없는 사람의 감정은 다음과 같다.

'원하든 원치 않든 중요한 것은 너 자신이다. 마지막 때까지 모든 순간, 모든 긴장의 순간에도 중요한 것은 줄곧 너 자신일 뿐이고, 어떤 결과도 없다.' 시시포스는 독신이었다.

『일기(1922. 1. 19.)』

11 아이를 가져서는 안 되는 어떤 불행한 인간은 자신의 불행 속에 끔찍하게 갇혀 있다. 그 어디에도 새로워질 것이라는 희망, 더 행복한 별들로부터 어떤 도움을 받을 것이라는 희망은 보이지 않는다. 그는 불행에 갇힌 채 자신의 길을 가야 하고, 자신의 순환이 끝나면 그것으로 만족해야 한다. 그리고 여정이 더욱 길어질 경우, 특히 몸의 상태가 달라지거나 그때그때의 상황이 바뀌는 경우 행여 자신이 겪었던 불행이 사라지거나 혹은 심지어 어떤 좋은 결과가 생겨나지 않을까 시험해보려는 추가적인 시도를 해서는 안 된다.

『일기(1911. 12. 27.)』

12 고독은 내게 결코 좌절을 모르는 힘을 발휘한다. 나의 내면은 (일단은 단지 피상적으로) 해체되고 또 더 깊은 것을 산출할 준비가 되어 있다. 내 안에서 작은 질서가 생겨나기 시작하고, 나는 더는 필요한

것이 없다. 능력이 미약한 상황에서는 무질서가 가장
고약한 일이기 때문이다.

『일기(1910. 12. 26.)』

13   혼자서 삶을 감당할 능력이 없다. 그렇다고 살아갈
능력이 없다는 뜻은 아니다. 그 반대로 아마도 나는
누군가와 함께 사는 삶을 이해할 개연성이 없는 것
같다. 그러나 돌진해 오는 나 자신의 삶, 내 실존의
요구들, 시간과 나이의 엄습, 막연하게 밀려오는
글쓰기에 대한 욕구, 불면, 광기의 임박, 이 모든 것을
나는 감당할 능력이 없다. 어쩌면 F*와의 결합은 나의
실존에 더욱 많은 저항력을 가져다줄 것이다.

『일기(1913. 7. 21. 또는 1913. 8. 21. 추정)』

14   결합에 대한 두려움, 저편으로 흘러가는 것에 대한
두려움. 그렇게 되면 나는 더는 결코 혼자가 아니다.

『일기(1913. 7. 21. 또는 1913. 8. 21. 추정)』

15   "그래요, 우리 둘 다 옳아요. 그리고 이것이 논박할 수
없는 것이 아니라는 점을 우리가 의식하지 않으려면,
그래요, 차라리 서로 떨어져 각자 집으로 가는 것이

*   펠리체를 가리킨다.

좋겠어요.”

「거절」『관찰』

16 나는 분별력을 잃을 때까지 모든 사람에게서 나
    자신을 차단하고자 한다. 모두를 적대시하고, 그
    누구와도 말하지 않을 것이다.

『일기(1913. 8. 15.)』

17 어디에서 나의 구원을 발견할 것인가? 내가 알지
    못했던 허위들이 얼마나 난무할 것인가? 만약에
    실질적인 결합이 실질적인 이별과 마찬가지로
    허위들로 점철된 것이라면, 나는 분명 옳게 행동한
    것이다. 인간적인 관계가 없다면 나 자신 속에는 어떤
    가시적인 허위도 없다. 제한된 원圓은 순수한 법이다.

『일기(1913. 8. 30.)』

18 ‘존재한다sein’라는 말은 독일어로 두 가지 뜻이 있다.
    ‘거기에 있다Da-sein’라는 뜻과 ‘그에게 속한다Ihm-
    gehören’라는 뜻이다.

『잠언집』

19 나는 가족 내에서도 느슨하게 풀어져 있고 어떤
    누군가와의 접촉도 이루어지지 않고 있는데, 이러한

내가 어떻게 새로운 가족을 이루고 하나의 가정을
꾸릴 수 있겠습니까? 어쩌면 함께 즐길 수는 있지만,
아무리 노력을 기울여도 함께 살 수는 없는 내가?
공동 생활을 하면서 계속해서 진실을 지킬 수 없을
뿐 아니라 진실이 없는 공동 생활을 감당할 수 없는
내가?

『펠리체에게 보내는 편지(1913. 10. 29.)』

20 내게 유일하게 행복한 감정은, 내가 있는 곳을 그
누구도 알지 못한다는 것에서 발생합니다. 이러한
상태를 지속할 방법을 안다면 얼마나 좋을까요!
그렇게 할 수만 있다면, 그것은 죽는 것보다 훨씬
정당할 것입니다. 나라는 존재의 모든 구석이
공허하고 무의미합니다. 내가 행복감을 느낄
때조차도 그렇습니다.

『펠리체에게 보내는 편지(1913. 11. 6.)』

21 그대는 내가 그대와의 공동 생활을 참아내지 못할
것이라고 말합니다. 거의 정곡을 찌르는 말입니다.
다만 그대가 생각하는 것과는 전혀 다른 측면에서
그렇습니다. 실제로 나는 인간적인 교류의 측면에서
무능하다고 생각합니다. 예외적으로, 끔찍할 정도로
예외적인 시기를 제외한다면, 누군가와 지속적이고

아주 건설적인 대화를 해나가는 것은 내 능력을
벗어나는 일입니다.

『펠리체에게 보내는 편지(1913. 6. 16.)』

22 나에게 인간적인 관계를 누리는 일은 주어졌으나,
그것을 체험하는 일은 주어지지 않았습니다.

『펠리체에게 보내는 편지(1913. 11. 6.)』

23 나와 다른 사람들과의 관계를 숙고해본다. 나의
존재가 아주 보잘것없다고 해도 이곳에는 나를
온전히 이해해주는 사람이 아무도 없다. 그러한
이해력을 지닌 사람, 예를 들어 그런 여자가 한 명
있다는 말은 사방에 지지대를 갖는 것, 신을 갖게
되는 것을 의미할 것이다.

『일기(1915. 5. 4.)』

24 그 친구가 그러나 정말로 충고를 따른다고 해도 (…)
오히려 그런 충고 때문에 더욱 마음이 비통해져서
그냥 낯선 땅에 더 머물 것이고 친구들과도 더 낯선
관계가 될 것이다. (…) 친구들 사이에서도 잘 지내지
못하고 그들 없이도 잘 헤쳐나가지 못하는 경우 결국
그는 수치심에 시달리게 되고, 더는 고향도 친구도
없는 신세가 될 것이다. 그렇다면 그 친구는 지금처럼

차라리 낯선 땅에 그대로 머무는 게 훨씬 더 낫지
않을까?

「선고」

25 그대들 돼지들이여, 계속해서 춤을 추어라. 그것이
나와 무슨 상관인가?

『일기(1914. 5. 27.)』

26 내가 가진 다음의 확신은 옳았고, 또 옳은 것으로
인정받았다. 그것은 개개인이 다른 사람을 있는 모습
그대로 사랑한다는 것이다. 그러나 개개인은 그
자신의 있는 모습 그대로는 다른 사람과 살 수 없다고
생각한다.

『일기(1915. 1. 24.)』

27 웃지 말아요, 펠리체. 내가 겪는 고통을 경멸스러운
것으로 여기지 말아요. 그래요, 아주 많은 사람이
지금 고통을 겪고 있습니다. 그리고 그들에게 고통을
가져다주는 것은 옆방에서 들려오는 속삭임을
넘어섭니다. 그런데 최상의 경우 그들은 자신들의
실존을 위해서, 아니 더 정확히 말하면 그들의
현존재와 공동체 사이의 관계를 위해서 싸우고
있는 것입니다. 나도 이와 다르지 않고, 모두가

마찬가지입니다.

『펠리체에게 보내는 편지(1915. 2. 11.)』

28 친애하는 막스, 내가 하는 일은 아주 간단하고 자명한
    일이야. 나는 도시에서, 가족에서, 직업에서, 사회에서,
    애정 관계에서(원한다면 이를 먼저 말할 수도 있어),
    현존하는 민족 공동체 또는 열망하는 민족 공동체에서,
    그 모든 영역에서 나 자신을 제대로 입증하지 못했어.
    그리고 내가 면밀하게 관찰한 바에 따르면, 내 주변
    누구에게도 그런 일은 일어나지 않았어. 이것은 사실
    어린아이 같은 생각으로 나중에 반박되어 새로운
    고통을 안겨주지만, 이 관계의 영역에서 내 생각은
    솔직한 것이었고 그렇게 남을 거야. 여기서 문제가
    되는 것은 비열함이나 자책 같은 것이 아니라, 나
    자신을 입증하지 못한다는 명백한 사실이야.

「막스 브로트에게 보내는 편지(1917. 11. 20.)」『편지들』

29 두 가지 가능성이 있다. 자신을 무한히 작게 만들거나
    무한히 축소된 존재로 있는 것이다. 두 번째 것은 완성,
    다시 말해 무위無爲고 첫 번째 것은 시작, 즉 행위다.

『잠언집』

30 멀리, 저 멀리서 세계 역사, 그대 영혼의 세계사가

진행되고 있다.

「부부-노트」『유고 2』

31 그런데 나의 굴窟에서 가장 아름다운 것은 그
고요함이다. 물론 그것은 기만적이다. 갑자기 정적이
단번에 깨어질 수도 있고, 그렇게 되면 모든 것이
끝장이다. 하지만 일시적으로는 아직 정적이 감돌고
있다.

「굴」『유고 2』

32 내가 신뢰할 수 있는 것은 오직 나 자신과 굴뿐이다.

「굴」『유고 2』

33 사랑하는 막스, 나는 그냥 돌아다니거나 마치 굴속에
갇힌 절망적인 동물이 그러듯이 화석이 되어 앉아
있어. 사방에는 적들이야.
이 방 앞에는 아이들이 있고, 두 번째 방 앞에도
마찬가지야. 내가 막 나가려고 했는데, 순간적으로
평온함이 찾아왔고, 그래서 자네한테 편지를 쓰는
거야. 자네는 이곳 플라나의 풍경이 완벽하다는 것,
거의 완벽하다는 것, 그것이 내가 이곳에 머무는 주된
이유라는 것을 믿지 못할 거야.

「막스 브로트에게 보내는 편지(1922. 7. 12.)」『편지들』

34 돈키호테의 불행은 그의 상상력이 아니라 그와
함께한 산초 판사다.

「세 번째 팔절판 노트」『유고 2』

35 산초 판사는 그것을 결코 자랑한 적은 없지만, 세월이
흐르는 동안 저녁과 밤 시간에 여러 기사소설과
도둑소설을 곁에 두고 읽고는, 나중에 그가
돈키호테라고 이름을 붙여주었던 악마로 하여금
무절제하게 가장 미친 짓들을 행하게 함으로써 그
악마를 자신에게서 떼어놓는 데 성공했다. 그런데
그 미친 짓들은 미리 정해진 대상이 없었으므로(물론
바로 산초 판사 자신이 그 대상이 되어야 했겠지만)
그 누구에게도 해가 되지는 않았다. 산초 판사는
자유로운 인간으로서 한결같은 마음으로, 아마도
어떤 책임감도 느끼면서 원정에 나선 돈키호테를
따라나섰고, 생을 마칠 때까지 거기서 크고 유익한
즐거움을 맛보았다.

「산초 판사에 관한 진실」『유고 2』

36 자신에게 닥친 소송에 대해 그가 이전에 품었던
경멸감은 더는 통하지 않았다. 만약에 그가 세상에서
혼자 사는 것이라면 소송 같은 것은 가볍게 무시할
수도 있었을 것이다. 물론 그런 경우라면 소송

같은 것은 아예 생겨나지도 않았을 것이라는 점도
분명했다.

『소송』

37 나 자신을 관찰한 바에 따르면, 내가 사람들을 피하는
이유는 조용하게 살기 위해서가 아니라 조용하게
죽기 위해서다.

『일기(1914. 7. 29.)』

38 누군가와 함께 산다는 것은 힘든 일이다. 낯선 감정과
동정, 쾌락, 비겁함, 허영심이 강요되고, 어쩌면
단지 밑바닥에서만 사랑이라고 부를 만한 작고 얕은
시내가 흐르는 것 같다. 그것은 찾는다고 얻어지는
것이 아니고, 한순간이라는 찰나에 한 번 반짝이는
것이다.

『일기(1916. 7. 5.)』

39 산봉우리들은 서로를 마주 봅니다. 이와는 달리
산봉우리의 그늘에 움츠리고 있는 분지들과 작은
골짜기들은 대체로 같은 수준에서 살면서도 서로에
대해 아무것도 모릅니다.

『카프카와의 대화』

40   "저 감시인들은 하여튼 자신들조차 이해하지 못하는
것을 주절대고 있다. 저들이 가진 확신은 단지 저들이
무지한 탓에 가능한 것이다. 내 수준에 맞는 사람이
있어 몇 마디를 나누게 되면, 저런 자들과 장황한
대화를 하는 것과는 비교할 수 없을 정도로 모든 것이
분명해질 것이다."

『소송』

41   겸손은 고독하게 절망 상태에 있는 자를 포함해
누구에게나 동료 인간에 대해 가장 강력한 관계를
맺게 해준다. 그러한 일은 즉시 일어나는데, 물론
완전하고 계속해서 겸손한 경우에만 그러하다.
겸손이 이러한 힘을 갖는 것은 그것이 진정한 기도의
언어이기 때문이고, 동시에 경배이면서 가장 확고한
결속이기 때문이다. 동료 인간과의 관계는 기도의
관계이고, 자기 자신과의 관계는 노력의 관계다.
기도에서 노력을 위한 힘을 얻게 된다.

『잠언집』

42   허영심은 추하게 만든다. 그러므로 허영심은 본래 그
자신을 죽여야 할 것이다. 그런데 그렇게 하는 대신
허영심은 단지 자신에게 상처를 가할 뿐이고, 결국
'상처 입은 허영심'이 된다.

「세 번째 팔절판 노트」『유고 2』

43 내가 여기서 말한 것은 물론 내 친구들에게는 단지
과장이고 작은 악의에 지나지 않는다고 할 수
있습니다. (…) 나의 약함을 변명하기 위해 나는 주변
세계를 실제보다 더 강력하게 만듭니다. 그것은 물론
기만입니다.

『카프카와의 대화』

44 사교성에 반대하는 어떤 말도 하지 말게! 나는 또한
사람들 때문에 이곳으로 온 것이고, 적어도 그 점에서
내가 착각한 게 아니라는 것에 만족하고 있다네.
도대체 프라하에서 나는 어떻게 살아가고 있는지!
사람들을 향한 이 열망, 내가 지닌 이 열망은 정작
성취되면 곧 불안으로 변하는데, 휴가 기간에야 이
열망이 비로소 제자리를 찾고 있다네. 나는 확실히
다소 변한 것 같아.

「막스 브로트에게 보내는 편지(1912. 7. 22.)」『편지들』

45 어느 날 저녁, 나는 어머니를 위해 카드놀이 결과를
기록하는 일을 맡으면서 정말로 그 놀이에 참여했다.
(…) 나는 나 혼자와 공동체 사이의 경계 지대를
벗어나는 일이 극히 드물었다. 오히려 혼자 있는

것보다는 이 경계 지대에 더 많이 이주해 있었다. 이
경계 지대는 로빈슨의 섬에 비한다면 얼마나 살아
있고 아름다운 땅인가.

『일기(1921. 10. 29.)』

46 인간 세계는 엄청난 매력을 갖고 있다. 인간 세계의
매력은 한순간에 모든 것을 잊게 만든다.
그러나 나 자신의 세계가 지닌 매력 또한 상당히
크다. 나를 사랑하는 이들은 내가 ‘버림받은’
존재이기에 나를 사랑한다. 그러나 아마도 내가
완전한 진공 상태에 홀로 남겨졌기 때문은 아닐
것이다. 그것보다는 이곳에서는 내가 온전히 누릴 수
없는 움직임의 자유를 다른 차원에서 행복한 시간
속에 향유하고 있을 거라고 여기기 때문이다.

『일기(1922. 1. 29.)』

47 이곳에서뿐만 아니라 내 ‘고향’ 프라하에서도 나는
그렇게 버림받았다. 인간들에게 버림받은 것은
아니다. 그것이 가장 고약한 일은 아닐 것이고,
나는 살아 있는 동안 그들을 따라다닐 수도 있을
것이다. 그런데 나는 사람들과의 관계에서 나
자신에 의해, 사람들과의 관계에서 나의 미약한 힘
때문에 버림받은 것이다. 내게는 나를 사랑하는

사람들이 있지만, 나는 사랑할 수 없다. 나는 너무
멀리 떠나왔고, 바깥으로 추방당한 상태다. 나 역시
인간이면서도 결코 뿌리를 내려 자양분을 얻으려고
하지 않았다고 할 수 있다. (…) 나의 주된 영양분은
다른 대기에 있는 다른 뿌리들로부터 오기 때문이다.
이 뿌리들 역시 빈약하기는 하지만, 더 생명력이
있다.

『일기(1922. 1. 29.)』

48　친구와 이렇게 여행하는 것은 우리의 우정을 더욱
돈독하게 합니다. 낯선 환경에 처하면 우리는 본질에
가까운 것, 친화적인 것을 더욱 명료하고 분명하게
봅니다. 내 생각에 이것은 또한 유대인들에 대해 유대
민족이 지닌 위트의 뿌리이기도 합니다. 우리는 함께
여행할 때 다른 사람들보다 서로를 더욱 잘 보게
됩니다.

『카프카와의 대화』

49　너와 세계 사이의 싸움에서는 세계의 입장을
지지하라.

『잠언집』

50　우리는 그 누구도 기만해서는 안 된다. 심지어

세상에서의 승리를 위해서 세상을 기만해서도 안
된다.

『잠언집』

51   세계로 '도피'하지 않고 어떻게 세계를 즐거워할 수
있겠는가?

『잠언집』

52   세계를 단념하는 사람은 만인을 사랑하지 않을 수
없다. 그 사람은 그들의 세계까지 단념하기 때문이다.
그래서 세상을 단념하는 사람은, 사랑할 수밖에 없는
진정한 인간 본질을 예감하기 시작한다. 물론 그것은
사람이 그 진정한 본질에 필적한다는 것을 전제로
한다.

『잠언집』

53   세계 내에서 자기 이웃을 사랑하는 사람은 세계
내에서 자기 자신을 사랑하는 사람보다 더
부당하지도 않고 덜 부당하지도 않다. 다만 전자의
경우가 가능한가 하는 문제는 남을 것이다.

『잠언집』

54   이웃 사람에게 이르는 길이 내게는 너무 멀기만

합니다.

「로베르트 클롭슈톡*에게 보내는 편지(1922년 여름)」『편지들』

55 사람들과의 교제는 자기관찰로 나아가도록 유혹한다.

『잠언집』

56 자기관찰이라는 피할 수 없는 의무. 내가 다른
누군가에 의해 관찰당하고 있다면, 나 자신도 당연히
나를 관찰해야 한다. 내가 다른 누군가에 의해 전혀
관찰당하고 있지 않다면, 나는 나 자신을 더욱
면밀하게 관찰해야 한다.

『일기(1921. 11. 7.)』

57 내적인 과정이 조야한 데는 여러 이유가 있겠지만,
가장 가시적인 이유는 자기관찰이다. 이 자기관찰은
어떤 표상도 평온해지도록 내버려두지 않는다.
그렇게 되면 솟구치는 각각의 표상은 그 자체
표상으로서 새로운 자기관찰에 의해 다시

* 로베르트 클롭슈톡(Robert Klopstock, 1899~1972)은 부다페스트 출신의 의학도
였다. 카프카는 마틀리아리 요양소에서 결핵을 앓고 있던 동료 환자로서 그를
알게 되었고, 이후 깊은 우정을 나누었다. 그는 특히 카프카 말년에 도라 디아만
트와 함께 키얼링 요양소에서 위독한 상태이던 카프카를 며칠 동안 헌신적으로
간호하면서 죽음의 고통을 덜어주었다.

추적당한다.

『일기(1922. 1. 16.)』

58 그것은 단지 피로감이었을 뿐이다. 그런데 오늘은
이마에서 비지땀이 흐르는 새로운 공격이 있었다.
만약에 사람이 그 자신으로 인해 질식사하면 어떤
기분일까? 만약에 끈질긴 자기관찰의 압박으로
인해 사람이 자신을 세상에 주입하는 구멍이 너무
작아지거나 완전히 닫히게 된다면 어떨까? 나도
가끔은 그런 상황에서 멀리 떨어져 있지 않다.

『일기(1922. 3. 9.)』

59 영원한 청춘은 불가능하다. 그 어떤 방해물이 없다고
해도 그렇다. 자기관찰이 영원한 청춘을 불가능하게
한다.

『일기(1922. 4. 10.)』

60 인간의 행동에 대해 인간이 내리는 판단은 참된
것이지만 동시에 어떤 효력도 없다. 다시 말해 우선은
참된 것이지만, 그러고 나면 어떤 효력도 없다.

「세 번째 팔절판 노트」『유고 2』

61 각 개인에 대한 후세대의 판단이 동시대인들의

판단보다 더 옳은 근거는 죽은 자에게 있다. 사람은 죽은 뒤에야 비로소, 즉 혼자가 되었을 때에야 비로소 자신의 방식대로 자신을 펼치게 된다. 각 개인에게 죽음이란 굴뚝 청소부에게 토요일 저녁이 갖는 의미와 같다. 굴뚝 청소부들은 그때 자신의 몸에서 검댕을 씻어낸다. 동시대인들이 죽은 사람에게 더 많은 해를 끼쳤는지, 아니면 그가 동시대인들에게 더 많은 해를 끼쳤는지가 드러난다. 후자의 경우라면 그 사람은 위대한 사람이었다.

『일기(1920. 2. 19.)』

62   개개인은 고유한 개성을 지닌 존재이고, 그 자신의 고유함을 토대로 활동하라는 소명을 부여받았다. 그러나 개개인은 자신의 고유함을 맛보고 즐길 수 있어야 한다. 내가 경험한 바에 따르면, 학교에서든 집에서든 이러한 고유함을 지워 없애려는 작업이 이루어진다.

「메모장」『유고 2』

63   훈육이라는 것은 어른들의 공모이다. 우리는 이리저리 자유롭게 뛰어다니는 아이들을, 우리 자신도 믿지 않은 핑계를 대면서 우리의 좁은 집 안으로 끌어들인다.

『일기(1916. 10. 8.)』

64 후스 종파Hussiten의 교도들이 가톨릭교도들에게 통합의 기초로 제시한 네 가지 조건에는 모든 대죄를 죽음으로 처벌해야 한다는 조건도 있었다. 대죄에는 '식탐, 폭음, 부정, 거짓말, 위증, 폭리, 고해 헌금과 미사 헌금의 착복'도 포함되었다. 심지어 한 교파는 위에 언급한 대죄의 하나를 범한 자를 보면 즉시 사형에 처할 수 있는 권리가 개개인에게 주어지길 원했다. (…) 우리는 의지라는 채찍을 우리 자신의 손으로 우리 자신에게 휘둘러도 된다.

『일기(1916. 10. 16.)』

65 동물은 주인에게서 채찍을 빼앗아 자기 자신을 채찍질하는데, 그것은 주인이 되기 위해서다. 그러면서 동물은 그것이 주인의 채찍 끈에 있는 하나의 새로운 매듭에 의해 생겨난 환상에 불과하다는 사실을 알지 못한다.

『잠언집』

66 나는 자기 절제를 추구하지 않는다. 자기 절제란 내 정신의 실존이 지닌 무한한 영향력 가운데 하나의 우연한 지점에 작용하려고 하는 것이다.

『잠언집』

67 유럽의 세계박람회에 전시되었다가 고향집으로
돌려보내진 흑인은 향수로 인해 정신착란 상태가
되었고, 이제 그의 마을 한복판에서 부족민들이
탄식하는 가운데 아프리카의 풍속이자 관습으로
유럽의 관객을 매료시켰던 일들을 전통과 의무로
가장 진지한 표정을 짓고 수행하고 있다.

「세 번째 팔절판 노트」『유고 2』

68 그리고 저는 배웠습니다, 신사 여러분. 아, 만약
사람이 배워야 한다면 배우는 법입니다. 출구를
원한다면, 배우지 않을 수가 없습니다. 무자비하게
배우게 됩니다. 채찍질로 자신을 감시하고, 조금만
하기 싫은 마음이 있어도 가혹하게 꾸짖습니다.
그렇게 해서 원숭이 본성은 아주 바쁜 속도로
재주넘기를 하면서 저에게서 떠나갔습니다.

「학술원 보고」『시골 의사』

69 저는 더 뛰어넘기 어려울 정도의 큰 성공을 누리고
있습니다. 제가 밤늦게 연회나 학회, 즐거운 사교
모임을 마치고 집으로 돌아오면, 반쯤 조련된
암침팬지가 저를 기다리고 있는데, 저는 원숭이

방식대로 그것에게 가서 쾌락을 즐깁니다. 하지만
낮에는 그 암침팬지를 보지 않으려 합니다.
암침팬지의 눈빛에서 착란에 빠진 조련된 동물의
광기가 보이기 때문입니다. 저만이 그것을 알아보고,
저는 그 눈빛을 견딜 수 없습니다.

「학술원 보고」『시골 의사』

70　적극적인 자기관찰에 대한 혐오. 그것은 영혼을
다음과 같이 해석하는 것이다. '어제 나는 그런
이유에서 그랬어, 오늘은 이런 이유에서 그래. 아,
그게 아니야. 그 때문이 아니고, 그 때문도 아니며,
따라서 그렇고 그런 것이 아니야.'
성급해지지 말고 차분하게 자신을 감당해야 한다.
개처럼 이리저리 싸돌아다니지 말고, 응당 그래야
하듯 순리대로 살아야 한다.

『일기(1913. 12. 9.)』

71　자기 인식의 어떤 단계에서는, 그리고 관찰하기에
유리한 여타 부수적인 상황에서는, 우리가 자신을
혐오스러운 존재로 여기는 일이 규칙적으로 일어날
수밖에 없다. 선善의 개별 척도는(그 문제에 대해서는
의견이 분분하겠지만) 너무 거대한 것으로 나타날
것이다. 사람들은 자신이 형편없는 숨은 동기들로

가득한 쥐구멍에 불과하다는 사실을 스스로 깨닫게
된다. 어떤 사소한 행동도 이 숨은 동기들에서
벗어나 있지 않을 것이다. 이 숨은 동기들은 너무
추한 것이어서, 우리가 자기관찰을 하는 동안 우선은
그것을 철저히 사유하려 하지 않고, 멀리서 보는 걸로
만족할 것이다. 이 숨은 동기들에서 문제가 되는 것은
단순히 자기 유익이 아닐 것이다. 이 숨은 동기들에
비하면 자기 유익은 선함과 아름다움의 이상으로
나타날 것이다. 우리가 발견한 더러움은 그 자체로
있는 것이다. 우리는 이러한 부채를 잔뜩 안고 지상에
왔고, 이러한 부채로 인해 식별되지 못한 채로 또는
너무 잘 식별된 채로 세상을 떠난다는 사실을 알고
있다. 이 더러움은 우리가 발견하는 밑바닥일 텐데,
거기에는 용암 같은 것이 아니라 더러움이 들어
있을 것이다. 더러움은 밑바닥이기도 하고 가장
상층을 형성하기도 해서, 심지어 자기관찰이라는
회의조차도 금방 약해지고 오물에 뒹구는 돼지처럼
자기도취적이게 될 것이다.

『일기(1915. 2. 7.)』

72 '너 자신을 인식하라'라는 말은 '너 자신을
    관찰하라'라는 뜻이 아니다. '너 자신을
    관찰하라'라는 말은 뱀의 말이다. '너 자신을

인식하라'라는 말은 '너의 행동의 주인이 돼라'라는
뜻이다. 그런데 너는 벌써 네 행동의 주인이다.
그러므로 그 말은 '너 자신이 잘못되었음을 깨달아라!
너 자신을 파괴하라!'라는 뜻, 그러니까 어떤 악한
것이다. 그런데 그것을 아주 깊이 들여다보게 되면,
거기에는 선한 의미도 있다. 바로 '네가 다른 무엇이
아닌 너 자신이 되게 하기 위한 것'이라는 뜻이다.

「세 번째 팔절판 노트」『유고 2』

73 가장 강력한 빛이 있으면 사람은 세계를 해체할 수
    있다. 시력이 약한 눈으로 보면 세계는 단단해지고,
    시력이 더 약한 눈으로 보면 세계는 주먹을 단단히
    쥐며, 시력이 더욱더 약한 눈으로 보면 세계는
    부끄러움을 느끼면서 세계를 감히 쳐다보는 자를
    박살 낸다.

    『잠언집』

74 개인은 그 자체로는 반박될 수 없는 존재다. 그런데
    인간적인 결합들은 한 구성원이 자신의 강력한
    현존을 통해 이러한 개인들을 반박한 것처럼 보이는
    토대에서 성립한다. 개인들에게는 이러한 상태가
    달콤하고 크게 위안이 되는 것이지만, 진리가
    결핍되어 있고 따라서 지속성이 없다. (…)

그 사람은 자신의 개인적인 삶을 위해 살지 않고,
자신의 개인적인 생각을 위해 생각하는 것이 아니다.
그는 가족의 강요 아래 생각하고 사는 것처럼 보인다.
가족은 그 자체로 생명력이 있고 사고능력이 아주
풍부하지만, 가족에게 그는 자기도 알지 못하는 어떤
법칙에 따라 형식적으로 필요한 존재일 뿐이다. 이
미지의 가족과 미지의 법칙들로 인해 그는 풀려날
수가 없다.

『일기(1920. 2. 15.)』

75 의식의 편협성은 하나의 사회적인 요구다. 모든
미덕은 개별적인 것이고, 모든 악덕은 사회적인
것이다. 사회적인 미덕으로 여겨지는 것, 예를 들어
사랑, 이타성, 정의, 희생의 용기 같은 것은 단지
'놀라울 정도로' 순화된 사회적인 악덕일 뿐이다.

『일기(1920. 2. 19.)』

76 소녀들이 교육을 받는 것, 그들이 성인이 되는 것,
세상의 규칙에 적응해가는 것이 내게는 언제나
특별한 가치를 지녔다. 그러고 나면 소녀들은
누군가가 그녀들을 슬쩍 알게 되고 슬쩍 말을
걸어보고 싶어 하는 사람에게서 더는 가망 없이
도망하지 않고, 벌써 조금은 그 자리에 서 있게 된다.

『일기(1911. 11. 26.)』

77 우리는 교육학을 근본적으로 실무를 위해 익힐 수는
없습니다. 그러나 우리는 이성적인 교육학 책자를
가지고 우리 자신의 교육학적 능력을 불러일으킬
수 있고, 그것을 알게 되고, 또 측정할 수 있습니다.
한 권의 책이 그 이상을 할 수는 없고, 그 이상을
기대해서도 안 됩니다.

『펠리체에게 보내는 편지(1916. 9. 18.)』

78 언어교육은 그것이 실천적인 인간 사랑의 첫 단계라는
점을 확인하는 데서 정당성을 찾을 수 있습니다.
여기서 말하는 인간 사랑은 마음으로 환대를 실천하는
일, 편협한 자신의 감정에서 벗어나는 일, 타인의 관념
세계로 진입해 들어가는 일, 다시 말해 관용과 겸손이
확장되는 형태로 표현됩니다. 이러한 것을 체험하지
않고 단순히 언어를 습득하는 것만으로는 성취되는
것이 거의 없습니다. 이러한 점은 같은 언어공동체
내부에서, 예를 들어 계층이나 세대 간에 지배하는
화해 불가능한 대립들에서, 볼 수 있습니다. 이러한
의미에서 같은 언어 사용자의 언어를 습득하는 일도
필요합니다.

『펠리체에게 보내는 편지(1916. 9. 25.)』

III

법과 처벌

1   모세라는 인물은 지도자가 아닙니다. 그는 오히려 재판관, 엄격한 재판관입니다. 결국 인간은 단지 가혹하고 가차 없는 재판을 통해서만 이끌어갈 수 있는 것입니다.

『카프카와의 대화』

2   인간은 구원을 얻기 위해 자발적으로 자기 자신을 제한하고, 가장 값지고 가장 실질적인 소유물인 자신의 인격을 포기합니다. 인간은 외적인 구속을 통해 내적인 자유를 얻고자 합니다. 그것이 율법에 자신을 복종시킨다는 의미입니다.

『카프카와의 대화』

3   우리의 법들은 일반적으로는 잘 알려져 있지 않고, 그 법들은 우리를 지배하는 소수 귀족계급의 비밀이다. (…)

법은 사실상 처음부터 귀족을 위해 제정된 것이다. 귀족은 법 밖에 서 있고, 바로 이 때문에 법은 오로지 귀족의 손에 독점적으로 주어진 것처럼 보인다. 그 법 안에는 물론 지혜가 들어 있다. 누가 그 옛날 법들의 지혜를 의심한단 말인가? 그러나 십중팔구 그것에 접근할 수 없다는 것, 그것이 우리에게는 고통스러운 일이다. (…)

만약 법이 있다면, 그것은 단지 '귀족이 행하는 것이
법이다'라는 것을 의미할 뿐이라는 의견이 있고,
그것을 입증하려고 애쓰는 작은 파당이 실제로
존재한다.

「법의 문제」『유고 2』

4 누군가 요제프 K를 중상모략한 것이 틀림없다. 무슨
특별한 나쁜 짓을 저지르지도 않은 것 같은데 그는
어느 날 아침 느닷없이 체포되었기 때문이다.

『소송』

5 K는 엄연히 법치국가에 살고 있었다. 어디든지
평온이 지배하고 있고, 모든 법률이 제대로 엄존하는
상황이다. 그런데 누가 감히 그의 거처까지 쳐들어와
그를 급습할 수 있단 말인가?

『소송』

6 "나는 가장 낮은 직급의 일만 알지만, 그래도 내가
아는 바로는 우리 관청은 가령 주민들에게서 죄를
찾아내는 것이 아니라, 법에 적혀 있는 대로 죄에
이끌려서 우리 감시인들을 파견할 수밖에 없다는
것입니다."

『소송』

7 "저 사람은 법을 모른다고 하면서 자신은 죄가 없다고
주장하는군."

『소송』

8 "내 말을 오해했군요. 당신이 체포된 것은
확실합니다. 하지만 그렇다고 해서 당신이 직업을
수행하는 데 방해를 받는 것은 아닙니다. 당신의
통상적인 삶의 방식도 방해받지 않을 것이고요."

『소송』

9 "이 거대한 법원 조직은 말하자면 영원한 부유浮游
상태에 있다는 사실을 알아야 한다. 그래서 만일
누군가가 자신의 위치에서 독자적으로 무엇인가를
변경하면 그것은 자기 발아래 있는 지반을 없애는
셈이어서 자신만 추락하게 될 뿐이다. 반면에 그
거대한 조직은 모든 것이 유기적으로 연결되어
있으므로, 사소한 장애는 다른 곳에서 손쉽게
보완하여 이전과 다름없는 상태를 유지한다. 어쩌면
그 조직은 이전보다 더 단호하고, 더 주의 깊고, 더
엄격하고, 더 악의적으로 변할 소지도 충분히 있다."

『소송』

10 "우리에 대해서나 앞으로 당신에게 일어날

일들에 대해서보다는 당신 자신에 대해 더 많이
생각해보십시오."

『소송』

11　법원에 제출할 청원서를 쓴다는 것은 거의 끝이
없는 작업이다. 특별히 소심한 성격이 아니더라도
청원서를 완성하는 것 자체가 불가능한 일이라는
생각은 누구든지 쉽게 할 수 있다. (…) 현재 무슨
이유로 기소되었는지도 모르고 앞으로 그것이
어떻게 확대될지 전혀 감조차 잡을 수 없는 상황에서,
지금까지의 삶 전부를 아주 사소한 행동과 사건들에
이르기까지 기억 속에 떠올려 서술하고 모든
방면에서 검토해야 하는 작업이기 때문이다.

『소송』

12　그러나 화가는 다시 자기 자리에 앉더니 농담 반 진담
반으로 이렇게 말했다.
"모든 것이 법원에 속해 있습니다."*

『소송』

13　"최종적인 무죄를 선고할 권한은 당신이나 나를

＊　요제프 K에게 건넨 말.

포함해 우리 모두가 접근할 수 없는 최고법원만
갖고 있습니다. 그곳이 어떻게 생겼는지 우리는 알지
못하고, 또 말이 나왔으니 말이지 굳이 알려고 하지도
않습니다.”

『소송』

14   “어떤 서류도 분실되지 않고, 법원에서는 잊어버리는
일 같은 것은 없습니다. 어느 날, 아무도 예측하지
못한 상황에서, 어떤 판사가 그 서류를 손에 들고
유심히 들여다보다가 그 경우는 기소가 아직 살아
있다는 것을 깨닫고는 즉각적인 체포를 지시하는
것입니다.”

『소송』

15   “세 가지 가능성이 있는데, 실질적인 무죄판결,
외견상의 무죄판결, 그리고 판결 지연이 그것입니다.
물론 가장 좋은 것은 실질적인 무죄판결이지만,
나는 그런 종류의 해결에 아무런 영향력이 없습니다.
제 생각에 한 개인으로서 실질적인 무죄판결이
내려지도록 영향력을 행사할 수 있는 사람은 아무도
없습니다. 이 경우에 결정적인 것은 아마 피고인의
무죄뿐입니다.”

『소송』

16 소송을 당한 자들은 바로 세상에서 가장 아름다운
자들입니다. 그들을 아름답게 만드는 것이 죄라고
할 수는 없을 것입니다. 왜냐하면, 적어도 저는
변호사로서 말씀드릴 수밖에 없는데, 모든 피고인이
유죄인 것은 아니니까요. 그렇다고 그들이 받게
될 정당한 처벌이 지금 그들을 그토록 아름답게
만든다고 할 수도 없습니다. 모든 피고인이 처벌을
받지는 않으니까요. 그렇다면 그 이유는 바로
그들에게 제기되어 계속 붙어 따라다니는, 그래서
도저히 벗어날 수 없는 소송에 있다고 할 수
있습니다.

『소송』

17 그러나 '정의의 여신'은 눈에 잘 띄지 않는 음영
처리를 제외하고는 전체적으로 밝은 빛깔에 감싸여
있었고, 밝은 바탕 덕분에 여신의 형상이 더욱
도드라져 보였다. 그런데 그 모습은 더는 정의의
여신을 연상시키지 않았다. 그렇다고 그것은 '승리의
여신'도 아니었고, 이제는 오히려 완전히 '사냥의
여신'을 빼닮아 있었다.

『소송』

18 "결코 좋은 결합이 아니군요." K가 미소를 지으며

말했다. "정의의 여신은 가만히 있어야 합니다.
그렇지 않으면 손에 든 저울이 흔들리고 어떤 공정한
판결도 가능하지 않습니다."

『소송』

19 변호사의 방법이라는 것은, 의뢰인이 세상사를 다
잊고 소송이 끝날 때까지 이런 잘못된 길로 질질
끌려다니기를 스스로 바라게 만드는 것이었다. 저
사람은 더는 의뢰인이 아니라 변호사의 개였다. 만일
변호사가 상인에게 개집에 들어가듯 침대 아래로
기어들어 짖으라고 한다면 저 사람은 기꺼이 그렇게
했을 것이다.

『소송』

20 "그러니까 나는 법원에 속한 사람입니다." 신부가
말했다. "그러니 내가 당신에게 무엇을 더 바랄 것이
있겠습니까? 법원은 당신에게 아무것도 원하지
않습니다. 법원은 당신이 오면 받아들이고, 당신이
가면 그렇게 내버려둘 뿐입니다."

『소송』

21 요제프 K가 말했다. "뭔가 잘못된 겁니다. 도대체
인간이라는 사실이 어떻게 죄가 될 수 있단

말입니까? 이 땅에서 우리는 너 나 할 것 없이 모두
똑같은 인간입니다."
"그건 맞는 말입니다." 성당 신부가 말했다. "하지만
죄 있는 사람들이 늘 그런 식으로 말하지요."

『소송』

22 사냥꾼이 말했다. "저는 사냥꾼이었습니다. 혹시
그것이 죄일까요? 당시만 해도 아직 늑대들이
들끓는 슈바르츠발트에서 저는 사냥꾼으로 배치되어
있었습니다. 저는 매복해서 기다렸고, 총을 쏘았고,
명중시켰고, 가죽을 벗겼습니다. 혹시 그것이
죄일까요? 저의 일은 축복을 받았습니다. 저는
'슈바르츠발트의 위대한 사냥꾼'이라고 불렸습니다.
그것이 죄일까요?"

「사냥꾼 그라쿠스」『유고 1』

23 그가 한 번도 보지 못한 판사는 어디에 있는 것일까?
그가 결코 이르지 못한 상급법원은 어디에 있단
말인가?

『소송』

24 그러나 K의 목에 한 남자의 두 손이 놓이더니
동시에 다른 남자가 그의 심장에 칼을 찔러 넣고 두

번 돌렸다. K는 희미해져가는 두 눈으로 바로 자기 눈앞에서 두 남자가 서로 뺨을 맞대고 최종 판결을 지켜보는 모습을 올려다보았다.

"개같군!" K가 말했다. 그가 죽은 후에도 치욕은 살아남을 것 같았다.

『소송』

25　『실종자』의 주인공 카를 로스만과 『소송』의 주인공 요제프 K, 죄 없는 자와 죄 있는 자, 결국 둘 다 아무런 차이 없이 처벌을 받고 죽게 된다. 죄 없는 자는 맞아 죽었다기보다는 더 손쉽게 옆으로 떠밀려 죽은 것이다.

『일기(1915. 9. 30.)』

26　열여섯 살의 카를 로스만은 고향에서 하녀의 유혹에 넘어가 아이를 임신시킨 일 때문에 그의 가난한 부모에 떠밀려 미국으로 보내졌다. 이미 속력을 늦춘 배가 뉴욕항에 들어서자, 그가 오랫동안 지켜보았던 자유의여신상이 갑자기 더 강렬해진 햇빛을 받은 듯 그는 그쪽으로 시선을 돌렸다. '칼'을 든 여신의 팔은 마치 새로 돋아난 것처럼 우뚝 솟아 있었고, 여신의 형상 주위로는 자유로운 공기가 흐르고 있었다.

「화부」『실종자』

27 "나의 사랑하는 조카는 이제 부모에게서 (단지 사태를 제대로 밝히려고 한다면) 그냥 쫓겨난 것입니다. 고양이가 나를 화나게 하면 그냥 문밖으로 내던지듯이 말입니다. 내 조카가 무슨 일을 저질러서 그런 벌을 받게 되었는지 얼버무릴 생각은 추호도 없습니다. (…) 나의 조카는 어떤 하녀에게 유혹을 당했습니다. (…) 그 하녀는 내 조카의 아이를 낳게 되었고요. (…) 조카의 부모는 양육비 부담이나 그 밖의 자신들에게 닥칠 추문을 피하려고 자신들의 아들인 제 조카를 미국으로 떠나보낸 것입니다."

「화부」『실종자』

28 "상황을 오해하지 말아야지!" 상원의원이 카를에게 말했다. "정의의 문제가 중요할지 모르지만, 동시에 규율의 문제도 중요해. 둘 다, 그리고 특히 후자는 이곳 배에서는 선장님의 판단을 따르는 데 있어."

「화부」『실종자』

29 내게는 운다는 것이 특히나 끔찍합니다. 나는 잘 울지를 못합니다. 다른 사람이 우는 것은 내게는 이해할 수 없는 낯선 자연현상처럼 느껴집니다. 여러 해 동안 나는 두세 달 전에 단 한 번 운 적이 있어요. 그때는 물론 안락의자에 앉아, 두 번 연속해서 짧게

흐느껴 울었습니다. 훌쩍거리기를 멈출 수가 없어서
혹시 옆방에서 자고 있던 부모님을 깨우지 않을까
걱정했어요. 밤에 이렇게 운 것은 내 소설*에 나오는
한 대목 때문이었어요.

『펠리체에게 보내는 편지(1912. 11. 28.)』

30 개들은 대개 멀리서 누군가가 다가오면 벌써 의미
없이 짖어댄다. 그러나 어쩌면 최고의 경비견은
아닐지라도 매우 이성적인 존재인 어떤 경비견들은
낯선 자에게 조용히 다가가 킁킁대며 냄새를
맡아보고는 수상쩍은 냄새가 날 때에야 비로소
짖는다.

『일기(1917. 10. 21.)』

31 사냥개들은 아직 마당에서 놀고 있다. 그러나
사냥감은 사냥개들에게서 벗어나지 못한다. 지금
벌써 숲속에서는 아주 활발하게 사냥감을 추적하고
있다.

『잠언집』

32 처벌이 찾아오고 내가 그 처벌을 자유롭게 확신에

* 『실종자』를 가리킨다.

차서 행복해하면서 환영하는 데 나의 행복이 있었다.
이 광경을 보고 신들은 분명 감동했을 것이고, 나는
그 신들의 감동을 거의 눈물을 쏟으면서 느꼈다.

『일기(1921. 10. 20.)』

33 사냥개의 잠, 그것은 정말 미스터리다. 아니
사냥개들은 잠들어 있지 않다. 그들은 다만 사냥을
기다리고 있고, 그 모습이 잠든 것처럼 보이는
것이다.

「메모장」『유고 2』

34 "너는 이제 너 자신 말고도 무엇이 있는지 알게
되었겠지. 지금까지는 오직 너 자신밖에 몰랐는데
말이야. 너는 본래 순진무구한 아이였지. 그런데
더 근본적으로 보면 너는 악마 같은 인간이었어.
그러니까 명심해라. 나는 네게 지금 익사 형을
선고한다!"

「선고」

35 소년 시절에는 부모가 자랑스러워했던 뛰어난
체조선수였던 그는 그때와 같은 체조 솜씨로
난간을 훌쩍 뛰어넘었다. 점점 힘이 빠지는 손으로
아직 난간을 꼭 잡은 그는 자신이 떨어지는 소리를

쉽사리 파묻어버릴 것 같은 버스를 다리 난간 사이로
바라보면서, "사랑하는 부모님, 저는 언제나 부모님을
사랑했어요"라고 나지막이 외치고는 아래로
떨어졌다.
그 순간 다리 위에서는 정말 끊임없는 교통의 흐름이
이어지고 있었다.
「선고」

36 그*는 자신의 가족을 감동과 사랑의 마음으로
돌이켜보았다. 그가 사라져야 한다는 생각은 아마도
여동생보다 그레고르 자신이 더욱 단호하게 지니고
있었을 것이다. 새벽 3시를 알리는 괘종 소리가 들릴
때까지 이렇게 그는 공허하고 평화로운 생각에 잠겨
있었다. 그 후로 창밖이 훤해지는 것까지도 의식에
들어왔다. 그러고 나서 의지와 무관하게 그의 머리가
아래로 완전히 가라앉았고, 콧구멍에서는 마지막
숨이 희미하게 흘러나왔다.
「변신」

37 귀가하는 길에 나는 막스에게, 고통이 너무 크지만
않다면 나는 임종의 자리에서 아주 만족감을 느낄

* 그레고르를 가리킨다.

것이라고 말했다. 그러면서 내가 쓴 글 중 최상의
글은 만족하면서 죽을 수 있는 이러한 능력에 그
근거를 둔다고 덧붙이는 것을 잊어먹었고, 나중에는
의도적으로 이러한 언급을 그만두었다. 훌륭하고
아주 설득력이 있는 그 모든 대목에서 언제나 중요한
것은, 누군가가 죽는다는 것, 그 사람은 몹시 힘든
상황을 맞는다는 것, 그 사람에게는 부당함 내지는
적어도 가혹함이 따른다는 것 그리고 그러한 죽음은
적어도 내 생각에는 독자들에게 감동적이라는
것이다. 그런데 임종의 자리에서도 만족감을 느낄 수
있으리라고 여기는 내게는 이러한 묘사들은 비밀리에
하나의 유희다. 나는 죽어가는 인물의 상황에
기뻐하고, 따라서 죽음에 쏠리는 독자의 관심을
계산적으로 이용하는데, 임종의 자리에서 한탄하게
될 사람보다는 정신이 훨씬 더 또렷하다. 따라서 나의
한탄은 가능한 한 완전하고, 예를 들어 실제적인
한탄처럼 갑작스럽게 중단되지 않으며, 아름답고
순수하게 진행된다.

『일기(1914. 12. 13.)』

38 "내가 판단을 내릴 때 따르는 기본 원칙은 '죄는
언제나 의심의 여지가 없다'라는 것입니다. 다른
법정들은 이 원칙을 따를 수 없습니다. 왜냐하면

판사가 여럿이고 게다가 위에는 상급법원까지 있기
때문입니다.”

「유형지에서」

39   재판절차가 부당하고 처형이 비인간적이라는 점은
      의심의 여지가 없었다.

「유형지에서」

40   “우리의 판결은 그리 준엄하지 않습니다. 이 죄수를
      예로 말씀드리면, ‘네 상관을 공경하라’라는 문구가
      그의 몸에 새겨질 것입니다.”

「유형지에서」

41   “엎드린 사람의 얼굴이 닿는 여기 침대머리 부분에는
      펠트로 된 작은 조각이 있는데, 그 토막이 죄수의
      입으로 바로 들어가도록 간단하게 조절할 수
      있습니다. 이 토막은 소리를 내거나 혀를 깨물지
      못하도록 하는 것입니다. 당연히 죄수는 펠트 토막을
      입안에 받아들일 수밖에 없습니다. 안 그랬다가는
      목이 부러질 것이기 때문입니다.”

「유형지에서」

42   “기계의 써레가 글자를 쓰기 시작합니다. 죄수의 등에

일단 글자가 새겨지고 나면, 솜판이 구르면서 천천히 죄수의 몸을 옆으로 돌려놓습니다. (…) 써레는 이런 식으로 글자를 점점 더 깊이 써넣습니다. (…) 그러고 나면 여섯 시간째부터는 얼마나 조용해지는지! 어떤 멍청한 자더라도 이성이 깨어나는 거죠. 그것은 눈 주변부터 시작되고, 그곳에서부터 퍼져나갑니다. 그 광경을 보면 함께 써레에 눕고 싶은 욕망이 일어날 정도입니다. 이제는 더는 아무 일도 일어나지 않습니다. 죄수는 그냥 자신의 몸에 새겨진 글자를 해독하기 시작합니다. 글자를 눈으로 해독하는 일은 쉽지 않습니다. 우리의 죄수는 이제 몸에 새겨진 상처를 통해 글자를 해독하는데, 완전히 해독하기까지는 여섯 시간이 걸린답니다."

「유형지에서」

43 예상치 못한 더욱 심각한 사태가 벌어졌다. 처형을 위한 써레는 글자를 쓰지 않고 죄수의 몸을 찌르기만 했고, 침대는 몸을 굴리는 것이 아니라 그저 진동하면서 죄수의 몸을 들어 올려 바늘에 박아 넣고 있었다. (…) 그것은 처형을 담당한 장교가 달성하고자 했던 그런 고문이 아니었다. 그것은 직접적인 살인이었다.

「유형지에서」

44 "우리 가족은 어떤 실질적인 처벌은 없으리라는 것을
알고 있었어요. 다만 사람들이 우리에게서 떠나갔던
거죠. 여기 마을에서도 그리고 성에서도 그랬어요.
(…) 물론 우리에게는 경작할 땅도 없고, 우리에게
일거리를 주는 곳도 없었어요. 말하자면 우리 가족은
난생처음 아무것도 하지 말고 지내라는 선고를 받은
거였어요. (…) 아무 일도 일어나지 않았고요. 소환도,
방문도, 아무것도 없었어요."
『성』

45 나의 궁극적인 목표에 비추어 나를 검토해보면,
내가 실은 좋은 사람이 되려고 하고 최고 법정에
부응하는 사람이 되려고 노력하지 않는다는 점이
드러납니다. 그것과는 반대로 나는 인간과 동물
공동체 전체를 조망하고자 하고, 그들의 기본적인
애호, 욕망, 도덕적 이상을 알고자 하며, 그것들을
단순한 규정들로 환원하고자 하고, 이러한 방향으로
나를 가능한 한 빨리 발전시켜 모두의 호감을 샀으면
합니다. 그리고 (여기에서 비약이 나타나는데) 내가
보편적인 사랑은 잃어버리지 않은 채 결국에는 불에
태워지지 않는 유일한 죄인으로서 내 안에 있는
비열함을 공공연히 모든 사람이 보아도 좋을 정도로
모두의 호감을 사고자 합니다. 요약해서 말하자면,

내게 유일하게 중요한 것은 '인간 법정'이고, 나는
더군다나 이 인간 법정을 기만을 동원하지 않은 채
기만하려 합니다.
이것을 어떤 임의의 경우가 아니라, 오히려
실질적으로 나의 대표적인 경우라고 할 수 있는 우리
관계에 적용할 수 있습니다. 내게는 그대가 인간
법정입니다. 내 안에서는 두 존재가 싸우고 있습니다.
더 정확히 말하면, 나는 고문을 당하고 있는 남은
일부분을 제외한다면 그 두 존재의 투쟁으로
구성되어 있습니다. 두 존재 중 하나는 선한 존재,
다른 하나는 악한 존재이고, 때로 그 둘은 자신들의
이러한 가면을 바꾸어 쓰는데, 그것은 혼란스러운
투쟁을 더욱 엉클어지게 합니다.

『펠리체에게 보내는 편지(1917. 9. 30.)』

46   나는 불결한 존재입니다, 밀레나. 한없이 불결합니다.
그래서 내가 순결에 대해 이렇게 야단법석을 떠는
것입니다. 지옥의 가장 깊은 곳에 있는 사람들만큼
순결하게 노래를 부르는 사람은 없어요. 우리가
천사의 노래라고 여기는 것은 그들의 노래입니다.

『밀레나에게 보내는 편지(1920. 8. 26.)』

IV

삶과 실존

1 우리는 눈 속에 파묻힌 나무들과 같다. 그 나무들은 겉보기에는 불안정하게 서 있고, 자그마한 충격만 가해도 옆으로 쓰러질 것 같다.

아니, 그렇지 않다. 나무들은 땅에 단단하게 뿌리박혀 있기 때문이다. 하지만 실은 그것조차도 단지 겉보기에 그럴 뿐이다.

「나무들」『관찰』

2 지상의 오염된 눈으로 보면, 우리는 긴 터널 속에서, 하필이면 입구의 빛은 더는 보이지 않고 출구의 빛도 아주 희미해서 눈길로 끊임없이 빛을 탐색하면서도 입구도 출구도 분간하지 못할 정도로 빛이 사라져버린 지점에서 사고를 당한 열차의 승객들 같다.

그런데 감각의 혼란 때문인지 아니면 감각이 극도로 예민해진 탓인지 우리 주변에서 보게 되는 것은 온통 괴물뿐이고, 개개인의 기분과 부상 정도에 따라 무아경을 느끼게 하거나 또는 피곤하게 만드는 만화경 놀이뿐이다.

「세 번째 팔절판 노트」『유고 2』

3 그는 자유롭고 안전한 지상의 시민이다. 그는 하나의 쇠사슬에 매여 있는데, 그 사슬은 그에게 모든 지상의

공간을 자유롭게 활보하게 하지만 지상의 한계를 뛰어넘을 수 없는 정도의 길이만 갖고 있다. 그런데 그는 동시에 자유롭고 안전한 천상의 시민이기도 하다. 그는 유사하게 계산된 길이를 지닌 하늘의 쇠사슬에 매여 있기 때문이다.

이제 그가 지상에 머물려고 하면 천상의 목줄이 그의 목을 쥔다. 그가 천상에 머물려고 하면 지상의 목줄이 그를 쥔다. 그렇지만 그는 모든 가능성을 갖고 있고, 그것을 느끼고 있다. 다시 말해 그는 그 모든 것이 맨 처음에 묶일 때 일어난 하나의 실수 탓이라는 점을 거부한다.

『잠언집』

4 알렉산드로스대왕은 젊은 시절에 많은 군사적인 성공을 거두었고 그 자신이 훈련시킨 탁월한 군대를 보유했으며 또 자신의 내부에서 세상을 바꾸기 위한 힘을 느꼈음에도 불구하고 헬레스폰토스해협*에 멈춰 서서 절대로 건너가지 않았으리라고 가정해볼 수 있을 것이다. 그것은 두려움, 우유부단함, 의지의 박약 때문이 아니라 바로 '지상의 무게' 때문이었을 것이다.

---

* 오늘날의 다르다넬스해협을 가리킨다.

『잠언집』

5   "아" 하고 쥐가 말했다. "세상이 날마다 점점 더
     좁아지고 있다. 맨 처음에는 내가 겁먹을 정도로
     세상이 너무나 넓었는데, 계속 달리다 보니 마침내
     저 멀리서 오른쪽과 왼쪽에 벽들이 보여 행복했다.
     하지만 그 긴 벽들이 양쪽에서 서로 아주 빨리 좁혀
     들어오는 탓에 나는 어느새 마지막 방에 와 있다.
     그리고 저기 저 귀퉁이에 덫이 있는데, 나는 그
     안으로 달려 들어가고 있다."
     "너는 단지 달리는 방향만 바꾸면 되는 거야."
     고양이는 쥐에게 이렇게 말하고는 쥐를 잡아먹어
     버렸다.
     「작은 우화」『유고 2』

6   이 세계의 불균형은 단지 하나의 숫자적인 불균형에
     불과하다는 인상과 함께 사람들에게 잘못된 위안을
     줄 수 있다.
     『잠언집』

7   "나는 하찮은 혼란이 상황에 따라서는 한 사람의
     실존을 결정한다는 점을 통찰했습니다."
     『성』

8 우리는 이 세계가 다만 창조되었던 시점에서 볼
때만 좋았다고 여길 수 있다. 오직 그곳에서만 '보라,
세상은 보기 좋았다'라고 말했기 때문이다. 그리고
세계가 유죄판결을 받고 파괴될 수 있는 것은 오직
그곳에서부터다.

「네 번째 팔절판 노트」『유고 2』

9 성당 신부가 말했다. "모든 것을 진실이라고 생각할
필요는 없어요. 그것을 다만 필연적인 것이라고
생각하기만 하면 됩니다."
"우울한 견해로군요." K가 말했다. "여기서는 허위가
세계질서가 되고 있군요."

『소송』

10 법 앞에 문지기가 하나 서 있다. 시골에서 온 남자가
이 문지기에게로 와서 법 안으로 들여보내달라고
요청한다. 그러나 문지기는 지금은 그를 들여보내줄
수 없다고 말한다. 남자는 곰곰이 생각하다가, 그러면
나중에는 들어갈 수 있겠느냐고 묻는다. "그럴 수
있겠지." 문지기가 말한다. "그러나 지금은 곤란해."
법으로 들어가는 문은 언제나 열려 있고 문지기는
옆으로 비켜서 있어서, 남자는 문 너머로 안을
들여다보기 위해 몸을 구부린다. 문지기가 그것을

보고는 웃음을 터뜨리며 말한다. "그렇게 마음이
끌리거든 내 금지를 어기고 어디 감히 들어가 봐.
그러나 내가 힘이 세다는 걸 명심해. 그리고 나는
제일 말단 문지기에 지나지 않아. 홀마다 문지기가 서
있는데, 안으로 들어갈수록 점점 더 힘이 센 문지기가
지키고 있어. 세 번째 문지기만 해도 나는 그 모습을
제대로 쳐다보지 못할 정도야." 시골에서 온 남자는
이런 난관이 있으리라고는 미처 예상하지 못했다.
법이란 누구나 언제든지 다가갈 수 있어야 한다고
생각하지만, 이제 남자는 모피 외투를 걸친 문지기,
그의 커다란 뾰족코, 길고 숱이 적은 타타르풍의
검은 수염을 찬찬히 뜯어보고는 차라리 들어가는 걸
허락해줄 때까지 기다리겠다고 결심한다. (…)
마침내 남자의 시력은 약해지고, 그는 자기 주위가
정말 어두워지고 있는 것인지 아니면 단지 자기 눈이
자신을 속이고 있는 것인지 알아차리지 못한다. 그런데
그 어둠 속에서 그는 법의 문에서부터 꺼질 줄 모르고
흘러나오는 광채를 알아본다. 이제 그는 살날이 얼마
남지 않았다. 죽음을 앞두고 그의 머릿속에서는 지난
세월의 모든 경험이 하나의 질문으로 집약되는데,
그것은 그가 여태껏 문지기에게 한 번도 던져보지
못했던 질문이다. 남자는 점점 굳어가는 자신의 몸을
일으킬 기력조차 없어서 문지기에게 손짓으로 신호를

보낸다. 문지기는 그에게 몸을 깊숙이 기울일 수밖에 없다. 남자의 체구가 현저히 줄어들어 키가 크게 차이 났기 때문이다. "이제는 도대체 무엇을 알고 싶은 거지?" 문지기가 묻는다. "자네는 정말 만족을 모르는 끈질긴 사람이야." "모든 사람이 법에 이르고자 애를 쓰고 있는데……." 시골에서 온 남자가 말했다. "그 긴 세월 동안 나 말고는 입장을 요구하는 사람이 없으니, 도대체 어떻게 된 건가요?" 문지기는 남자의 임종이 임박했음을 알아차리고는 청력이 약해진 그의 귀에 대고 외쳤다. "이곳은 자네 말고는 누구에게도 입장이 허락되지 않아. 왜냐하면 이 입구는 단지 자네만을 위한 것이었거든. 나는 이제 가서 그 입구를 닫겠네."

「법 앞에서」『소송』

11 사람은 나이를 먹을수록 그만큼 지평이 넓어집니다. 그러나 삶의 가능성은 점점 더 축소됩니다. 결국 남는 것은 단 한 번의 올려다보는 시선, 단 한 번의 내쉬는 숨결뿐입니다. 아마도 자신의 삶 전체를 개관하는 순간일 것입니다. 처음이자 마지막으로 말입니다.

『카프카와의 대화』

12 나의 할아버지께서는 늘 이렇게 말씀하셨다. "인생은 놀랍도록 짧다. 지금까지 살아온 일을 돌이켜보면

내게 있어 삶이라는 것은 너무나 압축되고 있어,
예를 들어 어떻게 한 젊은이가 말을 타고 이웃
마을로 떠날 결심을 할 수 있는지 도무지 이해하지
못할 정도다. 실제로는 도중에 만나게 되는 불행한
우연들은 완전히 제외하더라도 벌써 일상적이고
행복하게 흘러가는 삶의 시간은 그렇게 말을 타고
여행하기에는 턱없이 부족하다는 우려가 상존한다."

「이웃 마을」『시골 의사』

13 "주인장께서는 말을 타고 어디로 떠나십니까?"
"모르겠다." 내가 말했다. "다만 이곳에서 떠나는
거야. 계속해서 이곳에서 떠나는 거야. 오로지 그렇게
해야 나의 목표에 이를 수가 있어."
"그렇다면 목표를 알고 계신 건가요?" 그가 물었다.
"물론이지." 내가 대답했다. "내가 이미 말했지.
이곳에서 떠나는 것, 그것이 나의 목표다."
"당신은 어떤 예비 식량도 준비하지 않았어요."
그가 말했다. "나는 어떤 예비 식량도 필요 없다."
내가 말했다. "너무 긴 여정이어서 도중에 아무것도
얻지 못한다면 나는 굶어 죽고 말 것이다. 어떤 예비
식량도 나를 구할 수가 없다. 다행스럽게도 그것은
정말로 엄청난 여정이라는 것이다."

「돌연한 출발」『유고 2』

14 하나의 목표가 있지만, 길 같은 것은 없다. 우리가
길이라고 부르는 것은 망설임이다.

『잠언집』

15 진정한 길은 공중 높이 매달려 있는 밧줄이 아니라
땅바닥 바로 위에 낮게 매달린 밧줄을 따라 이어진다.
그 밧줄은 지나갈 수 있게 매달려 있는 게 아니라,
오히려 걸려 넘어지게 매달려 있는 것으로 보인다.

『잠언집』

16 가을날에 걷는 길과 같다. 그 길은 깨끗이 쓸어내면
금방 다시 마른 낙엽들로 덮이게 된다.

『잠언집』

17 어떤 사람은 그가 얼마나 쉽게 영원의 길을 걷는지에
놀랐다. 그 길은 그를 내리막으로 마구 몰아갔다.

『잠언집』

18 나로 말한다면 나는 당신들이 살아가는 삶의 법칙을
믿기는 합니다. 하지만 나는 그 삶의 법칙이 그렇게
잔혹하고 두드러지게 당신의 삶을 계속 지배한다고는
믿지 않습니다. 이것은 하나의 인식이기는 하지만, 길
위에 있는 인식일 뿐이고 그 길은 무한하기만 합니다.

『밀레나에게 보내는 편지(1920년 5월 초순)』

19   어떤 길이 올바른가, 그렇지 않은가 하는 것은 언제나
      목적지에 이르렀을 때 비로소 알게 되는 법입니다.
      하여튼 우리는 지금 (길 위를) 걷고 있습니다. 우리는
      움직이고 있고, 다시 말해 살아 있습니다.
      『카프카와의 대화』

20   삶의 길은 끝이 없다. 거기에는 뺄 것도 없고, 더할
      것도 없다. 그런데도 개개인은 자신만의 유치한
      치수를 들이대고 있다.
      "물론 그대는 또한 그대가 가진 치수의 길을 가야만
      한다. 그것은 그대에게서 망각되지 않을 것이다."
      『잠언집』

21   너 자신을 개선하라. 네가 무엇이 되어야 할지를
      계산하려 하지 말고, 네가 어떤 존재인지를 보기
      시작하라.
      『일기(1916. 8. 27.)』

22   네가 결정을 내려야 할 때, 투석용 돌과 도살용 칼을
      손에 움켜잡듯이 너의 전부를 움켜잡을 수 있게
      집중하지 못한다면, 너는 어떻게 최대의 과제에 손을

대보기라도 하겠는가?

「세 번째 팔절판 노트」『유고 2』

23 손에 돌을 움켜잡고 있듯이 그렇게 확고한 상태가
되라. 그런데 손이 돌을 그토록 단단하게 움켜잡고
있는 것은 오로지 그만큼 더 멀리 내던지기 위해서다.
그런데 길도 저 먼 곳으로 나 있다.

『잠언집』

24 과제는 바로 너 자신이다. 사방 어디에도 학생은
보이지 않는다.

『잠언집』

25 우리의 과제가 정확히 우리의 삶과 같은 크기를
가졌다는 것은, 우리의 과제에 무한성이라는
가상假像을 부여한다.

「세 번째 팔절판 노트」『유고 2』

26 때로는 이렇게 보인다. 너에게 과제가 있고, 그것을
실행하는 데 필요한 만큼의 에너지가 있으며, 시간도
충분히 주어져 있고 또 일하고자 하는 선한 의지도
있다. 이 엄청난 과제의 성공을 가로막는 장애물은
어디에 있단 말인가? 장애물을 찾는 데 시간을

허비하지 말라. 어쩌면 장애물은 없을 것이다.

「메모장」『유고 2』

27 내가 아는 한 어떤 사람의 과제도 이렇게 어렵지는 않았다. 다음과 같이 말할 수도 있을 것이다. 그것은 과제가 아니고, 불가능한 과제는 더욱 아니며, 불가능 자체도 아니다. 그것은 아무것도 아니고, 잉태할 수 없는 여인의 희망 같은 그런 아이에 해당하는 것도 아니다. 하지만 그것은 호흡해야 하는 동안은 내가 호흡하고 있는 공기다.

『일기(1922. 1. 21.)』

28 그는 어떤 계기에서도 충분히 준비된 상태가 아니었다. 그렇다고 한들 그는 한 번이라도 자신을 비난할 수가 없다. 왜냐하면 매 순간 그렇게 고통스럽게 준비되어 있기를 요구하는 이 지상의 삶에서 그 자신을 준비할 시간이 어디 있겠는가? 그리고 시간이 있다 해도 어떻게 사람이 자신의 과제를 알지도 못한 채 자신을 준비할 수 있단 말인가? 다시 말해 인위적으로만 수집된 것이 아닌, 자연스러운 과제를 과연 해낼 수 있을까? 그래서 그는 벌써 오래전부터 파멸하고 있다. 그런데 그가 이러한 파멸에 대해 가장 적게 준비되어 있었다는

점은 기이하면서도 위안이 된다.

『일기(1920. 1. 10.)』

29 이 세계를 살아가기 위해 그대가 갖춘 무장 상태는
우스꽝스러운 것이다.

『잠언집』

30 "그런 변명에 나더러 만족하라는 건가요? 아, 어쩌면
그래야겠죠. 나는 항상 만족해야 하는 거죠. 나는
아름다운 상처를 안고 세상에 나왔어요. 그것이 나의
삶을 위해 준비된 장비 전부였어요."

「시골 의사」『시골 의사』

31 네가 서 있는 지반이 그것을 덮고 있는 두 발보다 더
클 수는 없다는 행복을 깨닫는 것.

『잠언집』

32 삶을 시작할 때의 두 가지 과제. 너의 범위를 점점 더
제한하는 것, 그리고 너의 범위 바깥 어딘가에 네가
은신해 있지는 않은지 항상 살펴보는 것이다.

『잠언집』

33 나의 불완전함은 이미 말했듯이 타고난 것도 아니고

획득한 것도 아니다. 그렇지만 다른 사람들이
상상력을 크게 발휘해 여러 방책을 선택하면서
혐오스러운 아내, 가난, 비참한 직업 등과 같은 훨씬
작은 불행을 견뎌내는 것보다, 나는 나의 불완전함을
더 잘 견뎌낸다. 그러면서도 내 얼굴은 결코 절망으로
어두워지지 않고 희고 붉은 색을 띤다.

『일기(1910. 6. 19.)』

34 이곳 지상에서 나는 마치 나의 두 번째 삶을 온전히
확신하고 있는 듯이 살아가고 있다. 그것은 예컨대
내가 파리에 체류하면서 좌절을 겪고 나서는, 조만간
그 도시를 다시 방문하겠다는 노력을 통해 그 좌절을
극복하는 것과 같다.

『일기(1911. 2. 21.)』

35 "그런데 세상의 저항은 큰 편입니다. 그리고 목표가
클수록 저항은 더욱 큰 법입니다."

『성』

36 태어나기를 앞둔 망설임. 만약 영혼의 윤회라는 게
있다면, 나는 여전히 가장 낮은 단계에도 이르지
못했다. 나의 삶은 태어나기를 앞둔 망설임이다.

『일기(1922. 1. 24.)』

37 마치 아직 태어나지도 않았는데, 벌써 골목길을
돌아다니고 사람들과 이야기하도록 강요를 받는
상황이다.

『일기(1922. 3. 18.)』

38 평화 속에서는 너는 앞으로 나아가지 못하고, 전쟁
속에서는 너는 피를 흘리며 죽게 된다.

『일기(1917. 9. 19.)』

39 상처의 고통 정도를 결정하는 것은, 상처의 깊이나
상처의 확산 여부보다는 상처의 횟수라고 할 수
있다. 같은 상처 부위가 계속해서 찢어지고, 무수히
수술받은 상처가 다시 치료받는 것을 보는 일, 그것은
최악이다.

『일기(1917. 9. 19.)』

40 발자국에 의해 움푹 패지 않은 계단은 그 자체로 보면
황량하게 조립된 목재 같은 것에 불과하다.

『잠언집』

41 그리고 이제 나는 알게 된다. 소년은 정말로 아픈
것이다. 소년의 오른쪽 옆구리 허리 부위에 손바닥
크기의 상처가 벌어져 있다. 담홍색, 다양한 음영,

안쪽으로 갈수록 짙고 가장자리로 오면서 밝아진다.
크기가 일정하지 않은 핏덩이가 보드라운 알갱이처럼
맺혀 있는 그 상처는 노천 광산처럼 벌어져 있다. (…)
굵기와 길이가 내 새끼손가락 정도이고 그 자체가
담홍색이면서 더군다나 피까지 묻어 있는 벌레들이
상처의 안쪽에 달라붙은 채 하얀 머리를 쳐들고
수많은 다리를 꿈틀거리며 빛을 향해 나오려 한다.
불쌍한 소년, 너를 위해 할 수 있는 게 아무것도 없구나.
나는 너의 커다란 상처를 발견했다. 네 옆구리에
생겨난 이 꽃 때문에 너는 파멸을 맞고 있다.

「시골 의사」『시골 의사』

42 나는 배운 것이든 읽은 것이든 경험한 것이든 들은
것이든 인간에 대해서든 사건에 대해서든 제대로
기억하지 못합니다. 마치 그 어떤 것도 경험하지 않은
것 같고, 그 어떤 것도 배우지 않은 듯합니다. 실제로
대부분의 사물에 대해 어린 학생들보다 아는 바가
적습니다. 내가 아는 것도 피상적인 지식이어서 벌써
두 번째 질문에 답할 수 없습니다. 또 더는 생각할
수도 없고, 생각하다가도 금방 한계에 부딪힙니다.
단숨에 어떤 개별적인 일을 파악할 수는 있지만,
연관성과 전개를 파악하는 종합적인 사유는 내게는
전적으로 불가능합니다.

『펠리체에게 보내는 편지(1913. 6. 16.)』

43 마치 아이스스케이트 초보자처럼 나는 사실들을
뒤따라 달리고 있고, 게다가 금지된 곳에서 연습하고
있다.

『잠언집』

44 내가 육상선수가 되겠다는 커다란 소망을 품고
있다면, 그것은 아마도 내가 마치 하늘에 가기를
바라는 것, 그리고 하늘에서도 이 땅에서처럼
절망해도 좋기를 바라는 것과 같을 것이다.

『일기(1921. 10. 16.)』

45 체조선수가 물구나무를 서듯이 사람이 그렇게 삶을
준비할 수는 없을 것이다.

『일기(1922. 1. 27.)』

46 내게는 여러 가능성이 있다. 하지만 그것들은 어느 돌
밑에 있는 걸까?

『일기(1914. 1. 12.)』

47 수많은 해방의 가능성이 없다면, 특히 우리 삶의 모든
순간마다 그 가능성이 존재하지 않는다면, 아마도

어떤 해방의 가능성도 없을 것이다.

「막스 브로트에게 보내는 편지(1917. 11. 6.)」『편지들』

48 "우리는 신의 머리에서 솟아나는 허무주의적 생각들,
자살의 생각들이야. (…) 우리의 세계는 단지 신의
나쁜 기분, 나쁜 하루에 불과한 거야."
이에 브로트가 물었다. "그렇다면 우리가 알고 있는
이 현상세계 바깥에는 희망이 있는 것일까?"
카프카가 대답했다. "오, 우주에는 무한히 많은
희망이 있지. 다만 우리를 위한 희망은 없어."

「문인 프란츠 카프카」〈디 노이에 룬트샤우〉

49 모든 것이 투쟁이고 씨름이다. 매일 사랑과 삶을
정복하는 자만이 사랑과 삶을 누릴 수 있다.

『카프카와의 대화』

50 바보들이라면 어떻게 피곤해질 수 있겠는가!

「국도 위의 아이들」『관찰』

51 진정한 적으로부터 무한한 용기가 나와서 네 안으로
들어간다.

『잠언집』

52 모든 책임이 너에게 부과되면, 너는 그 순간을
포착하고 책임에 굴복하려 할 수 있을 것이다. 하지만
그렇게 굴복하려고 시도해보면, 너는 네게 아무것도
부과되지 않았고, 너 자신이 그 책임이라는 것을
깨닫게 된다.

「세 번째 팔절판 노트」『유고 2』

53 인간은 세계에 대해 그 자신이 수행해야 할 공동
작업과 공동 책임을 자신에게서 떨쳐버렸다.

『카프카와의 대화』

54 물질은 정신에 의해 가공되어야 합니다. 이 말은 무슨
뜻일까요? 그것은 다름이 아니라 체험하는 것이고,
체험도 하면서 체험한 것을 극복하는 것입니다.
중요한 것은 그것입니다.

『카프카와의 대화』

55 사람이 내면에서 나오는 그 무엇을 어떻게 외부에서
찾을 수 있겠는가?

『카프카와의 대화』

56 수동적으로 반응하는 자극을 내세울 것이 아니라
적극적인 이해를 내세운다면, 당신은 사물을

뛰어넘어 성장할 수 있습니다. 인간이 위대함에
이르는 것은 단지 자신의 왜소함을 뛰어넘을 때
가능한 것입니다.

『카프카와의 대화』

57   인간은 자유의지를 갖고 있는데, 다음의 세 가지
점에서 그러하다.
첫째, 그는 현세의 삶을 원했을 때 자유로웠다.
물론 그는 현세의 삶을 이제는 철회할 수 없다.
그는 당시에 그것을 원했던 그 인물이 더는 아니기
때문이다. 그것은 마치 살아 있으면서 당시에 자신이
가졌던 의지를 실행시킬 수 있다고 여기는 것과 같다.
둘째, 그는 이 삶의 보행 방식과 길을 선택할 수
있어서 자유롭다.
셋째, 그는 언젠가 다시 될 새로운 존재로서, 어떤
조건에서든지 이 삶을 살아가고 그렇게 자기
자신에게 이르게 되는 의지를 지니고 있어서
자유롭다. 그런데 그는 비록 선택 가능한 길 위를
걷기는 하지만 어쨌든 이 삶의 어떤 오염을 그대로
두고는 지나가지 못하는 미로의 길을 걷는 것이다.

「네 번째 팔절판 노트」『유고 2』

58   인간은 아래에서 위로 성장하는 것이 아니라, 안에서

밖으로 성장한다. 이것은 모든 삶의 자유를 위한 근본
조건이다. 삶의 자유는 인위적으로 만들어진 사회
분위기가 아니라, 자기 자신과 세계에 맞서 끊임없이
투쟁하는 자세다. 이것이 인간을 자유롭게 하는
조건이다.

『카프카와의 대화』

59   삶에서 어떤 특정한 지점에 이르게 되면 더는
되돌아가는 일이 없다. 이러한 지점에 도달해야 할
것이다.

『잠언집』

60   어떤 악한 것도 없다. 네가 문지방을 넘어갔다면,
모든 것이 잘된 것이다. 이제는 다른 세계인 것이고,
너는 말하지 않아도 된다.

『일기(1922. 1. 19.)』

61   곰곰이 생각해보면 경마에서 첫 번째가 되고 싶은
소망을 갖도록 유혹하는 것은 아무것도 없다. 한
나라의 최고 기수로 인정받는 영예라는 것은,
오케스트라가 시작될 때 너무 강렬하게 기뻐한
나머지, 다음 날 아침이면 후회가 생겨나는 것을
저지해야 하는 것과 같다.

「경마 기수들을 위한 숙고」『관찰』

62 나는 늘 스무 개의 손을 가지고 세상에 뛰어들고자
    했고, 그것도 그다지 합당하지 않은 목적을 위해서
    그렇게 했다. 그것은 옳지 않은 일이었다.
    『소송』

63 논리가 아무리 확고부동하다 해도 살려는 의지를
    지닌 인간은 당하지 못하는 법이다.
    『소송』

64 모든 인간적인 실책은 조급함이다. 방법론적인
    것을 성급하게 중단하는 것, 가상의 사태를 가상의
    울타리로 에워싸는 것이다.
    『잠언집』

65 인간의 두 가지 중요한 죄가 있고, 여기에서 다른
    죄들이 파생된다. 조급함과 나태함이다.
    인간이 낙원에서 추방된 것은 조급함 때문이고, 인간이
    낙원으로 돌아가지 못하는 것은 나태함 때문이다.
    그러나 중요한 죄는 어쩌면 단 하나이고, 그것은
    조급함일 것이다. 인간은 조급함 때문에 추방되었고,
    조급함 때문에 돌아가지 못한다.

『잠언집』

66 죄란 무엇인가. (…) 우리는 그 단어와 용법은 알지만,
그 느낌과 인식은 잃어버렸다. 이것이 어쩌면 벌써
저주받은 상태, 신에게 버림을 받은 상태, 무의미한
상태에 해당할 것이다.

『카프카와의 대화』

67 아무 일도 하지 않는 것은 우리의 삶에서 가장
크고도 상대적으로 쉽게 제거할 수 있는 '어리석음'의
하나입니다.

「민체 아이스너에게 보내는 편지(1920. 2.)」『편지들』

68 죄는 인간이 자신이 받은 소명에서 뒤로 물러나는
것이다. 오해하는 것, 조급함, 부주의—이것이 죄에
해당한다.

『카프카와의 대화』

69 그런데 인간이 저지른 모든 잘못의 뿌리는, 겉보기에
도달하기 어려운 도덕적인 가치를 선택하는 대신
유혹적일 정도로 가까이에 있는 무가치한 것을
선택하는 데 있다.

『카프카와의 대화』

70 너에게 할당된 시간은 아주 짧아서 만약 네가 1초를
잃어버리면 그 결과 너는 벌써 너의 삶 전체를
잃어버린 셈이 된다. 삶은 더 길다고 할 수 없기
때문이다. 삶은 언제나 네가 잃어버리는 시간과
똑같은 길이에 불과하다.
그러므로 만약 네가 하나의 길을 시작했다면, 어떤
상황에서도 그 길을 계속 가도록 하라. 너는 단연코
승리자가 될 수밖에 없고, 어떤 위험에도 빠지지 않을
것이다. 어쩌면 결국에는 넘어질지도 모른다. (…)
새로운 계단들을 뛰어올라라. 네가 올라가는 것을
멈추지 않는 한, 그 계단들은 멈추지 않을 것이고,
계단을 올라가는 너의 발밑에서 위로 쑥쑥 자라날
것이다.
「변호사」『유고 2』

71 우리 같은 사람들을 붙잡고 있는 것은 우리의 과거와
미래다. 우리는 거의 모든 우리의 여가 그리고 얼마나
많은 우리 직업을 과거와 미래가 위아래로 균형을
유지하도록 하는 데 사용하고 있는가. 미래가 앞으로
갖게 되는 규모가 과거의 무게를 대체하고, 그 두
가지는 그 마지막 지점에서 더는 구별할 수 없게
된다. 가장 빠른 청소년기는 나중에 미래가 어떠할지
밝혀주고, 미래의 끝은 우리의 모든 한숨과 더불어

실은 이미 경험된 것이고 과거인 것이다.

『일기(1910. 06. 19.)』

72 "아버지, 제발 미래가 그것의 가치에 걸맞게 더
잠들어 있게 두세요. 미래를 미리 깨우는 사람이 얻게
되는 것은, 결국 잠을 설친 현재거든요."

「도시의 세계(1911. 2. 21.)」『일기』

73 미래에 대비하는 자는 다만 순간에 대비하는 자에
비해 덜 용의주도한 자다. 그 사람은 정작 순간에
대해서는 대비하지 않으면서, 오로지 순간의 지속에
대해서만 대비하기 때문이다.

「네 번째 팔절판 노트」『유고 2』

74 그런데 슬픔은 전망 없는 것입니다. 중요한 것은
오로지 전망, 희망, 앞으로 나아가는 것입니다.
위험이라는 것은 단지 협소하고 제한된 순간에만
있습니다. 그 순간을 극복하면 벌써 모든 것이
달라집니다. 중요한 것은 오로지 순간입니다. 삶을
결정하는 것은 순간입니다.

『카프카와의 대화』

75 어른들이 아이들에게 어떤 위협을 가하면, 그것은

당연히 농담이고 애정이며, '자, 재미를 위해 한 번쯤
가장 불가능한 것을 말해보자'라는 의미가 있는
것입니다. 하지만 아이들은 진지하고, 어떤 불가능도
알지 못합니다. 던지는 일에 열 번 실패했다고 해서
그것이 그들에게 다음번에도 안 될 거라는 확신을
주지는 못합니다. 그들은 앞서 열 번이나 실패했다는
것조차 알지 못합니다. 어린아이들이 하는 말과
그 말에 담긴 의도를 어른의 지식으로 채워보면,
어린아이들은 섬뜩한 존재들입니다.

『밀레나에게 보내는 편지(1920. 5. 2.)』

76 어린아이는 어른이 탁자를 밀친 탓에 카드로
만든 자기 집이 무너지는 경우 화를 낸다. 그러나
카드로 만든 집이 무너진 것은, 탁자가 움직여서가
아니라 카드로 만든 집이기 때문이다. 그것이 진짜
집이라면, 설령 탁자를 쪼개어 장작으로 만든다고
해도 무너지지 않는다. 진짜 집은 도무지 다른 토대가
필요하지 않기 때문이다. 이것은 자명하고도 멋진
사실이다.

「막스 브로트에게 보내는 편지(1923. 9. 6.)」『편지들』

77 청춘은 따스함과 사랑으로 가득 차 있다. 청춘은
아름다움을 볼 수 있는 능력이 있어 행복하다. 이

능력이 사라지면 절망적인 노년과 몰락 그리고
불행이 시작된다. (…) 아름다움을 보는 능력을 지닌
자는 결코 늙는 법이 없다.

『카프카와의 대화』

78　한 성인 남자의 비통한 표정은 종종 소년의 단단하게
얼어붙은 혼란에 불과하다.

『카프카와의 대화』

79　인간은 아침보다는 저녁에 더욱 순수하다. 피곤해서
잠들기 전의 시간은 유령들이 본래 순수해지는
시간이다. 모든 유령은 쫓겨났다가, 밤이 진행되면서
다시 다가온다. 아침이 되면 그들 모두는 비록
식별되지는 않을지라도 거기에 있다. 그리고 이제
건강한 사람들에게서는 유령들의 일상적인 추방이
다시 시작된다.

『일기(1921. 2. 1.)』

80　고통은 이 세상에서 긍정적인 요소다. 고통은 이
세상과 긍정적인 것 사이를 유일하게 연결해준다.

「네 번째 팔절판 노트」『유고 2』

81　이 세상에서만 고통이 고통이다. 이는 이곳에서

고통을 받는 사람들이 다른 곳에서 이 고통 덕분에
고양되어야 한다는 뜻은 아니다. 이 세계에서
고통이라고 불리는 것이 다른 세계에서는 어떤
변화도 없이 단지 그것의 대립에서 해방되어 복된
것이라는 의미에서 그렇다.

『잠언집』

82 우리 또한 우리를 둘러싼 모든 고통을 겪어보아야
한다. 그리스도는 인류를 위해 고난을 겪었는데,
인류는 그리스도를 위해 고난을 겪어야 한다.
우리는 모두가 한 몸을 지닌 것은 아니지만, 함께
성장하는 존재이고, 그것은 우리를 이런저런 형태의
모든 고난을 겪도록 이끌어간다. 어린아이가 모든
삶의 단계를 거쳐 노인이 되고 죽음에 이르는
발전을 하듯(그리고 각 단계는 근본적으로 이전
단계에서 보면 욕구 속에서 또는 공포 속에서 이르지
못할 것으로 여겨진다), 우리는 (우리 자신과 결합한
것 이상으로 인류와 연결되어) 이 세상의 모든 고통을
함께 겪으며 발전해나간다. 이런 맥락에서 보면
정의를 위한 자리도 없지만, 고통을 두려워할 여지나
자업자득으로 해석할 여지도 없다.

「네 번째 팔절판 노트」『유고 2』

83 펠리체, 당신은 불행, 특히 당신이 불행해지는 것을 막으려면, 나 자신 속에 내가 갇혀 지내야 한다는 것을 아직도 모르겠어요? 나는 사람이라고 할 수 없고, 내가 사랑하는 당신, 모든 이들 중에서 나만이 가장 사랑하는 그대를 냉혹한 심장으로 능히 괴롭힐 수 있습니다.

『펠리체에게 보내는 편지(1913. 7. 8.)』

84 당신은 고통스러운 것을 최대한 강화하는 일에서 쾌락을 느끼지 않는가요? 내가 보기에 본능이 약한 사람들에게는 그것이 종종 고통을 추방하는 유일한 가능성입니다.

「그레테 블로흐에게 보내는 편지(1913. 11. 18.)」『편지들』

85 그래요, 고문을 가하는 것은 내게는 극히 중요합니다. 나는 고문을 받는 것 그리고 고문을 하는 것 외에 다른 일에는 관심이 없어요. 왜냐고요? (…) 저주받은 입에서 나오는 저주받은 말을 알기 위해서입니다. (…) 물론 고문은 한탄스러운 일이기도 하죠. 그리고 알렉산드로스대왕도 고르디우스의 매듭이 풀리지 않으려고 했을 때 그것을 고문하지는 않았어요.

『밀레나에게 보내는 편지(1920년 11월 중순)』

86 이 세상의 결정적인 특징은 그것의 무상함이다.
이러한 점에서 보면 수백 년의 세월도 찰나의
순간보다 더 앞서 있는 것이 아니다. 다시 말해
무상함의 지속은 어떤 위안도 줄 수 없다. 폐허에서
새로운 삶이 꽃핀다는 것은 생명의 지속보다는
죽음의 지속을 증명한다. 이제 내가 이 세상과 싸워
이기려 한다면, 이 세상의 결정적인 특징, 즉 무상한
상태에 있는 이 세상과 싸워 이겨야 할 것이다. 내가
현재의 삶에서 그렇게 할 수 있을까? 그것도 단지
희망이나 믿음만으로 그러는 것이 아니라, 실제로
그렇게 할 수 있을까?

「네 번째 팔절판 노트」『유고 2』

87 확실한 것은 다만 이것이다. 죽음에 나 자신을
내어주는 것보다 더 완전한 신뢰 속에서 나 자신을
내어줄 수 있는 것은 아무것도 없다는 사실이다.

「막스 브로트에게 보내는 편지(1917. 9. 26.)」『편지들』

88 죽음은 우리 앞에 있다. 그것은 마치 교실 벽에
걸려 있는 알렉산드로스대왕의 전투를 그린 그림과
같다. 중요한 것은, 이 지상의 삶을 사는 동안
우리의 행위를 통해 그 그림을 흐릿하게 만들거나
지워버리는 것이다.

『잠언집』

89 인간은 사랑과 죽음의 위협 속에서만 자신을
의식하는 법입니다.
『카프카와의 대화』

90 삶을 온전하게 이해하는 사람은 죽음에 대해 어떤
두려움도 없다. 죽음에 대한 두려움은 충족되지 못한
삶의 결과일 뿐이다. 그것은 불성실의 표현이다.
『카프카와의 대화』

91 죽음을 두려워하는 이유로는 크게 두 부류가 있다.
첫째, 그는 아직 제대로 살아보지 못했기에 죽는 것을
끔찍하게 두려워한다. 이 말은 우리의 삶에 아내와
자식, 들판과 가축이 필수적이라는 뜻은 아니다. 삶에
필요한 것은, 다만 자기 향유를 포기하는 것, 집에
감탄하고 그곳을 장식하는 대신 그 안에 들어가는
것이다. 이에 대해 그것은 운명이고 누구의 손에도
달려 있지 않다고 주장할 수도 있을 것이다. 하지만
그렇다면 우리는 왜 후회를 하고, 후회를 멈추지 않는
것일까? 우리 자신을 더 아름답게, 더 매력적으로
만들기 위해서? 그것도 있다. 하지만 그것을 넘어
밤이 되어 내리는 결론은 어째서 항상 다음과

같을까? '나는 삶을 살 수도 있을 텐데, 정작 살지
않고 있다.'
두 번째 주된 이유는 (어쩌면 같은 것일지도 모르지만)
다음과 같은 생각 때문이다. '내가 유희로 행동한
것이 실제로 일어날 것이다. 나는 글쓰기를 통해 나
자신을 구원하지 못했다. 평생 나는 죽어 있었는데,
이제 정말로 죽게 되었다. 내 삶은 다른 사람들의
삶보다 더 달콤했고, 나의 죽음은 그만큼 더 끔찍할
것이다. 내 안의 작가는 당연히 즉시 죽을 것이다.
그런 인물은 토대도 실체도 없고, 먼지조차도 아니기
때문이다. 그런 인물은 가장 지독하게 미친 지상의
삶에서만 조금 가능한 일이고, 자기 향유의 구조물일
뿐이다. 그것이 바로 작가다. 그러나 나 자신은 계속
살아갈 수 없다. 왜냐하면 나는 제대로 살아본 적이
없기 때문이다. 나는 진흙인 채로 남아 있다. 나는
불꽃을 불로 만들지 않았고, 단지 내 시체를 비추는
데 사용했을 뿐이다.'

「막스 브로트에게 보내는 편지(1922. 7. 5.)」『편지들』

92   가장 보수적인 사람조차도 죽음이라는 과격한 방법을
동원한다!

「메모장」『유고 2』

93 인간은 실제로 자신이 소유한 것만을 버릴 수
있습니다. 그 때문에 자살은 불합리로 치닫는
이기주의로 여겨질 수 있습니다. 그것은 신의 권능을
부당하게 자신의 것으로 여기는 이기주의입니다.

『카프카와의 대화』

94 나는 아래로 뛰어내리지 않았다. 그리고 이 편지를
작별의 편지로 삼으려는 유혹 또한 매우 강하지
않다. 나는 오랫동안 창가에 서 있었고, 몸을 기대어
유리창을 밀어보았다. 그리고 내게 가끔 어울렸을
상황은, 내가 추락함으로써 저 아래 다리에 있는
징수원이 깜짝 놀라는 상황일 것이다. 그러나 그러는
동안에 줄곧 나는 길바닥에 나 자신을 산산이 부술
결심이 제대로 결정적인 깊이에 이르지 못할 정도로
나 자신이 너무 단단하다고 느꼈다.

「막스 브로트에게 보내는 편지(1912. 10. 8.)」『편지들』

95 아침 무렵 침대에서의 고통. 창밖으로 뛰어내리는
것이 유일한 해결책으로 보였다. (…) 이번과 지난 몇
차례에 걸쳐 나 자신을 관찰한 결과, 이 모든 것에도
불구하고 결혼 생활을 유지하고 그것을 나의 소명에
유리한 방향으로 발전시킬 가능성은 점점 강해지는
나의 내적 단호함과 확신에 달려 있다는 생각이

들었다. 그것은 말하자면 내가 이미 창문 모서리에서
어느 정도 붙들고 있는 믿음 같은 것이다.

『일기(1913. 8. 15.)』

96 외부에서 보면 성인이 된 젊은이가 죽거나 심지어
자살하는 것은 끔찍한 일이다. 그것은 계속 발전하는
과정에서 의미가 있을 수도 있는 어떤 극심한
혼란 속에서 아무런 희망 없이 퇴장하는 것, 또는
이생에서 일어난 일이 최후의 결산에서는 일어나지
않는 쪽으로 계산될 것이라는 유일한 희망 속에서
퇴장하는 것이다. 내가 지금 그런 상황에 있을
수도 있다. 죽는다는 것은 무無에 무를 내어주는
일일 뿐이다. 우리의 감정에서 그것은 불가능한
일일 것이다. 아무것도 아닌 존재인 사람이 어떻게
의식적으로 자신을 무에 내어줄 수 있겠는가? 그것도
공허한 무에만 내어주는 것이 아니라, 거칠게 날뛰는
무에 자신을 내어줄 수 있겠는가? 이러한 무가
무가치한 까닭은 그것이 파악하기 힘들다는 점에
있다.

『일기(1913. 12. 4.)』

97 예를 들어 어떤 사람이 새벽 3시에 죽는 경우 동틀
무렵에 더 차원 높은 삶으로 들어갈 거라고 상상하는

것은 기이하면서도 모순투성이다. 눈에 보이는
인간적인 것과 다른 모든 것 사이에는 어떤 불일치가
존재하는지! 어떻게 하나의 비밀에서 언제나 더
큰 비밀이 따른다는 것인지! 첫 순간에 인간적인
계산기는 숨이 끊어진다. 사실상 인간은 집 밖으로
나서는 것을 두려워해야 할 것이다.

『일기(1913. 12. 4.)』

98   나는 중국의 고서를 하나 읽고 있고 그래서
기억하는데 단지 죽음에 대해 다루고 있답니다.
어떤 선생이 임종 자리에서 임박한 죽음이 주는
자립을 느끼면서 이렇게 말합니다. "나는 삶을
끝내고자 하는 쾌락에 저항하는 데 나의 인생을
다 보냈어요." 그러자 한 학생이 죽음에 대해 말만
하는 선생을 비웃습니다. "선생님은 언제나 죽음에
대해 말하면서도 죽지는 않는군요." "그렇지만 나도
죽게 될 거야. 나는 방금 나의 마지막 노래를 말하고
있는 거야. 어떤 사람의 노래는 더 길고, 어떤 사람의
노래는 더 짧지. 그런데 그 차이는 언제나 단지 몇
마디의 말로 나타날 수 있어."
선생의 말이 맞습니다. 치명적인 상처를 입은 채
무대에 누워서 아리아를 부르고 있는 영웅을 비웃는
것은 부당합니다. 우리는 수년간 누워 노래를 부르고

있어요.

『밀레나에게 보내는 편지(1920. 9. 25.)』

99   자유는 생명입니다. 부자유는 언제나 치명적입니다.
그런데 죽음 또한 삶과 마찬가지로 현실입니다.
우리가 안고 있는 어려움은 우리가 삶과 죽음, 그 두
가지에 모두 노출되어 있다는 것입니다.

『카프카와의 대화』

100   "내가 탄 죽음의 나룻배가 항로를 잘못 들어,
그러니까 키를 잘못 틀어 사공이 부주의한 바로
그 순간에 무척이나 아름다운 저의 고향을 영영
벗어나게 된 것입니다. 나도 어떻게 된 일인지
모르겠어요. 내가 아는 것이라고는 다만, 내가 이
지상에 머물러 있다는 사실, 그리고 그때부터 줄곧
내가 탄 나룻배가 이승의 물 위를 항해하고 있다는
사실뿐입니다. 이처럼 오로지 산속에서만 살고자
했던 내가 죽고 나서는 이 지상의 모든 나라를 두루
여행하고 있습니다."

「사냥꾼 그라쿠스」『유고 1』

101   "저는 즐겁게 살았고 또 기꺼이 즐겁게 죽었습니다.
다행스럽게도 이 갑판에 발을 내딛기 전에 내가 항상

자랑스럽게 들고 다니던 통과 가방과 사냥총 따위의
넝마들을 행복하게 내던져버리고, 마치 아가씨가
혼례복을 입는 것처럼 수의 속으로 슬그머니 기어
들어갔습니다. 그리고 여기에 누워서 기다렸는데,
그때 바로 그 불행한 사고가 일어난 것입니다."
「사냥꾼 그라쿠스」『유고 1』

102 "그렇다면 저편 세상에서는 당신 몫은 없는 건가요?"
시장이 이마에 주름을 지으며 물었다. 이에 사냥꾼이
말했다. "나는 언제나 저 위로 올라가는 큰 계단
위에 있습니다. 그 한없이 넓은 옥외계단 위에서
떠돌고 있습니다. 때로는 위로, 때로는 아래로,
때로는 오른쪽으로, 때로는 왼쪽으로 늘 움직이고
있답니다. 사냥꾼이 한 마리의 나비가 된 것이죠.
웃지 마십시오."
「사냥꾼 그라쿠스」『유고 1』

103 "내 거룻배는 키가 없고, 죽음의 가장 낮은 지역에서
불어오는 바람에 실려 가고 있습니다."
「사냥꾼 그라쿠스」『유고 1』

104 "나는 항상 움직이고 있습니다. 그러나 내가 최대의
도약을 시도하고 벌써 저 위에 있는 문이 내게 빛을

비추면, 나는 어느 지상의 물 가운데 황량하게 처박혀
있는 나의 오랜 나룻배 위에서 깨어납니다."
「사냥꾼 그라쿠스」『유고 1』

105 여름이 시작되는 무렵에는 즐거운 기분을 갖기가
아주 쉽다. 심장은 활기를 띠고, 그럭저럭 걸을 수도
있으며, 다가오는 삶에 상당한 애착을 갖게 된다.
사람들은 어떤 동양풍의 기이한 것을 기대하다가,
익살스럽게 허리 굽혀 인사를 나누고 흥얼거리는
말로 그것을 다시 부인하는데, 그 동요하는 유희는
사람을 기분 좋게 만들고 떨리게 한다. (…) 우리는
자신을 단장하면서 우리의 단장이 우리의 본성이
되리라는 내적인 희망을 품는다. 그리고 누군가
우리 인생의 의도를 묻는다면, 봄에는 마치 안전한
물건들을 마법으로 불러내는 일이 터무니없이
불필요하다는 듯이 두 손을 활짝 펴는 동작을
대답으로 삼는다. 물론 얼마 후에는 그 손짓도 힘이
떨어져 아래로 늘어진다. 이를 보면서 나는 사람들이
삶을 영위해나가면서 보이는 그 확고함에 대해
놀라워했다.

「막스 브로트에게 보내는 편지(1904. 8. 28.)」『편지들』

106 절망하지 말 것, 그리고 그대가 절망하지 않는다는

점에 대해서도 절망하지 말 것. 벌써 모든 게 끝난 것처럼 보여도 여전히 새로운 힘들이 찾아온다. 그것은 바로 그대가 살아 있음을 뜻한다. 새로운 힘들이 찾아오지 않는다면 이곳에서는 모든 게 끝장인데, 최종적으로 끝장이다.

『일기(1913. 7. 21.)』

107 그에게는 적이 둘 있다. 첫 번째 적은 뒤쪽의 근원에서부터 그를 내몰고 있고, 두 번째 적은 그가 앞으로 나아가는 길을 막아서고 있다. 그는 이 두 적과 싸움을 벌인다. 첫 번째 적은 그가 두 번째 적과 싸울 때 도와준다. 그를 앞으로 나아가게 하고 싶은 것이다. 마찬가지로 두 번째 적은 그가 첫 번째 적과 싸울 때 도와준다. 두 번째 적은 그를 뒤로 내몰기 때문이다. 그러나 이론적으로만 그렇다. 적이 둘 있을 뿐만 아니라, 그 자신도 거기 있기 때문이다. 도대체 누가 그의 의도를 알겠는가?

『일기(1920. 1. 17.)』

108 농부들이 주는 일반적인 인상은 다음과 같다. 농부들은 농업에 종사함으로써 자신을 구원한 고귀한 사람들이다. 이들은 농업 영역에서 자기에게 부여된 일을 참으로 지혜롭고 겸손하게 실행한 사람들로서,

어떤 빈틈도 없이 전체에 통합되고 또 복된 죽음을
맞기까지 어떤 요동이나 뱃멀미로부터도 보존된다.
『일기(1917. 10. 8.)』

109 "이 마을은 성의 영지입니다. 따라서 이곳에
거주하거나 숙박하는 사람은 말하자면 성에 살거나
숙박하는 것과 마찬가지입니다. 백작님의 허락
없이는 누구도 그렇게 할 수 없습니다."
『성』

110 "내가 원하는 것은 성에서 베푸는 은총의 선물이
아니라 내 권리입니다."
『성』

111 "나는 다른 곳으로 이주할 수가 없다. (…) 내가
이곳에 온 것은 이곳에 머물기 위해서다. 나는 이곳에
정착하고자 한다."
『성』

112 마음이라는 집에는 두 칸의 침실이 있습니다. 한쪽
방에는 근심이 살고, 다른 방에는 기쁨이 삽니다.
인간은 큰 소리로 웃어서는 안 됩니다. 큰 소리로
웃게 되면 옆방에 있는 근심을 깨우게 됩니다.

『카프카와의 대화』

113 현세의 삶의 기쁨은 그 자체의 기쁨이 아니고 더 차원 높은 삶으로의 상승에 대해 우리가 갖는 불안이다. 현세의 삶의 고통은 그 자체의 고통이 아니고 앞서 언급한 불안 때문에 우리가 자신을 괴롭히는 것이다.

『잠언집』

114 자다가 깨어나고, 자다가 깨어나고, 비참한 삶이다.

『일기(1910. 6. 19.)』

115 나는 잠을 잘 수가 없다. 단지 꿈들이 계속될 뿐, 잠을 자는 것이 아니다.

『일기(1913. 7. 21.)』

116 너무 일찍 일어나는 것은 사람을 완전히 멍청하게 만든다. 인간은 충분히 잠을 자야 한다.

「변신」

117 나 자신이 행복하다고 할 수 없습니다. 나는 너무 많은 불안과 염려를 지니고 있고, 아마도 인간적인 행복을 누릴 능력이 없습니다.

『펠리체에게 보내는 편지(1913. 7. 3.)』

118 '너는 우리 세상에서 무엇을 원하니?' 나는 이렇게
묻고 싶은 마음이 들었고, 새 앞에 웅크리고 앉아
불안해하며 깜빡이는 새의 눈을 들여다보았다.

『일기(1914. 8. 15.)』

119 나를 몰두시킨 것은 오직 저 자신에 대한
염려뿐이었는데, 저에게는 그야말로 각양각색의
염려가 있었습니다.

『아버지에게 보내는 편지(1919. 11.)』

120 당신은 내가 며칠 전부터 밤마다 불면에 시달리고
있음을 알아차렸을 것입니다. 그것의 실체는 간단히
말해 '불안'입니다. 그것은 정말로 나를 의지박약하게
만들고, 제멋대로 나를 내던지며, 나는 상하좌우도
더는 분별하지 못할 정도입니다. (…) 그런데 이
불안은 나의 개인적인 불안이라고만 할 수 없는데,
개인적인 불안이기도 하면서도 끔찍한 것이기도
합니다. 이 불안은 태초부터 모든 신앙에 담겨 있는
근본적인 불안입니다.

『밀레나에게 보내는 편지(1920. 7. 15.)』

121 사람이 잠을 설치게 되면 계속 질문을 던지면서도
그것이 무엇인지 알 수가 없습니다. 사람은 영원히

질문을 던지려 한 겁니다. 잠을 자지 않는 것은 그러니까 질문을 던진다는 뜻입니다. 만약 사람이 그 답을 알고 있다면, 이미 잠들어 있을 것입니다.

『밀레나에게 보내는 편지(1920. 7. 27.)』

122 사람은 각자 밤들을 파괴하는 신랄한 악마를 자신 속에 지니고 있습니다. 그것은 좋은 것도 나쁜 것도 아니고, 그것이 삶입니다. 만약 그 악마가 없다면, 사람은 살아 있지 않을 것입니다. 그러니까 당신이 내면에서 저주하는 것은 당신의 삶인 것입니다. 그 악마는 당신이 삶과 더불어 부여받은 (근본적으로 경이로운) 재료이고, 당신은 이제 그것으로 무엇을 만들어내야 합니다.

「민체 아이스너에게 보내는 편지(1920. 3.)」『편지들』

123 고통, 그것은 밤새도록 잠을 파헤치는 쟁기질입니다. 그것은 또한 낮을 파헤치는 것입니다. 그것은 견디기 힘든 것입니다.

『밀레나에게 보내는 편지(1920. 11. 21.)』

124 오후에 나는 뺨에 궤양이 생겨나 있는 꿈을 꾸었다. 평범한 일상의 삶과 겉보기에는 더 현실적인 공포 사이의 경계선이 계속 떨리고 있다.

『일기(1922. 3. 22.)』

125 사람들은 대부분 전혀 악하지 않습니다. (…)
사람들은 자신의 말과 행동이 어떤 결과를
가져올지 상상하지 않고 말을 하거나 행동하기
때문에 나빠지고 유죄의 존재가 됩니다. 그들은
몽유병자들이지, 악한이 아닙니다.

『카프카와의 대화』

126 독수리 한 마리가 있었는데, 그 녀석이 내 두 발을
쪼았다. (…) 어떤 신사분이 지나가다가 잠시
지켜보더니, 왜 독수리에게 당하고 있느냐고 물었다.
"나는 무방비 상태입니다." 내가 말했다. "저 녀석이
와서 쪼아대기 시작했을 때, 나는 물론 저 녀석을
쫓아버리려 했고, 심지어 녀석의 목을 조르려고까지
해봤는데, 저런 짐승은 워낙 힘이 센 데다 제
얼굴에까지 뛰어들려고 했어요. 그래서 나는 차라리
두 발을 제물로 내놓았죠. 이제는 발이 거의 갈기갈기
찢기고 있답니다."

「독수리」『유고 2』

127 두려움은 불행이다. 따라서 용기가 행복이 아니고,
두려움이 없는 것이 행복이다.

『일기(1922. 1. 18.)』

128 탐욕은 사람이 깊이 불행한 상태에 있음을 가장
확실하게 보여주는 하나의 표지입니다.

『아버지에게 보내는 편지(1919. 11.)』

129 펠리체, 삶을 범속하다고 여기지 않도록 해요.
범속함이 단조롭고 단순하며 하찮다는 뜻이라고
한다면 말입니다. 삶은 그저 끔찍할 뿐입니다. 그
누구보다도 나는 그렇게 느낍니다. 그리고 자주, 가장
깊은 내면에서는 아마도 끊임없이, 내가 인간이라는
점에 회의를 느낍니다.

『펠리체에게 보내는 편지(1913. 7. 7.)』

130 악마의 발명. 우리가 악마에 사로잡혀 있다면 그
악마는 하나일 리가 없다. 만약 악마의 수가 하나라면
우리는 적어도 지상에서는 신과 함께 있을 때처럼
평온하게, 어떤 모순도 느끼지 않고 성찰도 하지 않고
우리 배후에 있는 그 존재를 언제나 확신하며 살아갈
것이기 때문이다. (…) 오로지 많은 수의 악마만이
우리가 지상에서 겪는 불행의 원인일 수 있다. (…)
다만 다수의 악마가 우리 안에 존재하는 한 우리는
여전히 어떤 평온함에도 도달하지 못한다.

『일기(1912. 7. 9.)』

131 우리 안에는 여전히 어두운 구석들, 비밀 가득한
통로들, 불투명한 창문들, 지저분한 안뜰, 시끄러운
술집들, 그리고 문이 닫힌 접객업소들이 살아
있습니다. 우리는 새로 건설된 도시의 넓은
거리를 걸어갑니다. 하지만 우리의 걸음과 시선은
불안정합니다. 내면은 마치 형편없는 옛 골목길에
있는 듯이 여전히 떨립니다. 우리의 심장은 실행된
암살 공격에 대해 아무것도 알지 못합니다. 우리 안에
있는 건강하지 못한 옛 유대인 도시는 우리 안에 있는
위생적인 도시보다 훨씬 더 현실적입니다.

『카프카와의 대화』

132 인간은 세계를 극복할 힘이 없는 까닭에 이른바
개인적인 실존으로 숨어듭니다. (…) 그런데 인간의
삶은 무엇보다도 사물과 공존하는 것이고 대화하는
것입니다.

『카프카와의 대화』

133 나는 말하는 것과 다르게 쓰고, 생각하는 것과 다르게
말하며, 마땅히 생각해야 할 것과는 다르게 생각한다.
그래서 모든 것이 계속해서 아주 깊은 어둠 속으로

빠져들고 있다.

「막내 여동생 오틀라에게 보내는 편지(1914. 7. 10.)」『편지들』

134 나는 근심을 안고 살아갈 능력이 없고, 어쩌면 근심
때문에 파멸하게 될 운명인가 보다. 내가 쇠약해질
대로 쇠약해지면(그것은 그리 오래 걸리지 않을 것이다)
가장 사소한 근심조차도 아마 나를 산산조각 내기에
충분할 것이다.

『일기(1914. 9. 13.)』

135 아마도 나는 세상 속으로 뚫고 들어갈 수는 없을
듯하다. 그러나 조용히 누워서 받아들이고, 받은 바를
내 안에서 펼치고, 그러고 나서 조용히 걸음을 내디딜
수는 있다.

『일기(1915. 1. 20.)』

136 내가 상상하고 있는 것처럼 그 여자는 근본적으로
나의 잘못 때문에 극단적으로 불행하다. 나 자신도
어떻게 해야 할지 모르겠고, 전혀 아무런 감정도
느끼지 못하고 있으며 또한 무기력하다. 나는 나의 몇
가지 안락함이 방해받고 있다고 생각하고는, 유일한
고백으로 코미디 같은 것을 연기하고 있다.

『일기(1917. 9. 21.)』

137 내가 어제 보여준 것, 그리고 자네와 펠리체 그리고
오틀라가 이러한 형태로 알고 있는 것, 그것은 물론
내면의 바벨탑 한 층에서 일어나는 일에 불과하다.
위에 그리고 아래에 무엇이 있는지는 바벨 땅에 있는
사람도 전혀 알지 못한다.

「막스 브로트에게 보내는 편지(1917. 8. 29.)」『편지들』

138 같은 사람 안에 같은 대상을 두고 완전히 다른
인식들이 있다. 이것은 다시 말해 다만 같은 사람
안에 다른 주체들이 있어서 생겨나는 것일 수밖에
없다고 봐야 할 것이다.

『잠언집』

139 어떤 사람도 자신에게 궁극적으로 해를 끼치는 것을
요구할 수는 없다. 그런데도 이런 현상이 개인에게
실제로 나타난다면(어쩌면 항상 그럴 것이다), 이것은
그 사람 내부의 누군가가 그 자신에게는 이득이
되지만, 사건을 평가하는 후반부에 관여한 두 번째
누군가에게는 상당한 해를 끼친다는 사실로 설명될
수 있다. 만약 인간이 후반부의 평가 시점에서가
아니라 처음부터 두 번째 누군가의 편에 섰다면, 첫
번째 누군가는 소멸했을 것이고 이와 더불어 그 요구
역시 소멸했을 것이다.

『잠언집』

140 내 안에서 두 자아가 싸우고 있다는 것을 당신은 알고
있습니다. 나는 그 둘 중 더 나은 자아가 당신에게
속한다는 점을 특히 지난 며칠간은 조금도 의심하지
않았습니다. 그 두 자아가 말로 또는 침묵으로 또는
그 둘이 섞인 형태로 지난 다섯 해 동안 어떻게
싸웠는지는 당신도 들었습니다. (…) 자주 은폐한
적은 있지만, 거짓말은 아주 적었습니다. 나는
정직하지 못한 사람이고, 그렇게 하는 것이 내가
균형을 유지할 수 있는 유일한 길입니다. 내가 타고
있는 거룻배는 부서지기 쉽습니다.

『펠리체에게 보내는 편지(1917. 9. 30.)』

141 그들에게는 왕이 될 것인지, 왕의 파발꾼이 될 것인지
선택권이 주어졌다. 그런데 모두가 아이들이 하는
방식대로 파발꾼이 되고자 했다. 그래서 세상은
온통 파발꾼들로 가득하다. 왕들이 없는 까닭에
파발꾼들은 세계를 돌아다니면서 무의미해진
메시지를 서로에게 소리친다. 그들은 비참한 삶을
기꺼이 끝내고 싶지만, 직무상의 서약 때문에 감히
그렇게 할 수 없다.

『잠언집』

142 물론 이제 종교적 관계가 모습을 드러내려 하지만, 이
세상에서는 그것이 가능하지 않다. 그래서 추구하는
인간은 자기 안에 있는 신적인 것을 구하기 위해서
세상과 맞서야 한다. 아니면 같은 의미에서 신적인
것이 자신을 구하기 위해 인간을 세상과 맞서게 한다.
이런 식으로 세상은 폭행을 당할 수밖에 없다.

「막스 브로트에게 보내는 편지(1918. 3.)」『편지들』

143 K가 도착한 것은 늦은 저녁이었다. 마을은 눈 속에
깊이 잠겨 있었다. 성이 있는 산에는 아무것도 보이지
않았다. 안개와 어둠이 산을 둘러싸고 있었고, 그곳에
큰 성이 있음을 암시해주는 아주 희미한 불빛조차
눈에 띄지 않았다. K는 국도에서 마을로 이어진
나무다리 위에 서서 아무것도 없어 보이는 허공을
한참이나 쳐다보았다.

『성』

144 "이곳은 겨울이 깁니다. 아주 길고 단조롭습니다.
그러나 저 아래 사는 우리는 불평하지 않습니다.
겨울에 대한 대비가 되어 있으니까요. 글쎄, 언젠가는
봄이 오고 여름도 올 테니 그 모든 게 나름의 때가
있는 법이겠죠. 그러나 지금, 내 기억 속에서는
봄과 여름이 어찌나 짧은지 이틀 정도밖에 안 되는

것 같아요. 그리고 그 이튿조차 아무리 화창한
날이더라도 간간이 눈이 내리곤 한답니다.”
『성』

145 “육체의 힘이라는 것이 도달하는 것도 어떤
한도까지만입니다. 바로 그 한계점 또한 보통은
의미심장하다고 해도 어쩔 수 없는 게 아닐까요? 그
누구도 어쩔 수 없습니다. 세상은 그런 식으로 자신을
수정하고 균형을 잡으면서 돌아가고 있습니다.”
『성』

146 피로함이 반드시 믿음의 약함을 뜻하는 것은 아니다.
안 그런가? 피로함은 하여튼 만족하지 않은 상태를
뜻한다. 나의 자아가 의미하는 모든 것에서 나는 너무
협소함을 느낀다. 나에 해당하는 영원조차도 내게는
너무 협소하다. 그러나 내가 가령 한 권의 좋은 책,
예를 들어 여행기 같은 것을 읽는 경우, 그 책은 나를
일깨우고, 만족시키고, 충족시킨다. 이것이 입증하는
것은, 내가 이전에 이 책을 나의 영원함에 포함하지
않았거나, 또는 이 여행기까지 필연적으로 에워싸고
있는 저 영원함을 예감하는 데까지 이르지 못했다는
것이다.
인식의 어떤 단계에서부터는 피로함, 불만족, 답답함,

자기 경멸이 사라질 수밖에 없다. 다시 말해 이전에
낯선 것으로서 내게 생기를 주고 만족감을 주고
해방감과 고양감을 가져다준 것을 내가 내 고유의
본질로 인식하는 힘을 갖게 되는 단계부터 그렇다.

「네 번째 팔절판 노트」『유고 2』

147 나는 왜 세상 바깥으로 뛰쳐나가려 했던가? '그'가
세상, 즉 그의 세상에서 나를 살게 하지 않았기
때문이다. 지금은 물론 그렇게 명확한 판단을
내려서는 안 될 것이다. 비유를 들어 말한다면,
지금 나는 경작지와 같은 평범한 세계에 비하면
사막이라고 할 수 있는 이 다른 세계의 시민으로 살고
있고(나는 40년 동안이나 가나안 땅을 떠나 이주해 살고
있다), 외국인으로서 되돌아보고 있다.

『일기(1922. 1. 28.)』

148 어떤 정복당한 나라로 도망하고, 곧장 그곳에서의
삶이 견디기 힘들다는 사실을 깨닫게 된다. 왜냐하면
그곳에서는 다른 어느 곳으로든 도망칠 수 없기
때문이다.

『일기(1922. 3. 15.)』

149 졸도, 잠들지 못하는 것, 깨어날 수 없는 상황,

삶, 더 정확히 말한다면 이러한 삶의 연속을 견딜
수 없는 상황이다. 시계들이 일치하지 않는다.
내적인 시계는 악마적이거나 신들린 듯, 하여튼
비인간적인 방식으로 움직인다. 외부의 시계는
쉬엄쉬엄 평상시의 보폭을 유지한다. 서로 다른 이 두
세계가 서로 분리되는 일 외에 무슨 일이 일어날 수
있겠는가. 두 세계는 서로 분리되거나 적어도 무서운
방식으로 서로를 잡아당겨 찢게 된다.

『일기(1922. 1. 16.)』

150 그런데 누가 자신의 과제를 정확히 알까요? 아무도
그러지 못합니다. 그래서 우리 각자는 양심의 가책을
느끼고, 가능한 한 재빨리 잠들어 그 가책에서
벗어나려고 하는 것입니다. (…) 어쩌면 나의 불면은
내 삶을 빚지고 있는 방문객*에 대한 일종의 두려움에
불과한 것일 수 있습니다.

『카프카와의 대화』

151 내가 내 안에서 발견한 것은 사소함, 우유부단,
싸우는 자들에 대한 시기와 증오심이다. 싸우는
자들에게는 나는 온갖 악한 것을 열정적으로 바란다.

* 죽음을 의미한다.

『일기(1914. 8. 5.)』

152 내가 어떤 인간인지 기억났습니다. 당신의 눈을
들여다보면서 나는 어떤 착각도 하지 않았음을
깨닫습니다. 내게는 (자신이 속하지 않은 어딘가에서
마치 집에 있듯이 편하게 행동하다가 깨어나는 것 같은)
'꿈의 경악'이 있었는데, 현실에서도 이러한 경악을
지니고 있었습니다. 나는 어둠 속으로 되돌아가야
했고, 나는 태양을 견딜 수 없었습니다.

『밀레나에게 보내는 편지(1920. 9. 14.)』

153 삶은 끊임없이 우리의 주의를 산만하게 하는 것이다.
그러면서 그것은 무엇으로부터 우리를 산만하게
하는지 생각할 여유조차 주지 않는다.

「메모장」『유고 2』

154 나는 업무에 대해 불평하기보다는 오히려 늪
같은 나태한 시간에 대해 불평한다. 다시 말해
사무실에서의 근무 시간은 세분할 수 없기 때문이다.
퇴근 직전의 30분에도 출근 후 30분에 못지않게
여덟 시간의 압박감을 느낀다. 그것은 종종 밤낮으로
달리는 기차 여행을 하는 것과 같다. 우리는 마침내
두려움에 사로잡힌 채, 기관사의 열차 운행이나 언덕

또는 평지에 대해 더는 생각하지 않고 모든 영향을
오로지 손바닥에 늘 쥐고 있는 시계 탓으로만 돌린다.

「헤트비히 바일러*에게 보내는 편지(1907. 11. 22.)」『편지들』

155 '아! 내가 이렇게 힘든 직업을 택하다니! 허구한 날
출장이다. 출장 업무는 회사 안에서 하는 일보다
훨씬 더 신경이 쓰인다. 게다가 돌아다녀야 하는
고역까지 있다. 기차 편 연결에 대해 늘 신경을 써야
하고, 식사는 불규칙적이면서 질도 나쁘다. 만나는
사람들이 항상 바뀌는 탓에 그들과의 인간관계는
절대 지속되는 법이 없을 뿐만 아니라 진실하지도
않다. 악마가 이 모든 것을 가져가버렸으면!'

「변신」

156 관청에서는 과도하게 일을 한다. 그런 경우 사람은
너무 피곤한 탓에 자신의 휴가조차 즐길 수 없게
된다. 그런데 사람은 정작 그 모든 일을 해내면서도
모두에게 애정으로 대해달라고 요구도 하지 못한다.
오히려 그는 혼자이고, 완전히 낯선 존재며, 그저
호기심의 대상일 뿐이다.

* 헤트비히 바일러(Hedwig Weiler, 1888~1953)는 오스트리아 빈의 유대계 가정에
서 태어난 여성으로 카프카는 1907년 트리쉬에 있는 외삼촌 집에서 여름휴가를
보내던 때 당시 열아홉 살의 그녀를 알게 되어 한동안 교제한 적이 있다.

「시골에서의 혼례 준비」『유고 1』

157 내가 부모님을 생각해 꾹 참지 않았다면 진작에
사표를 내던졌을 것이다. 사장 앞에 당당하게 나아가,
그의 면전에서 평소 마음 깊이 품고 있는 내 생각을
시원하게 내뱉었을 것이다. 그러면 사장은 틀림없이
책상에서 굴러떨어졌을 것이다! (⋯) 내가 언젠가
부모님이 사장에게 진 빚을 갚을 만큼 돈을 모으게
되면(그때까지 5, 6년은 더 걸리겠지만) 꼭 끝장을 볼
것이다. 그러고 나서 완전히 새출발을 하는 것이다.
「변신」

158 "저 녀석의 머릿속에는 회사 일밖에는 아무것도
없습니다."
「변신」

159 "그런데 지배인님, 보시다시피 저는 고집불통이
아니라 일하기를 좋아하는 사람입니다. 출장 여행은
고달픈 것이지만, 저는 출장 여행에 나서지 않고는
살아갈 수 없을 겁니다."
「변신」

160 순수하고 손에 잡을 수 있고 일반적으로 유용한

수공 작업보다 더 아름다운 것은 없다. 목공 일 외에 나는 벌써 농사일과 정원 일을 해보았다. 그 모든 것은 사무실에서의 강제 노역보다 더 아름답고 더 가치 있다. 사무실에서 일을 하면 사람이 더 차원 높은 존재, 더 나은 존재로 보이는 모양이다. 그러나 겉보기에만 그렇다. 실제로는 더욱 고독하고 더욱 불행하다. 지적인 일은 인간을 인간 공동체에서 이탈시킨다. 수공 작업은 이에 반해 인간들에게로 이끌어간다.

『카프카와의 대화』

161 건강은 사람이 자기 마음대로 할 수 있는 개인적인 소유물이 아닙니다. 건강은 주어진 재산, 즉 은총입니다.

『카프카와의 대화』

162 질병은 악의가 아니라 경고 신호, 즉 인생의 수호자입니다.

『카프카와의 대화』

163 질병 때문에 나는 내가 허약하다는 것과 동시에 내가 살아 있다는 기적을 늘 충분히 체험하고 있습니다.

『카프카와의 대화』

164 분명한 것은, 나의 진보를 가로막는 주된 방해물의
하나가 바로 나의 몸 상태라는 것이다. 이러한
몸으로는 아무것도 달성할 수 없다. 나는 계속되는
실패에 익숙해져야 할 것이다. (…) 나의 몸은
허약한 것치고는 너무 길쭉하기만 하고, 복된
온기를 생산하고 내적인 열기를 보존하는 데 필요한
지방분이 전혀 없다. 전체를 해롭게 하지 않으면서
정신이 최소한 매일 필요로 하는 것 이상으로 섭취할
수 있도록 하는 지방분이 전혀 없다.

『일기(1911. 11. 22.)』

165 나는 거울 앞에 서기를 두려워했다. 거울은
불가피하게 추한 모습의 나를 보여주기 때문이다.

『일기(1912. 1. 2.)』

166 단식 광대의 몸은 속이 텅 빈 껍데기가 되어 있었고,
두 다리는 자기보존 본능으로 무릎이 꼭 붙어 있었다.
그러면서 발을 딛고 있는 지면이 마치 진짜 바닥이
아니고 진짜 바닥은 이제 찾아내야 한다는 듯 바닥을
긁어대고 있었다.

「단식 광대」『단식 광대』

167 사실 나는 무척 말랐습니다. 아마도 제가 아는 사람

가운데 가장 마른 인간일 것입니다.

『펠리체에게 보내는 편지(1912. 11. 1.)』

168 내가 그렇게 하지 않는 데는 정말 고약한 이유가
하나 있습니다. 간단히 말해, 나의 건강은 내 한
몸을 겨우 감당할 정도일 뿐이고, 결혼을 할 수 있을
정도로 좋은 것은 아니며, 아버지가 되기에는 더욱
그렇습니다.

『펠리체에게 보내는 편지(1912. 11. 11.)』

169 내게는 그대가 대충은 알면서도 심각하게 받아들이지
않고 있는 장애가 존재합니다. (…) 10여 년 전부터
나는 완전히 건강한 상태가 아니라는 점을 더욱
느끼고 있습니다. 건강하다는 기분 좋은 감정, 보통
사람들에게는 지속적인 쾌락과 특히 거침없는 태도를
선사하는, 모든 점에서 순종하는 육체의 쾌감이
내게는 부족합니다.

『펠리체에게 보내는 편지(1913. 5. 23.)』

170 종종 몇 년 동안 침묵 상태에 있던 나의 몸은 다시
하나의 작고 아주 특정한 혐오감, 약간 역겨운 것,
당혹스러운 것, 더러운 것에 대한 동경을 느끼면서
견딜 수 없을 정도로까지 뒤흔들렸는데, 내게 주어진

최상의 상태에서도 약간의 불쾌한 냄새, 어떤 유황 같은 것, 어떤 지옥 같은 것이 있었습니다. 이러한 충동은 '영원한 떠돌이 유대인'의 요소를 지녔습니다. 무의미하게 더러운 세계를 무의미하게 돌아다니고 무의미하게 방랑하는 것입니다.

『밀레나에게 보내는 편지(1920. 8. 8.)』

171 "안 돼, 날 놓아줘, 안 돼, 날 놓아줘!" 골목을 따라 걸어가며 나는 끊임없이 이렇게 소리쳤다. 세이렌은 계속해서 나를 붙잡았고, 계속해서 옆쪽에서 또는 내 어깨 너머로 맹수처럼 사나운 세이렌의 발톱이 내 가슴을 후벼 팠다.

『일기(1917. 8. 10.)』

172 내가 얼마 지나지 않아 죽게 되거나 완전히 삶의 불능 상태에 처하게 된다면, 나 자신을 찢어발긴 것은 나 자신이라고 말해도 좋을 것이다. 지난 이틀 밤에 걸쳐 각혈이 있었으므로 그 가능성은 농후하다.
예전에 아버지께서는 거칠면서도 공허한 협박조로 (실제로는 내게 손가락 하나 대지 않았지만) "내가 너를 물고기처럼 찢어발기겠다"라고 말씀하시곤 했는데, 그 협박이 지금은 아버지와 무관하게 현실이 되고 있다. F로 대변되는 세계와 나의 자아가 해결할 수 없게 충돌하면서 나의 몸을 찢어발기고 있다.

「다섯 번째 팔절판 노트」『유고 1』

173 어쨌든 나는 어린아이가 자신이 붙잡고 있는
어머니의 치마폭을 대하듯이 폐결핵을 대하고 있다.
(…) 나는 이 질병에 대한 해명을 끊임없이 찾고 있다.
내가 직접 사냥에 나서 얻은 질병은 아니기 때문이다.
때로는 내가 알지 못하는 상태에서 나의 뇌와 폐가
서로 소통한 것 같은 느낌이 든다. "이렇게 더는
지속될 수 없어"라고 뇌가 말했고, 다섯 해가 지난 후
폐가 도와주겠다고 선언한 것이다.

「막스 브로트에게 보내는 편지(1917. 9. 13.)」『편지들』

174 이러한 가능성이 존재하는 한 너는 시작할 가능성이
있다. 그 가능성을 낭비하지 말라. 네가 뚫고 들어가려
한다면, 너에게서 씻겨 나오는 더러움을 피할 수 없을
것이다. 그러나 그 속에서 뒹굴지 마라. 너는 폐의
상처가 단지 하나의 비유일 뿐이라고 주장한다. 다시
말해 너는 그 상처의 염증이 펠리체이고 그 상처의
깊이가 정당화를 뜻하는 그런 상처일 뿐이라고
주장한다. 만약 그렇다면 의사들의 충고(빛, 공기, 태양,
휴식) 역시 비유다.

『일기(1917. 9. 15.)』

175　나는 은밀하게 나의 병이 결핵이 아니라고
　　생각합니다. 적어도 당분간은 결핵이 아니라 나의
　　총체적인 파산이라고 생각합니다. 나는 이 싸움이
　　더 오래 계속되리라 생각했으나, 그렇지 않았습니다.
　　피는 폐에서 나오는 것이 아니라, 어떤 투사가
　　결정적으로 찔러서 생겨난 것입니다.

『펠리체에게 보내는 편지(1917. 9. 30.)』

176　친애하는 막스, 내 병 말인가? 솔직히 말하면 나는
　　그것을 거의 느끼지 않고 있어. 열도 없고, 기침을
　　그리 많이 하지도 않으며, 통증을 느끼는 상태도
　　아니야. 호흡은 가쁜 편이고, 그것은 사실이야.
　　하지만 호흡이 가쁜 것은 눕거나 앉아 있을 때는
　　느끼지 못하고, 걷거나 어떤 일을 하는 동안
　　나타나지. 이전보다 두 배쯤 급히 숨을 쉬게 되는데,
　　그것이 본질적인 고통은 아니야. 나는 이런 생각을
　　하기에 이르렀어. 내가 앓고 있는 결핵이라는 것이
　　어떤 특별한 질병, 특별한 이름값을 하는 질병이
　　아니라, 다만 그 의미를 따르자면 보편적인 죽음의
　　싹이 일단은 평가하기 어려울 정도로 강화되고
　　있다는 거야.

「막스 브로트에게 보내는 편지(1917. 10. 6.)」『편지들』

177 농담 반 진담 반으로 말하자면, 의학적으로는
가망 없는 상태에 있네. 자네는 아마추어의 진단을
원하는가? 이 경우에 대해 말한다면, 신체적 질병은
단지 정신적인 질환이 강둑을 넘어 범람한 결과라고
할 수 있어. 그 질환을 강둑 안으로 다시 밀어
넣으려고 하면, 당연히 머리가 저항할 거야. 머리가
볼 때는 곤경의 상황에서 방금 폐질환을 밖으로
내던졌고 또 다른 질병을 내던지는 최고의 쾌감을
느끼는 순간인데, 이제 다시 강제로 머리에 밀어
넣으려 하는 셈이니까. 그리고 머리부터 시작해 그
질환을 치료하려면 가구 짐꾼의 체력이 필요한데,
앞에서 언급한 이유에서 나로서는 그런 체력을 기를
수가 없어. 그래서 모든 것이 변하지 않고 그대로야.

「오스카 바움*에게 보내는 편지(1918. 6. 12.)」『편지들』

178 내 경우를 말한다면, 뇌가 자신에게 부과된 근심과
고통을 더는 감당할 수 없게 된 것입니다. 뇌가
이렇게 말했습니다. '나는 이제 포기하겠어. 하지만
아직 여기에 전체를 보전하는 일이 소중하다고
여기는 누군가가 있다면, 내게서 짐을 좀

---

*　오스카 바움(Oskar Baum, 1883~1946)은 유대계 작가로, 1904년 가을 막스 브로
트의 소개로 카프카를 알게 되었고 두 사람은 평생의 우정을 나누는 사이로 발
전한다.

덜어주었으면 해. 그러면 한동안은 버텨낼 수 있을
거야.' 그러자 폐가 자원했습니다. 아마 크게 잃을
것도 없었을 테니까요. 내가 알지 못하는 가운데
이루어진 뇌와 폐 사이의 이러한 협상은 끔찍했을
것입니다.

『밀레나에게 보내는 편지(1920. 4. 4.)』

179 밀레나, 나는 빈으로 갈 수 없습니다. 그 힘든 상황을
내가 정신적으로 버틸 수 없기 때문입니다. 나는
정신적으로 아픈 상태에 있고, 폐질환은 다만 이
정신적인 질환이 둑 바깥으로 범람한 것이라고 할 수
있습니다.

『밀레나에게 보내는 편지(1920. 5. 31.)』

180 그런데 그것은 다름 아니라 가장 조야한 공포, 즉
죽음에 대한 공포다. 마치 어떤 사람이 바닷속으로
헤엄쳐 들어가고자 하는 유혹에 저항할 수 없고,
'이제 너는 인간이야, 위대한 수영선수야' 하면서
그렇게 물결에 실려 가는 데 행복을 느끼고 있는데,
특별히 많은 계기도 없이 갑자기 몸을 일으켜보니
하늘과 바다만 보이고, 파도 위에는 그의 작은
몸뚱이만 있을 뿐이다. 그러자 그 사람은 끔찍한
공포에 사로잡히고, 이제 다른 모든 것은 아무래도

상관없고 자신의 폐가 찢어지더라도 돌아와야만 하는
것이다. 바로 그런 것이다.

「막스 브로트에게 보내는 편지(1921. 1. 13.)」『편지들』

181 삶이란 건강한 사람에게는 사실상 자신이 언젠가
죽을 수밖에 없다는 의식 앞에서 그것을 인정하지
않고 무의식적으로 도피하는 것을 의미할 뿐이다.
질병은 언제나 하나의 경고인 동시에 힘겨루기다.
따라서 질병과 고통, 고난은 종교성의 가장 중요한
원천이기도 하다.

『카프카와의 대화』

182 원시적인 시선으로 보면, 근본적이고 모순되지
않으며 외부의 어떤 것(순교, 인간을 위한 희생)에도
방해받지 않은 진실은 오로지 육체적인 고통뿐이다.
이상한 것은, 고통의 신이 초기 종교에서 주신主神이
아니었다는 점이다.

『일기(1922. 2. 1.)』

183 각각의 병자에게는 각자의 가정 수호신이 있는데,
폐병 환자에게는 질식의 신이 있다. 사람이 아직 그
신과 끔찍하게 하나가 되기 전에 그 신에 대한 지분을
갖고 있지 못하다면 그 신이 접근하는 것을 어떻게

감당할 수 있겠는가?

『일기(1922. 2. 1.)』

184 가정 수호신(이를테면 건강의 여신 '하이게니아')을 믿는
것보다 더욱 유쾌한 것이 무엇일까! 가정 수호신을
믿는 것은 진정한 인식 아래로 통과하는 일이고,
어린아이처럼 행복하게 일어서는 일이다!

『잠언집』

185 아니, 나는 저명한 의사들을 신뢰하지 않습니다.
의사들이 아무것도 알지 못한다고 말할 때만 그들을
신뢰합니다. 그 밖에는 나는 그들을 증오합니다.
당신도 의사들을 좋아하지 않기를 바랍니다.

『펠리체에게 보내는 편지(1912. 11. 5.)』

186 내가 사방에서 견뎌내야 하는 두려움. 크랄 박사의
진찰. 의사는 곧장 내게로 달려들고, 나는 내
속을 뒤집어 다 보여준다. 그는 내게 공허한 말을
늘어놓는데, 나는 속으로는 경멸감을 느끼면서도
그를 반박하지는 않는다.

『일기(1913. 6. 21.)』

187 나는 전에 내 몸 상태가 결혼의 방해물이라고 당신한테

늘 말했었죠. 나의 상태는 그 후로도 정말 더 나아지지 않았습니다. 한 달 반 전쯤 당신한테 결정적인 편지 중 한 통을 쓰기 전에, 나는 우리 집 주치의를 방문한 적이 있습니다. 그가 내게 특별히 편안한 의사는 아니지만, 그렇다고 다른 의사들보다 더 불편한 분도 아닙니다. 사실 그분을 신뢰하지는 않지만, 다른 의사들에서와 마찬가지로 그에게서 마음의 평정을 얻으려 했습니다. 이러한 의미에서 의사들 또한 자연치료 요법의 한 방편이 될 수 있습니다.

『펠리체에게 보내는 편지(1913. 8. 4.)』

188 의학은 고통을 고통으로 치료하는 방법 외에 다른 방도를 알지 못합니다. 그러면서 "질병을 퇴치하고 있다"라고 한다는 것입니다.

「그레테 블로흐에게 보내는 편지(1914. 5. 17.)」『편지들』

189 확실히 의사들은 멍청해요. 아니 다른 사람들보다 의사들이 훨씬 멍청하다고는 할 수 없어요. 하지만 의사들이 보이는 오만불손한 태도는 우스꽝스럽습니다. 하여튼 사람은 의사들과 관계를 맺는 순간부터 점점 더 멍청해진다는 점을 예상해야 합니다. 다만 의사들이 잠정적으로 요구하는 일은 아주 멍청하지도 않고 불가능하지도 않다는 거죠.

『밀레나에게 보내는 편지(1920. 5. 2.)』

190 어제 의사를 방문했습니다. 내가 기대했던 것과
     달리 의사도 또 체중계도 내가 나아졌다고 진단하지
     않았습니다. 의사는 내가 요양에 나서야 한다는군요.
     (…) 의사가 추천하는 요양소들은 전적으로 폐질환을
     치료하는 요양소들, 밤낮으로 기침을 토해대고
     열을 내뿜는 곳들입니다. 그곳에서는 고기를
     먹어야만 하고, 주사 맞기를 거부하면 전직 사형
     집행자들이 팔을 비틀어버리며, 수염을 매만지는
     유대인 의사들이 기독교인을 다루듯 유대인에게도
     가혹합니다.

『밀레나에게 보내는 편지(1920. 8. 31.)』

191 좋은 의사냐고? 그래, 전문가야. 나도 어떤 전문가가
     되었으면 좋았을걸! 전문가에게는 세상이 얼마나
     단순한 것인지! 나의 위장 장애, 불면증, 불안,
     한마디로 나의 상태나 내가 지닌 온갖 증상은
     폐질환에서 기인한다고 말하고 있어. 폐질환이
     드러나지 않았을 때는 그것이 위장 장애 또는
     신경쇠약으로 자신을 위장한 상태였다고 설명하는
     거야. 어떤 폐질환은 그러한 위장 상태를 넘어서지
     않아(나도 그렇게 생각해). 그리고 전문가에게는

세상의 고통은 아주 분명한 것이기에, 그는 이에
걸맞게 민족 기부금 상자보다 작은 가방에 언제나
세상의 구원을 넣고 다니면서, 세상이 원하는 경우
12크로네를 내면 그 구원을 핏속에 주입하지.

「막스 브로트에게 보내는 편지(1920. 12. 31.)」『편지들』

192 그 의사가 단지 친구라면 그럭저럭 견딜 만하겠지.
그렇지 않다면 그들과 소통하는 일은 불가능한
거야. 예를 들면 나한테는 의사가 셋 있는데, 이곳
의사와 크랄 박사 그리고 외삼촌이지. 그들이 서로
다른 충고를 하는 것은 이상하지 않아. 그들이 서로
반대되는 조언(크랄 박사는 주사에 찬성, 외삼촌은
반대)을 하는 것도 견딜 만해. 하지만 그들이 서로의
의견을 반박하는 것은 도무지 이해할 수 없어.

「막내 여동생 오틀라에게 보내는 편지(1921. 3. 16.)」『편지들』

193 결핵이 통제되리라는 것도 믿을 만한 사실이다. 모든
질병은 결국은 통제되니까 말이다. 그러니까 그것은
전쟁과도 같다. 모든 전쟁은 끝이 나지만, 전쟁이
그치는 것은 아니다. 폐결핵이 허파의 내부에 자리를
잡은 것이 아니라는 점은, 예를 들어 세계대전의
원인이 최후통첩에 있지 않다는 것과 같다. 다만
하나의 질병이 있을 뿐이고, 그 이상은 아니다.

그런데 의학은 마치 맹수 한 마리를 광활한 숲속에서
사냥하듯 맹목적으로 이 질병을 사냥하고 있다.

「막스 브로트에게 보내는 편지(1921. 4.)」『편지들』

194 정말 사람을 화나게 하는 이 의사들! 사업에는
단호하면서도 치료에는 무지한 탓에, 만약 사업상의
단호함이 사라지게 되면 이들은 병원의 침대 앞에
초등학생들처럼 서 있게 될 것이다.

『일기(1912. 3. 5.)』

195 그의 옷을 벗겨라, 그러면 그는 치유하리라.
치유하지 못한다면 그를 죽여라!
그저 의사일 뿐, 그저 의사일 뿐이다!

「시골 의사」『시골 의사』

196 기뻐하라, 너희 환자들아. 의사가 너희 침대에
눕혀졌다!

「시골 의사」『시골 의사』

197 저는 오늘 아침 침대에서 내려오려다가 그냥 푹
쓰러지고 말았습니다. 이유는 간단한 것인데, 완전히
과로한 탓입니다. 실은 사무실 업무 때문이 아니라,
저의 글 쓰는 작업 때문입니다. 저는 사실 사무실에

나가지 않아도 되고 제 작업을 위해 조용히 살며
사무실에서 하루 여섯 시간을 보내지 않아도 되는
만큼, 정작 회사가 이에 대해 책임질 것은 없습니다.
(…) 나의 책임입니다. 아울러 사무실이 제게
요구하는 것은 아주 명확하고도 정당합니다.
다만 그것이 제게는 끔찍한 이중생활이라는
것입니다. 저로서는 아마도 정신이상자가 되는
것만이 이 상황에서 벗어나는 출구겠죠. 환하게
비치는 아침 햇살을 받으며 저는 이 사과문을
작성합니다. 만약 이것이 사실이 아니라면, 또
제가 아들이 아버지를 사랑하듯 당신을 사랑하지
않는다면, 이 글을 쓰지 않을 것입니다.
덧붙이자면 저는 내일이면 틀림없이 다시 상태가
나아져 사무실에 나갈 수 있을 것이고, 아마도 처음
듣게 될 말은 당신이 부서에서 나를 내쫓겠다는 소리일
것입니다.

「상사 오이겐 폴에게 보내는 사과문(1911. 2. 19.)」 『일기』

198 그런데 이처럼 개선된 상태는 제가 사무실에서 얻을 수
있는 것이 아니고, 프라하에서도 가능한 것이 아닙니다.
이곳에서는 본래 의존성을 요구하는 인간인 저를 그
상태에 보존하려는 방향으로 모든 일이 갖추어져 있기
때문입니다. (…) 저의 직장 사무실은 매우 성가시고

종종 참을 수 없을 정도지만, 근본적으로 업무가
쉽습니다. 그렇게 일하면서 저는 필요 이상으로 많이
벌고 있습니다. (…) 하지만 그 일은 제게 맞지 않고, 그
보상으로 자립을 선사하는 것도 아닙니다. 그런데도
왜 그 일을 내던지지 못할까요? 제가 해약을 통보하고
프라하를 떠난다고 해서 어떤 위험을 무릅쓰게 되는
것은 아니고 모든 것을 얻을 것입니다.

「부모님에게 보내는 편지(1914. 7.)」『편지들』

199 그리고 이 순간에 저는 수익에 대해서는 전혀 관심이
없습니다. 이 문제는 물론 전쟁이 끝나고 나면
완전히 달라질 것입니다. 제가 다니는 직장을 포기할
것이고(이것은 저의 절박한 소망입니다), 결혼하게
될 것이며, 프라하를 떠나서 아마 베를린으로
갈 것입니다. 그렇게 되면 저는 창작에서 얻는
수익에 전적으로 의존하지는 않을 것입니다. 이런
상황에서도 나 또는 내 안에 깊이 자리 잡은 공무원
자아는(그 둘은 실은 같은 사람입니다만) 그 시기에 대해
암울한 불안감을 느끼고 있습니다.

「쿠르트 볼프*에게 보내는 편지(1917. 7. 27.)」『편지들』

*   쿠르트 볼프는 중·단편소설「선고」「유형지에서」, 단편집『시골 의사』등 카프
카의 중요한 작품들을 출판하고 지원했던 출판인이다.

V

문명 비판, 시대 진단

1   나는 삶이 요구하는 것들을 하나도 갖고
태어나지 못했다. 내가 지닌 것은 일반적인
인간의 약점뿐이다. 이 인간적인 약점을 갖고
나는 내가 사는 시대의 부정적인 것을 강력하게
수용했다(이러한 점에서 나의 인간적인 약점은 거대한
힘이다). 나는 시대의 부정적인 것에 매우 가까이
있고, 그것을 결코 극복하지는 못하겠지만 어느 정도
대표할 권리는 갖고 있다. 미약하게 긍정적인 것,
그리고 긍정적인 것으로 전환되는 극단의 부정적인
것에 대해서는 나는 어떤 상속분도 없다.
나는 키르케고르처럼 물론 벌써 무겁게 가라앉고 있는
기독교의 손길에 이끌려 삶으로 나아온 것도 아니고,
시온주의자들처럼 날아가버리는 유대교 사제복의
끝자락을 잡지도 않았다. 나는 끝이거나 시작이다.

「네 번째 팔절판 노트」『유고 2』

2   그는 아르키메데스의 점을 발견했다. 그런데
그것을 자신에게 불리하게 사용했다. 그에게는
아르키메데스의 점을 발견하는 일이 단지 이러한
조건에서만 허용된 것이 분명하다.

『일기(1920. 1. 10.)』

3   나의 모든 것, 가족의 삶, 우정, 결혼, 직업, 문학

등 이 모든 것을 실패하게 하거나 실패하지 않게 하는 것은 나태함, 악의, 미숙함이 아니다. '해충이 무無에서 생겨난다'라고 한 것처럼, 그 모든 것이 전혀 무관하다고 말할 수는 없겠지만, 정작 문제가 되는 것은 대지, 공기, 계명의 결핍이다. 이것들을 창조하는 것이 나의 과제다.

「네 번째 팔절판 노트」『유고 2』

4 자본주의는 종속의 체제이고, 그 종속 관계는 외부에서 내부로, 위에서 아래로 이어져 있습니다. 모든 것이 의존해 있고, 모든 것이 속박 상태에 있습니다. 자본주의는 세계의 상태이자 영혼의 상태입니다.

『카프카와의 대화』

5 "저건 없어져야 해요!" 누이동생이 소리쳤다. "그게 유일한 방법이에요, 아버지. 아버지는 저게 그레고르라는 생각부터 버려야 해요. 이토록 오랫동안 그렇다고 믿은 것이 우리의 불행이라고요. 어떻게 저게 그레고르일 수 있어요? 만일 그레고르였다면 인간과 저런 짐승이 함께 살 수는 없다는 것을 진작에 알아차렸을 것이고, 자진해서 떠났을 거예요. 그렇게 되었다면 우리에게 오빠는

없겠지만, 오빠에 대한 추모의 마음을 간직하고 살
수 있었겠죠. 하지만 이 짐승이 우리를 쫓아다니며
괴롭히고 하숙인들을 몰아내고 있어요. 저것이 결국
우리 집 전체를 독차지하고 우리를 거리로 나앉게
하려는 것이 틀림없어요."

「변신」

6   부富라는 것이 무엇일까요? 어떤 사람에게는
     낡은 셔츠 한 벌도 벌써 부에 속합니다. 그러나
     어떤 사람은 억만금이 있어도 가난합니다.
     부는 상대적이고 만족을 주지 못하는 것입니다.
     근본적으로 그것은 단지 특별한 상황일 뿐입니다.
     부는 소유한 것들에 대한 의존성을 뜻하고, 그 소유한
     것들이 새로운 소유, 새로운 의존성을 통해 사라지지
     않게 하는 것을 의미합니다. 그것은 단지 불안정성이
     물질화된 것일 뿐이죠.

『카프카와의 대화』

7   가장 중요한 것은 돈 그리고 기계입니다. 인간은
     오로지 자본 증식을 위한 오래된 도구일 뿐이고,
     역사의 잔재물입니다. 정말 빠른 속도로 유연하게
     사고하는 로봇이 과학적으로 부족한 인간의 능력을
     대체할 것입니다.

『카프카와의 대화』

8   그곳에는 눈부신 전등 아래서 문소리에는 신경도
쓰지 않고, 강철 띠를 머리에 두르고 강철 띠에 달린
수화기를 귀에 댄 채 일에 몰두하는 종업원의 모습이
보였다. 오른팔은 유달리 무거운 듯 작은 책상 위에
올려놓고, 연필을 쥔 손가락은 사람 손가락이라고 믿기
어려울 만큼 균일하고 빠른 속도로 움직였다. 종업원이
수화기에 대고 하는 말은 매우 간단했다. 그는 때때로
상대방에게 이의를 제기하고 좀 더 정확하게 질문하는
것처럼 보였지만, 자신의 의도를 실행하기도 전에 눈을
내리깔고 자신이 들은 내용을 기록해야 했다.

『실종자』

9   조용하면서도 진지한 요구를 지닌 하나의 기계는
내가 보기에 인간이 가하는 것보다도 훨씬 강하고
잔인한 강제를 인간의 노동력에 행사합니다. 음성
녹음을 들으면서 타자기를 두드려야 하는 속기사는
얼마나 미미하고, 지배하기 쉽고, 내보내고, 소리쳐
주저앉히고, 욕을 해대고, 쳐다보기 쉬운 대상인가요!
내용을 불러주는 자가 주인이고, 음성 재생기 앞에서
타자수는 품위를 잃고 자신의 두뇌를 동원해 소음 내는
기계에 봉사해야 하는 공장노동자에 불과합니다.

『펠리체에게 보내는 편지(1913. 1. 10.)』

10   우리에게는 신임 변호사가 한 명 있는데,
     부케팔로스*라는 이름의 박사다. 그러나 그의 외모는
     그가 옛적에 마케도니아에서 알렉산드로스대왕의
     군마였던 시절을 거의 생각나게 하지 않는다. (…)
     그리고 오늘날에는 위대한 알렉산드로스 같은
     인물은 존재하지 않는데, 그 누구도 이를 부인할 수
     없다. (…) 이미 당시에도 인도의 성문은 도달할 수
     없는 것이었지만, 그러나 진군의 방향은 왕의 칼을
     통해 나타나 있었다. 오늘날은 그 성문이 완전히
     다른 방향을 가리키고 있고, 더 멀리 그리고 더 높이
     잘못 놓여 있다. 제대로 된 방향을 가리키는 사람이
     하나도 없다. 많은 사람이 칼을 쳐들고 있으나,
     그것은 다만 휘두르기 위해서일 뿐이다. 그래서
     어쩌면 부케팔로스처럼 법전法典에만 몰두하는 일이
     실제로 최선일 수 있다. 자유롭게, 그 옆구리가
     기병의 엉덩이들에 눌리지 않고, 조용한 등불 아래서,
     알렉산드로스 전투의 끊임없는 굉음들로부터 멀리
     떨어져서, 그는 우리 옛날 서적들의 책장을 넘기며

★   부케팔로스는 마케도니아왕국의 알렉산드로스대왕이 타고 인도 원정까지 이끈
    유명한 말의 이름이다.

읽고 있다.

「신임 변호사」『시골 의사』

11 불충분한, 아니 유치한 수단들도 생명을 구하는 데
소용이 있음을 말해주는 증거가 있다. (…)
세이렌에게는 노래보다도 더욱 무서운 무기가 하나
있었다. 그것은 바로 그들의 침묵이다. 누군가가
그녀들의 노래로부터는 목숨을 건졌겠지만
그들의 침묵으로부터는 분명 목숨을 건질 수 없을
것이다. 이것은 비록 일어난 일은 아니지만, 어쩌면
생각해봄직한 일이다. 자기 힘으로 그들을 이겼다는
감정, 거기에서 생겨나는 모든 것을 앗아가는 오만에
대해서는 어떤 지상적인 것도 대적할 수 없는 법이다.
그런데 오디세우스는, 이렇게 표현해보자면,
세이렌들의 침묵을 듣지 못했다. 그는 그녀들이
노래하고 있고 그 자신만이 그 노래를 듣지 못하게
보호받고 있다고 믿었다.
그런데 오디세우스는 워낙 책략이 많은 여우 같은
인간이어서, 심지어 운명의 여신조차 그의 가장 깊은
마음속을 뚫고 들어갈 수 없었다고 한다. 어쩌면 그는,
비록 인간의 오성으로는 도저히 알 도리가 없었으나,
세이렌의 침묵을 정말로 알아차렸을 수 있고, 따라서
앞에서 말한 가상의 과정을 다만 어느 정도 방패로서

세이렌과 신들을 향해 내밀었을 수도 있다.

「세이렌의 침묵」『유고 2』

12 프로메테우스에 대해서는 네 가지 전설이 전해진다.
첫 번째 전설에 따르면, 그는 인간에게 신들의 비밀을
누설해 카프카스의 바위산에 쇠사슬로 단단히 묶였고,
신들이 독수리를 보내 계속 자라나는 그의 간을 쪼아
먹게 했다고 한다.

두 번째 전설에 따르면, 프로메테우스는 쪼아대는
독수리 부리 때문에 고통을 느끼면서 점점 더 깊이
바위에 몸을 누르는 바람에 마침내 바위와 하나가
되었다고 한다.

세 번째 전설에 따르면, 수천 년의 세월이 흐르면서
그의 배반은 잊히게 되었는데, 신들도 그것을
잊어버렸고, 독수리도 또 프로메테우스 자신도
잊어버렸다고 한다.

네 번째 전설에 따르면, 사람들은 한도 끝도 없이
진행된 일에 지쳤다고 한다. 신들도 지치고, 독수리도
지치고, 상처도 지쳐서 아물었다는 것이다.

이제 남은 것은 그 수수께끼 같은 바위산이다. 전설은
그 수수께끼를 설명하려고 한다. 전설은 진실의
토대에서 나오는 것이므로, 다시 설명할 수 없는
상태로 끝날 수밖에 없다.

「프로메테우스」『유고 2』

13 포세이돈은 자신이 일하는 책상에 앉아 계산에
    몰두하고 있었다. (…) 태초부터 그는 바다의 신으로
    정해져 있었고, 그것은 유지되어야 했다. (…) 그런데
    포세이돈은 자신이 관장하는 바다들이 지겨워졌다.
    그에게서 삼지창이 떨어져 나갔다. 그는 조용하게 바위
    해변에 앉아 있고, 그의 모습을 보고 감각이 마비된
    갈매기 한 마리가 그의 머리 위에서 흔들리는 원들을
    그리고 있었다.

「포세이돈」『유고 2』

14 그 유목민들과는 이야기를 나눌 수가 없다. 그들은
    우리의 언어를 알지 못하고, 사실상 그들에게는 자신의
    언어라는 것도 거의 없다. 그들이 서로 소통하는
    모습은 흡사 까마귀 떼와 비슷하다. (…) 그들이 그렇게
    하는 것은, 천성적으로 그렇게 타고났기 때문이다.
    그들은 자신들에게 필요한 것이 있으면 빼앗아 간다.
    그들이 폭력을 사용한다고 말할 수는 없다. 그들이
    손으로 움켜잡으면, 사람들은 옆으로 물러나서
    그들에게 모든 것을 넘겨준다.

「고문서 한 장」『시골 의사』

15　　북방 유목민들은 나의 저장물 중에서도 좋은 것을
　　　많이 빼앗아 갔다. 그러나 푸줏간 주인에게 일어난
　　　일을 생각해보면, 나는 불평을 늘어놓을 수 없다. 그가
　　　물건을 들여놓기가 무섭게 유목민들은 그 물건들을
　　　몽땅 빼앗아 꿀꺽 삼켜버린다. 유목민들의 말들까지
　　　고기를 먹는다. 기병 하나가 자기 말 옆에 누워 있고,
　　　그 기병과 말이 각각 고기 조각을 양 끝에서 물어뜯는
　　　경우가 자주 있다.

　　　「고문서 한 장」『시골 의사』

16　　그의 피로는 검투사가 싸움을 끝냈을 때의 피로다.
　　　그런데 정작 그의 일은 관청 사무실에서 한구석을
　　　희게 칠하는 것이다.

　　　『잠언집』

17　　세월이 흐르면서 견족犬族이 이룬 일반적인 진보는
　　　다분히 학문의 진보를 의미하는 것이고, 그것은 자주
　　　칭찬의 대상이 되어왔다. 분명 학문은 진보하고 있고,
　　　그것은 저지될 수 없다. 심지어 그 속도는 날이 갈수록
　　　빨라진다. 그러나 여기에 무슨 칭찬받을 것이 있단
　　　말인가? 이것은 마치 어떤 사람이 해가 갈수록 더
　　　늙어가고 그 결과 죽음에 더욱 빨리 가까이 다가간다는
　　　이유로 그 사람을 칭찬하려고 하는 것과 같다. 그것은

자연스럽고 추한 과정이고, 나로서는 거기에서
어떤 칭찬거리를 찾을 수 없다. 나는 거기에서 단지
쇠퇴만을 볼 뿐이다.
「어느 개의 연구」『유고 2』

18 진보를 믿는다는 것은, 어떤 진보가 이미 일어났음을
믿는다는 뜻이 아니다. 그것은 믿음이 아닐 것이다.
『잠언집』

19 여행자는 곰곰이 생각해보았다. 다른 나라의 상황에
중대한 개입을 하는 것은 늘 우려스러운 일이다.
그는 이 유형지의 시민이 아니었고, 이 유형지가 속한
나라의 시민도 아니었다. 만약 그가 이러한 처형이
잘못되었다고 비난하거나 심지어 훼방을 놓으려
든다면, "당신은 외국인이야, 조용히 해"라는 소리를
듣게 될 것이다.
「유형지에서」

20 내가 사는 고장 사람들은 이런 식이다. 늘 의사에게
불가능한 것을 요구한다. 그들은 과거의 신앙을
잃어버렸다. 성직자는 집에 앉아서 미사복을 하나둘
뜨고 있다. 그런데 의사는 그 섬세하고 수술에 훈련된
손으로 모든 것을 해내야 한다.

「시골 의사」『시골 의사』

21   이 늙은 몸은 벌거벗은 채, 극도로 불행한 시대의
      혹한에 노출된 채, 이 지상의 마차와 이 지상의 것이
      아닌 말들과 더불어 떠돌고 있다. (…) 속은 것이다!
      속은 것이다! 한 번 잘못 울린 야간 비상벨 소리에 덜컥
      따라나선 것이다. 결코 회복할 수 없는 상황이다!
      「시골 의사」『시골 의사』

22   사냥꾼이 말했다. "그 누구도 내가 여기에 쓰고 있는
      것을 읽지 않을 것이고, 그 누구도 나를 도우러 오지
      않을 것입니다. 만약 나를 도우라는 과제가 내려지면,
      모든 집마다 문이 닫혀 있을 것이고, 창문들도 모조리
      닫혀 있을 것입니다. 모두가 침대 속에 누워 이불을
      머리 위까지 뒤집어쓸 것이고, 지상 전체가 한밤중의
      숙소일 것입니다."
      「사냥꾼 그라쿠스」『유고 1』

23   독일이 오스트리아에 대해 전쟁을 선포했다.
      『일기(1914. 8. 2.)』

24   그러나 전쟁의 경악스러운 것은, 기존에 있던
      모든 확실한 것과 관습이 해체된다는 것입니다.

동물적이고 물리적인 것이 모든 정신적인 것을
압도하고 질식시킵니다. 그것은 암과 같습니다.
인간은 여러 해, 여러 달, 여러 날, 여러 시간을 사는
것이 아니라, 단지 순간만 살아 있습니다. 그런데
인간은 순간도 살아 있지 못합니다. 인간은 그것을
단지 의식할 뿐입니다. 그저 존재할 뿐입니다.

『카프카와의 대화』

25   눈물로 작별을 나누는 노부부의 모습. 노신사는
      흰색 콧수염과 큰 코에 진짜 마맛자국을 갖고 있다.
      어떤 마력이 작용해서 노신사는 노부인의 턱을
      잡는 것인가. 결국 두 사람은 울면서 서로의 얼굴을
      바라본다. 그들이 직접 그렇게 말한 것은 아니지만,
      이러한 해석이 가능할 것이다. 두 노인을 결합하는 이
      작은 행복조차도 전쟁으로 방해받고 있다고.

      『일기(1915. 4. 27.)』

26   내가 전쟁 때문에 고통을 겪느냐고요? 전쟁 그 자체로
      겪는 일이 무엇인지는 우리가 아직은 근본적으로 알 수
      없어요. 외적으로는 우리 가족의 공장이 몰락의 길을
      걷고 있어 전쟁으로 인한 고통을 겪고 있답니다. (…)
      그 밖에 내가 전쟁으로 인해 겪는 가장 큰 고통은, 나
      자신이 참전하지 않고 있다는 것입니다.

『펠리체에게 보내는 편지(1915. 4. 5.)』

27   문명화된 세계는 대부분이 성공한 훈련의 결과에
토대를 두고 있습니다. 이것이 문화의 의미입니다.
다윈주의의 견지에서 보면, 인간화는 원숭이가
타락한 것입니다. 각 존재는 자기 실존의 토대를
형성하는 것에서 결코 벗어날 수 없습니다.

『카프카와의 대화』

28   학술원의 고명한 신사 여러분!
영광스럽게도 여러분께서는 원숭이였던 제 과거의
삶에 관한 보고를 해달라고 학술원에 요청했습니다.
하지만 저는 유감스럽게도 여러분의 요청에 그대로
부응할 수는 없습니다. 거의 5년의 시간이 저를 원숭이
상태에서 분리하고 있기 때문입니다. (…) 한때 저도
여기 올 때 통과해야 했던 그 구멍은 이제 너무나
작아져서, 제가 설사 그리로 돌아갈 힘과 의지가
있다고 해도 그 구멍을 빠져나가려 한다면 저의
가죽이 다 상해버릴 것입니다. 저는 이런 사태에 대해
비유도 즐겨 사용하는데, 솔직히 말해 여러분이 어떤
원숭이 상태를 떨쳐버렸다고 하는 경우 여러분이
그 상태에서 벗어난 정도는 제가 원숭이 상태에서
벗어난 정도보다 크다고 하기 어려울 것입니다. 그런데

이 지상에서 보행하는 존재라면 모두가 뒤꿈치가
근질근질할 것입니다. 그것은 조그만 침팬지나 위대한
아킬레우스나 다 마찬가지입니다.

「학술원 보고」『시골 의사』

29 이 놀라운 진보! 지식의 빛들이 이 깨어나는 뇌
속으로 파고들었습니다. 그 과정이 나를 행복하게
했다는 점은 부인하지 않겠습니다. 하지만 또 한
가지 고백을 하자면, 저는 그것을 과대평가하지도
않았습니다. 당시에도 벌써 그러지 않았고, 지금은
더더욱 안 그렇습니다. 지금까지 지상에서 두 번 다시
없을 엄청난 노력을 통해 저는 유럽인들의 평균 교양
수준에 도달한 것입니다.

「학술원 보고」『시골 의사』

30 보통의 역사교육에 있어서는 도덕적 교훈의
남용만큼이나 역사의 남용도 아주 빈번합니다.
통상적으로 시도하듯 '세계사는 세상의 심판을
내세우는 것'이라는 명제를 입증하는 자료로서 역사를
보는 것은 잘못된 것이고 위험합니다. 오히려 우리는
그 자체로 불가능한 역사적인 입증을 포기해야 하고,
가해자와 폭행당한 자의 영혼에 폭력이 가하는
황폐화를 심리학적으로 묘사하는 데 머물러야 합니다.

이런 방식으로만 우리는 역사적인 사건이 지닌
현혹적인 가상을 무력하게 만들 수 있습니다.

『펠리체에게 보내는 편지(1916. 9. 25.)』

31 인류의 역사는 한 방랑자의 두 걸음 사이에 있는
순간이다.

「세 번째 팔절판 노트」『유고 2』

32 이곳에는 전임 사령관이 잠들어 있다. 그를 따르는
이들, 이제 이름을 드러낼 수 없게 된 이들은 전임
사령관의 무덤을 만들고 비석을 세웠다. 한 예언에
따르면 사령관은 일정한 햇수가 지난 후 부활하여,
지지자들을 이 집에서 이끌고 나가서 유형지를
탈환할 것이라고 한다. 믿고 기다릴지어다!

「유형지에서」

33 인간 발전의 결정적인 순간은 영속적이다. 따라서
이전에 있었던 모든 것은 무가치하다고 선언하는
혁명적이고 정신적인 운동들은 정당하다. 아직은
어떤 일도 일어나지 않았기 때문이다.

『잠언집』

34 이른바 테일러리즘과 분업은 인간을 예속화하는

것 이상입니다. 그러한 강력한 악행에서는 결국
악에 의한 예속화만이 나타날 것입니다. 그것은
당연합니다. 모든 창조물 중에서 가장 숭고하고
가장 만지기 어려운 일부, 즉 시간이라는 것이
불순한 사업적 이해의 그물에 갇히게 됩니다. 이로써
창조물은 물론 무엇보다도 창조물의 일부인 인간이
더럽혀지고 굴종을 겪습니다. 테일러리즘이 지배하는
삶은 끔찍한 저주입니다. 거기에서는 원했던 부와
이익 대신에 기아와 비참함이 늘어난 것입니다.
그것이 소위 진보라는 거죠.

『카프카와의 대화』

35 특권을 가진 자가 억압받는 자에 대해 염려함으로써
용서를 구하는 태도는, 자신의 기득권을 보존하려는
염려에 불과할 뿐이다.

「세 번째 팔절판 노트」『유고 2』

36 오클라하마 대형 극장이 여러분을 부릅니다! 오늘
하루 단 한 번만 부릅니다! 지금 이 기회를 놓치면
영원히 놓치게 됩니다! 자신의 미래를 생각하는
사람은 우리에게 오시오! 누구나 환영합니다!
예술가가 되고 싶은 사람은 지원하십시오! 우리
극장은 모든 사람에게 일자리를 줄 수 있습니다! 우리

극장은 누구든 적재적소에 채용합니다! 그렇지만 자정까지 입장할 수 있도록 서두르세요! 모든 문은 12시에 닫히고, 다시는 열리지 않습니다. 우리를 믿지 않는 사람은 저주를 받을 것입니다! (…) 카를에게는 무척 유혹적인 내용이 벽보에 있었다. "누구나 환영합니다"라는 구절이었다. 누구나, 그러니까 카를도 해당되는 것이다. 그가 지금까지 했던 일은 모두 잊힌 셈이고, 그 때문에 그를 비난하려는 사람은 아무도 없었다. 수치스럽지 않은 일자리, 오히려 공개적으로 모집할 수 있을 정도로 떳떳한 일자리에 그가 지원해도 되는 상황이다! 그리고 지원만 하면 그도 채용될 것이라는 약속 역시 공개적이었다.

『실종자』

37 '성경'의 민족은 율법으로 개인들을 통합한 것입니다. 그러나 오늘날의 대중은 모든 통합에 저항합니다. 그들은 내적인 무법칙을 근거로 삼아 사방으로 뻗어나갑니다. 그것이 그들의 끝없는 움직임의 원동력입니다. 대중은 서두르고, 달리며, 돌격 행보로 시간 속을 지나갑니다. 어디로 가는 걸까요? 어디에서 오는 걸까요? 아무도 모릅니다. 이들은 행진하면 할수록 더욱 목표에 이르는 법이 없습니다. 그들은 헛되이 자신의 힘을 소모합니다. 그들은 걸어가고

있다고 여깁니다. 그런데 제자리걸음을 하면서
공허함으로 떨어질 뿐입니다. 그것이 전부입니다.
이곳에서 인간은 자신의 고향을 잃어버렸습니다.

『카프카와의 대화』

38 애국주의적인 행렬(나는 악의에 찬 시선을 보이며 행렬이
지나는 곳에 서 있다). 이러한 행렬은 전쟁에 수반되는
가장 역겨운 현상의 하나다.

『일기(1914. 8. 6.)』

39 나는 군중의 힘이라는, 일정한 형태가 없고
겉보기에는 제어하기 어려운 힘을 압니다. 그런데
그 힘은 제어되고 틀에 잡히기를 동경합니다. 모든
실질적인 혁명의 발전이 있고 나면, 끝에는 언제나
나폴레옹 보나파르트 같은 인간이 나타납니다.

『카프카와의 대화』

40 대중의 수준은 개별 인간에 의해 결정됩니다.

『카프카와의 대화』

41 홍수가 넓게 퍼지면 퍼질수록 물은 그만큼 얕아지고
흐려집니다. 혁명이 증발하고 나면 남는 것은 오직
새로운 관료주의라는 진흙탕뿐입니다.

고통 가운데 있는 인류의 족쇄는 관청 서류로
만들어져 있습니다.

『카프카와의 대화』

42 유대인들이 독일의 미래를 망치고 있는 것은 아닐
것이라는 점은 이해가 간다. 그렇지만 독일의 현재가
유대인들에 의해 망가졌다고 상상하는 것은 가능한
일이다. 옛날부터 유대인들은 어쩌면 독일이 천천히
그리고 자기 방식대로 할 수도 있었을 일들을
독일에 강요해왔다. 그리고 독일은 그러한 일들이
낯선 자들에게서 온 것이라는 이유에서 반대했다.
반유대주의와 그와 관련된 모든 일은 끔찍할 정도로
무익한 일인데, 독일은 그것을 유대인들 탓이라고
보고 있다.

「막스 브로트에게 보내는 편지(1920. 5.)」『편지들』

43 나는 지금 오후 내내 길거리에 있는데, 유대인들을
향한 증오의 물결에 잠겨 있습니다. 유대인들은
"비루먹은 종족"이라고 하는 소리도 한 번
들렸습니다. 그렇게 증오의 대상이 되는 곳은 당연히
떠나가야 하지 않을까요? (시오니즘이나 민족감정을
굳이 들먹일 필요가 없습니다.) 그런데도 계속 그곳에
머물겠다는 영웅심은 집 안 욕실에서조차 근절되지

않는 바퀴벌레들의 영웅심입니다.

『밀레나에게 보내는 편지(1920년 11월 중순)』

44 인류는 이제 이러한 사실을 느끼고는 그것에 대항하고 있습니다. 인류는 인간들 사이에 있는 유령들을 위한 식탁을 가능한 한 제거하기 위해, 그리고 자연스러운 흐름, 영혼의 평화를 얻기 위해 철도, 자동차, 비행기를 발명했습니다. 그러나 그것은 전혀 도움이 되지 않습니다. 그것은 명백히 벌써 추락하고 있는 발명품들입니다. 그 반대되는 측면이 훨씬 더 조용하고 더 강력합니다. 인류는 우편에 이어 전보를 발명했고, 전화와 무선통신을 발명했습니다. 유령들은 굶어 죽지는 않을 것이지만, 우리는 파멸할 것입니다.

『밀레나에게 보내는 편지(1922. 3.)』

45 진리는 사람이 구매할 수 없는, 삶에서 몇 안 되는 정말 위대하고 가치 있는 것들에 속한다. 인간은 사랑이나 아름다움을 받듯이 진리를 선물로 받는다. 그러나 소식을 다루는 신문은 거래 대상이 되는 하나의 상품인 것이다.

『카프카와의 대화』

46 이런 이야기가 전해져온다. 황제가 너, 한 개인,

보잘것없는 백성, 황제의 태양 앞에서 머나먼 곳으로 달아나 있는 왜소한 그림자, 바로 그런 존재인 너에게 임종의 침상에서 전갈을 하나 보냈다. (…) 황제의 칙사는 곧바로 길을 떠났다. 그는 강건하고 지칠 줄 모르는 남자였다. 그는 양팔을 앞으로 번갈아 내뻗으며 군중 사이를 뚫고 지나갔다. 한 번은 이 팔을, 한 번은 다른 팔을 번갈아 앞으로 내뻗으면서 그는 군중 사이를 뚫고 나아갔다. 만약 제지를 받으면, 그는 태양 표지가 있는 자신의 가슴을 가리킨다. 그는 다른 사람들과는 달리 쉽게 앞으로 나아간다. 그러나 군중의 규모가 매우 방대하고, 그들의 주거지는 끝이 없다. 만약 탁 트인 들판이 열린다면, 그는 마치 날 듯이 빠르게 갈 것이고, 그대는 곧 그의 두 주먹이 그대의 문을 쾅쾅 두드리는 굉장한 소리를 듣게 될 것이다.

그러나 칙사는 그렇게 하지 못하고 아무 소용 없이 헛수고만 하고 있다. 그는 여전히 가장 깊은 구중궁궐의 방들을 억지로 무리하게 지나가고 있다. 그는 결코 그 방들을 벗어나지 못할 것이고, 설령 그가 벗어나는 데 성공한다고 해도 얻는 게 아무것도 없을 것이다. 층계들을 내려갈 때 그는 자기 자신과 싸우지 않으면 안 될 것이고, 설령 그것이 성공한다고 해도 얻는 게 아무것도 없을 것이다. 궁궐 안의 마당들은

그가 가로질러 갈 수 있을 것이다. 그러나 그 궁정들을
지나고 나면 두 번째 궁궐이 있고, 또다시 층계들과
궁정들, 그리고 또다시 하나의 궁궐, 계속 그러다 보면
수천 년이 걸릴 것이다.

그래서 마침내 그가 가장 바깥쪽 성문에서
뛰쳐나가면(그런데 그런 일을 결코 일어날 수가 없다)
비로소 군주의 처소가 있는 수도, 즉 세계의 중심이
가득 쏟아놓은 침전물들로 높이 쌓인 채 그의 눈앞에
펼쳐질 것이다. 아무도, 심지어 죽은 자의 칙명을
지니고 있어도, 결코 이곳을 뚫고 나가지는 못한다.
그러나 그대는 저녁이 오면 그대의 창가에 앉아 그
칙명이 그대에게 당도하기를 꿈꾼다.

「황제의 칙명」『시골 의사』

VI

사랑과 결혼

1 사랑이란 무엇인가? 그것은 사실 아주 간단하다!
사랑은 우리 삶을 드높이고, 확장하고, 풍요롭게
하는 모든 것이다.
사랑은 자동차만큼이나 문제가 없다. 유일하게
문제가 되는 것은, 운전자, 승객 그리고 도로일
뿐이다.

『카프카와의 대화』

2 불행한 결혼은 없고 다만 불완전한 결혼만 있을
뿐입니다. 결혼이 불완전한 이유는 불완전한
인간들이 결혼에 나섰기 때문입니다. 아직 발전
과정에 있는 인간들이고, 추수 때가 되기 전에 밭에서
뽑혀버려야 할 인간들입니다.

『밀레나에게 보내는 편지(1923. 1. 또는 1923. 2. 추정)』

3 슬픔과 사랑의 달콤함. 보트에서 나를 향한 그녀의
미소. 그것은 최고로 아름다운 것이었다. 언제나
오로지 죽기를 열망하고 그러면서도 자신을 여전히
지탱하는 것, 그것만이 사랑이다.

『일기(1913. 10. 22.)』

4 사랑하는 순간에 사람은 자신뿐만 아니라 다른
사람에 대해서도 책임을 지게 된다. 이때 그 사람은

자신의 판단력을 감소시키는 일종의 도취 상태에
있게 된다.

『카프카와의 대화』

5 사랑에 이르는 길은 언제나 불결함과 비참함을 통과해
나 있다. 그런데 만약 길을 무시하는 경우 목표를 쉽게
잃어버릴 위험이 있다. 그러므로 길이 여러 모습으로
나타나면 그것을 겸허하게 받아들여야 한다.

『카프카와의 대화』

6 사랑은 언제나 본래 온전히 치유될 수 없는 상처가
생겨나게 한다. 사랑에는 언제나 더러움이 수반되기
때문이다. (…) 사랑과 더러움이 분리되는 일은
오로지 사랑받는 자의 의지에 의해서만 가능하다.

『카프카와의 대화』

7 탈무드에도 이런 구절이 있다. "아내가 없는 남자는
남자가 아니다."

『일기(1911. 11. 24.)』

8 결혼을 통해 실존이 확장되고 고양高揚된다는 설교
말씀. 그런데 나는 그것을 대강 예감할 뿐이다.

『일기(1913. 7. 3.)』

9 여자, 좀 더 예리하게 말해 결혼은 네가 대결해야 할
삶을 대표하는 것이다.

「네 번째 팔절판 노트」『유고 2』

10 결혼과 더불어 이 세상에 허위가 들어왔다.

「막스 브로트에게 보내는 편지(1917. 9. 28.)」『편지들』

11 두 사람이 함께 있는 행복에 대한 처벌로서의 성적
결합. 가능한 금욕적으로 살기, 독신보다 더 금욕하며
살기(그것만이 내게는 결혼을 지탱하게 해줄 유일한
가능성이다). 하지만 그 여자는 어떨까?

『일기(1913. 8. 14.)』

12 사제의 독신과 자살은 유사한 인식 단계에 있는
것이다. 자살과 순교는 전혀 그렇지 않다. 결혼과
순교는 아마도 유사한 인식 단계에 있을 것이다.

「세 번째 팔절판 노트」『유고 2』

13 순교자들은 육체를 과소평가하는 것이 아니다. 그들은
육체를 십자가 위로 끌어 올리게 한다. 그 점에서
그들은 자신들의 적들과 의견이 일치한다.

『잠언집』

14 그레고르는 자신의 방에서 무엇부터 건져야 할지
정말 몰랐다. 그 순간 벌써 텅 비어 있는 벽에 온통
모피로 몸을 감싼 여인의 그림이 걸려 있는 것이
눈에 들어왔다. 그는 재빨리 그 위로 기어 올라가
유리 액자에 몸을 꽉 눌러댔다. 그러자 그의 몸에
밀착된 유리가 그의 뜨거운 배를 기분 좋게 해주었다.
그레고르가 지금 온몸으로 덮고 있는 이 그림만은
적어도 이제 그 누구도 그에게서 앗아 가지 못할
것이다.
「변신」

15 두 사람의 호흡이, 두 사람의 심장박동이 하나가 된
가운데 몇 시간이 흘러갔다. 그동안 K는 방황하며
헤매고 있거나, 아니면 그보다 앞서 아무도 가본 적이
없는 머나먼 낯선 타향에 와 있는 기분이 줄곧 들었다.
다시 말해 공기의 성분조차 고향의 것과는 아주 다른
그런 타향, 너무 낯설어 숨 막혀 죽을 지경이면서
그곳의 어처구니없는 유혹에 빠져서 계속 가다가 길을
잃고 헤맬 수밖에 없는 타향에 온 기분이었다.
『성』

16 친애하는 아가씨! 혹시라도 당신이 나를 전혀
기억하지 못할 수도 있어서 다시 한번 나를

소개합니다.

내 이름은 카프카이고, 프라하의 브로트 지점장 댁에서
처음 뵈었고 인사를 했습니다. 그때 나는 식탁 너머로
바이마르 방문 때의 사진들을 건네주었고, 지금
타자기를 치고 있는 이 손으로 당신 손을 잡았습니다.
당신은 그 손을 잡으면서, 내년에 나의 팔레스티나
여행에 동행하겠다는 약속을 했었죠.

『펠리체에게 보내는 편지(1912. 9. 20.)』

17 제가 나름의 삶의 방식을 취한 이후 이전보다는 비교할
수 없을 정도로 건강해졌다는 점을 제외하고는, 제
삶의 방식에 대해 몇 가지를 설명을 가할 수 있으나,
당신은 그 어떤 설명도 받아들이지 않을 것입니다.
특히 저는 수면을 충분히 취하지 못해서 오래전부터
건강에 좋은 모든 것을 망가뜨리고 있기 때문입니다.
사랑하는 펠리체 양, 이러한 이유로 저를 배척하지
말아요. 또한 이 모든 일에서 저를 개선하려고
하지 말고, 멀리 떨어져 있는 저를 친절하게
감당해주십시오.

『펠리체에게 보내는 편지(1912. 11. 7.)』

18 그대가 나를 사랑한다는 말을 들으면 나는 깜짝
놀랍니다.

그런데 그대에게서 그 말을 듣지 못한다면 나는 죽고
싶을 것입니다.

『펠리체에게 보내는 편지(1912. 11. 26.)』

19   그대의 지난번 편지에는 그대가 이전에도 한 번 썼던
문장이 있더군요. 나도 "우리는 무조건 서로에게
속합니다"라고 썼던 것 같습니다.
사랑하는 그대여, 그 말은 천 배로 진실합니다.
지금 새해의 첫 시간을 맞아 그대의 왼쪽 손목과
나의 오른쪽 손목이 단단히 하나로 묶였으면 하는
소망보다 더 크고 더 터무니없는 소망은 없을
것입니다.

『펠리체에게 보내는 편지(1913. 1. 1.)』

20   내가 가진 본래의 두려움은(이보다 더 나쁜 것을
말하거나 들을 수 없습니다) 내가 그대를 결코 소유하지
못하게 될 것이라는 점입니다.

『펠리체에게 보내는 편지(1913. 4. 1.)』

21   사랑하는 이여, 그대와 나의 관계가 의미하는 것은
바로 행복과 불행의 혼합물입니다.
행복은 그대가 아직 나를 떠나지 않았다는 것이고,
불행은 그대와 연관된 나의 가치를 입증해야 하는

시험에서 아주 간신히 통과하고 있다는 것입니다.
이 혼합물은 이 세상에서 마치 내가 가장 잉여적인
존재라는 듯 내 주위를 맴돌고 있습니다.

『펠리체에게 보내는 편지(1913. 4. 4.)』

22 여행 중에 내가 본 모든 것은 그대와 연관되어
있습니다. (…)
베를린에서 짐을 꾸릴 때 내 머릿속에 떠오른 또
하나의 명제가 있었습니다. 그것은 '그녀 없이는
살 수 없고, 그녀와 함께도 살 수 없다'라는
명제였습니다.

『펠리체에게 보내는 편지(1913. 5. 13.)』

23 펠리체, 우리의 결혼을 통해 어떤 변화가
일어날지, 우리 각자가 무엇을 잃고 얻을지 곰곰이
생각해보세요. 나는 대체로 끔찍스러운 고독을 잃고
그 누구보다도 사랑하는 그대를 얻을 것입니다.
반면에 그대는 거의 전적으로 만족했던 지금까지의
삶을 잃게 됩니다. (…) 그대는 병약하고
비사회적이고 과묵하고 우울하고 경직되어 있을
뿐만 아니라 거의 희망이 없고 유일한 덕목이라고는
그대를 사랑한다는 것밖에 없는 한 남자를 얻을
것입니다. (…)

펠리체, 이렇게 불확실한 상황에 직면하여 이런 말을
꺼내는 것이 어렵고 이상하게 들리겠죠. 그러나 경청할
필요는 있습니다. 벌써 말하기에는 너무 이르지만,
나중에 말하면 너무 늦습니다. 하지만 오래 망설일
시간이 더는 없습니다. 적어도 나는 그렇게 느낍니다.
그래서 그대에게 묻습니다. 유감스럽게도 제거할
수 없는 위의 온갖 전제 아래서도 나의 아내가 되고
싶은지 숙고해보겠어요? 그대는 그것을 원하는가요?

『펠리체에게 보내는 편지(1913. 6. 16.)』

24 하지만 나를 멈추게 하는 것은 (…) 진정되지 않는
불안입니다. 이 불안 앞에서는 예전에 가장 중요한
것으로 여겼던 모든 것, 나의 건강, 나의 적은 수입,
나의 비참한 실존, 어느 정도는 정당성을 띠기도 했던
그 모든 것이 사라지고 맙니다. (…)
결국에는 그대가 나를 정신병자로 인식할 수도
있겠지만, 내가 말하는 불안은 가장 사랑하는 사람,
바로 그 사람과의 결합 자체에 대한 불안입니다.

『펠리체에게 보내는 편지(1913. 7. 10.)』

25 나는 결혼을 통해, 결합을 통해, 나 같은 무가치한
존재가 해체됨으로써 파멸을 맞을 것을 분명 느끼고
있습니다. 나 혼자만 파멸하지 않고 그 파멸은

아내에게도 닥칠 터인데, 내가 아내를 사랑하는 만큼
그 파멸은 더 빠르고 끔찍할 것입니다. 이제 우리가
어떻게 할지를 말해보세요. 우리는 상대방의 동의
없이 혼자서는 아무것도 할 수 없을 정도로 서로에게
가깝습니다. 말하지 않은 일도 곰곰이 생각해보세요!
그대가 질문하면, 모두 답하겠습니다. 아, 정말
이러한 긴장을 풀기에 최적의 시간입니다. 분명 어떤
여자도 내가 그대를 사랑하는 만큼이나 사랑하는
사람에 의해서, 그것도 내가 당신에게 가해야만 하는
정도로 괴롭힘을 당한 적은 없습니다.

『펠리체에게 보내는 편지(1913. 7. 10.)』

26 그러나 이 모든 사실에도 불구하고, 만약 우리 두
사람, 즉 펠리체와 나의 권리가 완전히 동등하다면,
만약 우리 두 사람이 같은 전망, 같은 가능성을
지니고 있다면, 그렇다면 나는 결혼하지 않을 것이다.
그러나 내가 그녀의 운명을 서서히 밀어 넣었던 이
막다른 골목은 내게는 비록 전적으로 간과할 수 없는
것은 아닐지라도 피할 길 없는 의무가 된다. 여기에는
인간관계의 어떤 비밀스러운 법칙들이 작용하고
있다.

『일기(1913. 8. 14.)』

27　그대를 기다리는 것은 그대가 베스터란트*에서 맛본
행복한 삶, 즉 서로 팔짱을 끼고 유쾌하게 떠들던
모습이 아닙니다. 오히려 삭막하고 슬프고 말이 없고
만족을 모르고 병약한 사람과 함께하는 수도원의 삶일
수 있습니다. 그대에게는 미친 짓일지 모르겠지만,
그 사람은 보이지 않는 사슬로 문학이라는 것에 묶여
있습니다. 그리고 사람들이 가까이 다가오면 그 사슬을
건드린다는 이유로 소리를 질러댑니다.

『펠리체에게 보내는 편지(1913. 8. 22.)』

28　나를 방해하는 것은 실제의 사실이 아니라, 극복할
수 없는 두려움, 다시 말해 행복해지는 것에 대한
두려움이고, 더 높은 목적으로 나아가도록 나를
괴롭히는 욕망과 명령입니다. 그대가 나와 함께
단지 나만을 위한 수레바퀴 아래로 들어와야
한다는 것은 끔찍합니다. 내면의 목소리는 내게
어둠을 지시하지만, 상황은 실제로 나를 그대에게로
이끌어갑니다. 이것은 서로 결합 가능한 것이
아닙니다. 그런데도 이것을 시도한다면 그대와 나는
동시에 타격을 입을 것입니다.

『펠리체에게 보내는 편지(1913. 8. 30.)』

＊　북해의 휴양지.

29   이 점을 분명히 알아두세요, 펠리체. 나는 그대 앞에 있는 바닥에 엎드려, 나를 내쫓아버리라고 간청합니다. 다른 모든 가능성은 우리 두 사람의 파멸을 의미할 뿐입니다.

『펠리체에게 보내는 편지(1913. 8. 30.)』

30   그러나 가장 사소한 현실에 조금만 다가가도 나는 무조건 자제력을 잃을 것입니다. 그리고 나는 아무런 고려도 하지 않을 것이고, 가장 저항하기 힘든 강요를 받는다고 해도 고독을 찾아 헤맬 것입니다. 이것은 우리가 현재 처한 상황보다 더 깊은 불행으로 이어질 것이 분명합니다. (…) 그렇다면 나는 어떻게 해야 할까요, 펠리체? 우리는 헤어져야 합니다.

『펠리체에게 보내는 편지(1913. 9. 16.)』

31   인간은 어떤 것을 끄집어내고 다른 것으로 대체할 수 있을 정도로 개별적인 것들로 구성되어 있지 않습니다. 오히려 모든 것들이 하나의 전체를 형성합니다. 그대가 한쪽 끝을 잡아당기면 그대의 의지와는 달리 다른 쪽 끝도 움찔하고 움직입니다. 그렇지만 펠리체, 심지어 그대가 여러 가지 면에서 나에 대해 트집을 잡고 변화시키기를 원하는 것조차 나는 사랑합니다. 다만 그대도 그것을 알아주었으면

합니다. 이제 결정을 내려요, 펠리체!

『펠리체에게 보내는 편지(1914. 1. 2.)』

32 그대가 내게 묻는다면, 이제 나는 내 능력의 한계에
이를 때까지 그대를 사랑한다고 말할 수 있습니다. 그
점에 대해서는 나를 완전히 신뢰해도 좋습니다.
펠리체, 그런데 나는 자신에 대해 완전히 알지는
못합니다.

『펠리체에게 보내는 편지(1914. 3. 25.)』

33 그리고 그대가 내게 가장 사랑스러운 존재라고
내가 말한다면, 그것은 어쩌면 진정한 사랑이 아닐
것입니다. 그대가 내 안에서 나 자신을 후비게 되는
그런 칼과 같은 존재라는 것, 그것이 사랑입니다.

『밀레나에게 보내는 편지(1920. 9. 14.)』

34 “그 더러운 년, 그년이 치마를 이렇게, 이렇게
추켜올렸기 때문에 네 녀석이 그년에게 달라붙은
것이다. 너는 아무런 방해도 받지 않고 재미를 보려고
돌아가신 어머니에 대한 추모의 마음을 더럽혔고,
친구를 배신했으며, 네 아버지를 꼼짝하지 못하도록
침대에 처박아두었다.”

「선고」

35 "네가 고른 율리라는 여자는 프라하의 유대인
여자들이 고개를 끄덕일 만한 고급 블라우스를
골라 입었겠지. 그러자 너는 당연히 그 여자랑
결혼해야겠다고 마음먹었겠지. 그것도 가능한 한
빨리, 일주일 후나 내일, 아니 오늘 당장이라도
말이다."

『아버지에게 보내는 편지(1919. 11.)』

36 "나는 너를 도무지 이해할 수 없구나. 너는 다 큰
성인이고 도시에서 살고 있다. 그런데도 너는 당장
상대를 가리지 않고 결혼하는 것 말고는 다른
방법을 그다지도 모르는 것 같구나. 다른 해결책들도
얼마든지 있지 않을까?"

『아버지에게 보내는 편지(1919. 11.)』

37 결혼은 분명 가장 예리한 형태의 자기 해방과
자립성을 보증하는 것입니다. 저 역시 하나의 가정을
가질 수도 있을 것이고, 그것은 제 생각에 사람이
해낼 수 있는 최고의 성취, 다시 말해 아버지가
달성한 최고의 성취이기도 합니다. 저는 아버지와
동등한 자격을 갖게 될 것이고, 옛날 일이면서도 늘
새롭기도 한 모든 수치와 전제 통치는 전부 과거사에
불과하게 될 것입니다.

『아버지에게 보내는 편지(1919. 11.)』

38 약혼한 친구 펠릭스 벨치*의 집에서 나는 흥분한 그의
    어머니를 위로하기 위해 이렇게 말했다. "저도 이
    결혼으로 인해 펠릭스를 잃게 됩니다. 결혼한 친구는
    더는 친구가 아니거든요."

    『일기(1914. 2. 15.)』

39 혼자라면 나는 아마 내 직장을 정말로 한 번쯤 포기할
    수도 있을 것이다. 결혼한 상태에서는 그것이 영영
    가능하지 않을 것이다.

    『일기(1913. 7. 21. 또는 1913. 8. 21. 추정)』

40 내 여동생들 앞에서 나는 다른 사람들 앞에서와는
    전혀 다른 사람이 되곤 한다. 두려움 같은 것은 없고,
    자신을 솔직하게 드러내 보이며, 강력하고, 주변을
    놀라게 하고, 감동할 줄 아는 사람이다. 보통은 글을
    쓸 때만 이런 상태가 된다. 내가 그 누구보다도 내

---

* 펠릭스 벨치(Felix Weltsch, 1884~1964)는 프라하 출신의 작가이자 철학자로 카프
카와 같은 김나지움과 대학에 다녔다. 카프카는 1903년 막스 브로트를 통해 그
를 알게 되었고 평생 친구로 지냈으며, 시오니즘과 유대 전통의 문제에 대해 함
께 관심을 가졌다. 아울러 펠릭스는 카프카가 평생 구독했던 유대 주간잡지 〈자
기방어Selbstwehr〉의 편집자로 활동하기도 했다.

아내의 개입으로 모든 사람 앞에서 그렇게 될 수
있다면 얼마나 좋을까! 하지만 그렇게 되면 글쓰기에서
멀어지는 것이 아닐까? 그것만은, 그것만은 안 된다!

『일기(1913. 7. 21. 또는 1913. 8. 21. 추정)』

41 나는 매일 밤 당신의 꿈을 꾸고, 당신 곁에 있고자
하는 나의 욕구는 그토록 강렬합니다. 그런데 비록
아주 다양한 이유에서지만, 당신 곁에 있는 것에 대한
불안도 그만큼이나 큽니다.

『펠리체에게 보내는 편지(1913. 8. 3.)』

42 나는 그대를 향한 욕망을 지니고 있고, 그것은 쏟아낼
수 없는 눈물처럼 내 가슴에 담겨 있습니다.

『펠리체에게 보내는 편지(1913. 10. 29.)』

43 결혼은 내가 그토록 필요로 하는 우리 사이의 관계를
유지할 수 있는 유일한 형식입니다.

『펠리체에게 보내는 편지(1914. 1. 2.)』

44 여성의 확고함에 토대를 둔 결혼? 그것은 비뚤어진
건물이 될 것입니다. 안 그럴까요? 그것은 무너질
것이고, 땅에서 그 토대까지 뽑아낼 것입니다.

「그레테 블로흐에게 보내는 편지(1914. 6. 6.)」『편지들』

45 베를린에서 돌아왔다. 마치 범죄자인 양 묶인
    상태였다. 만약 나를 진짜 쇠사슬로 묶어 구석에
    처박고 내 앞에 경찰을 세워두고 나를 이런 식으로
    공개한다고 해도 더 고약한 상황은 아니었을 것이다.
    그것은 내 약혼식이었다. 모두가 나를 삶으로
    인도하려고 노력하고 있다. 나를 있는 그대로 두고 볼
    수는 없었고, 특히 F가 가장 그러했다. 그녀는 가장
    많이 고통을 겪은 당사자이므로 그것은 아주 정당한
    것이었다. 다른 사람에게는 그저 단순한 현상으로
    보인 것이 그녀에게는 위협이었다.

『일기(1914. 6. 6.)』

46 자신의 환경에 의해, 자신의 본성에 의해 완전히
    반사회적인 인간이 하나 있습니다. 그 사람은
    현재로서는 가늠하기 어려울 정도로 건강상태도
    부실하고, 시오니즘을 신봉하지도 않으며(나는
    시오니즘을 경탄하면서도 혐오한다), 유대교 전통을
    믿지 않고, 모든 대규모 공동체에서도 배척당한
    사람이며, 사무실의 강제 노역으로 인해 자신이 지닌
    최상의 본질까지 끊임없이 가장 고통스럽게 흔들리는
    사람입니다. 이런 사람이 물론 아주 심하게 내적
    압박을 느껴서 결혼, 다시 말해 가장 사회적인 행동을
    결심하는 것입니다. 내 생각에 그런 사람에게는

그것이 작지 않은 일로 보입니다.

「그레테 블로흐에게 보내는 편지(1914. 6. 11.)」『편지들』

47 호텔 안에서 열린 법정. 마차를 타고 도착. 펠리체의
얼굴. 그녀가 머리를 손으로 빗고 코를 손으로
문지르며 하품을 한다. 그리고 갑자기 몸을 벌떡
일으키고 곰곰이 생각했던 것, 오랫동안 간직했던 것,
적대적인 말을 내뱉는다.

『일기(1914. 7. 23.)』

48 나는 파혼한 상태이고, 사흘 동안 베를린에 머물렀다.
모두가 나의 좋은 친구들이었고, 나도 모두의 좋은
친구였다. 게다가 그렇게 하는 것이 최선이라는 걸
나는 잘 알고 있고, 그것은 분명 불가피한 일이기
때문에 이 문제와 관련해 행여 사람들이 생각하는
것만큼 나는 그렇게 불안하지도 않다.

「막스 브로트와 펠릭스 벨치에게 보내는 편지(1914. 7. 31.)」『편지들』

49 내가 약혼을 하거나 결혼한다고 우리 두 사람의 관계가
조금도 바뀌는 것은 아닙니다. 우리의 관계는 적어도
내게는 아름답고 꼭 필요한 기회입니다.

「그레테 블로흐에게 보내는 편지(1914. 6. 15.)」『편지들』

50 보통 사람들은 결혼하게 되면 거의 포만 상태에
빠집니다. 그들에게는 결혼은 마지막으로 크게 한입
음식을 먹는 것과도 같습니다. 그러나 나의 경우는
다릅니다. 포만 상태와는 거리가 멉니다. 나는 결혼하고
난 후 해마다 확장을 거듭해야 할 사업체를 설립하지도
않았습니다. 또한 제대로 된 평화를 누리며 이러한
사업을 운영하는 데 적합한 최종적인 주거 공간도
없습니다. 내게 그런 집이 필요 없다는 사실만이 나를
불안하게 만드는 것은 아닙니다. 나는 축 늘어질
정도로 내 글쓰기 작업을 향한 허기를 느낍니다. 바로
이 부분에서 나의 상황은 나의 작업과는 대립적인 것이
됩니다. 이런 상황에서 내가 그대의 소원에 부합하는
집을 얻는다면, 그것은 내가 이러한 상황을 평생 지고
다녀야 한다는 것을 뜻하고 내게는 최악의 상태를
의미합니다.

『펠리체에게 보내는 편지(1914. 10. 30.)』

51 시카고에서 잠시 방문한 사촌 에밀 카프카는 벌써
서른네 살인데도 결혼에 있어 신중하다. 왜냐하면
미국 여자들은 단지 이혼하기 위해 결혼하는 경우가
많기 때문이다. 이혼은 여자에게는 아주 간단하지만,
남자에게는 아주 비싼 일이다.

『일기(1914. 12. 9.)』

52 나는 우리가 언젠가 재결합하게 되는 일은
불가능하다고 생각한다. 그러나 나는 그런 생각을
그녀에게도 말하지 못하고, 여전히 결정적인 순간에
나 자신에게도 말할 엄두를 내지 못한다.

『일기(1915. 1. 24.)』

53 그런데 그대는 내게 속합니다. 나는 그대를 나의
것으로 만들었습니다. 동화에 나오는 그 어떤 여자를
얻기 위한 싸움도 그대를 얻기 위해 내가 싸운 내면의
싸움보다 더 격렬하고 더 절실하지는 못합니다.
처음부터 그러했고, 언제나 그러하며, 영원히
그렇습니다. 그래서 그대는 나의 것입니다.

『펠리체에게 보내는 편지(1916. 10. 19.)』

54 펠리체와 보냈던 지난 며칠은 좋지 않았다. (…)
작별하는 날 오전에 나는 어린 시절부터 지금까지
흘렸던 눈물을 다 합친 것보다 더 많이 흘렸다.

「막내 여동생 오틀라에게 보내는 편지(1917. 12. 28.)」『편지들』

55 결혼하는 것, 가정을 꾸리는 일, 태어나는 아이들을
받아들이고 이 불안한 세상에서 보존하고 심지어
어느 정도 이끄는 일은 저의 확신에 따른다면 한
인간이 해낼 수 있는 가장 극단적인 일입니다.

겉으로 보기에 아주 많은 사람이 그 일을 해내고 있다고 해서 반박할 수 있는 주장이 아닙니다. 그 이유는, 첫째로는 그런 일을 해내는 사람이 많지 않고, 둘째로는 그 많지 않은 사람들도 대개는 그런 일을 '하는 것'이 아니라 그저 그런 일이 그들에게 '일어나는 것'이기 때문입니다.

『아버지에게 보내는 편지(1919. 11.)』

56 그런데 사실 저의 결혼 시도는 아버지에게서 벗어날 수 있는 가장 위대하고도 가장 희망적인 시도였습니다. 물론 그만큼 좌절 또한 엄청났습니다.

『아버지에게 보내는 편지(1919. 11.)』

57 그러나 결혼이 제게 지니는 의미와 가능성에 대해서는 저는 어떤 예측도 할 수 없었습니다. 그때까지 저의 삶에서 최대의 경악이었던 결혼은 거의 예측하지 못한 방식으로 제게 닥쳐왔습니다.

『아버지에게 보내는 편지(1919. 11.)』

58 그렇다면 저는 어째서 결혼하지 않은 걸까요? 온갖 크고 작은 장애물이 있었지만, 삶은 그런 장애물들을 감수하는 것이겠죠. 그러나 제게는 유감스럽게도 그런 개별 경우와는 무관한 본질적인 장애가 있었는데,

결혼을 위한 정신적인 능력이 명백히 부족했습니다. 그것은 제가 결혼을 결심한 순간부터 제대로 잠을 잘 수 없고 밤낮으로 머리가 화끈거리며, 더는 산다고 할 수 없고, 절망하여 이리저리 배회하는 데서 나타납니다. 사실 걱정이 많아서 그러는 것은 아닙니다. 기질적으로 우울하고 소심한 탓에 온갖 근심을 안고 살아가기는 하지만 그것이 결정적인 것은 아닙니다. 시체를 파먹는 구더기들처럼 걱정이 저를 잠식하기도 하지만, 제게 결정적인 타격을 가한 것은 다른 것입니다. 그것은 불안과 허약함, 자기 경멸이 가하는 총체적인 압박입니다.

『아버지에게 보내는 편지(1919. 11.)』

59 결혼을 하는 데 가장 중요한 장애물은 어떤 근절되지 않는 확신 때문에 생겨납니다. 가족을 보존하고 이끌어가려면 그동안 제가 아버지의 특성이라고 생각한 그 모든 것이 꼭 필요하다는 확신 때문입니다. 더구나 모든 것이 동시에 필요합니다. 선한 것도 필요하고 나쁜 것도 필요한데, 아버지에게는 이 두 가지가 구분하기 어려울 정도로 유기적으로 연결되어 있습니다. 다시 말해 강함과 타인에 대한 경멸, 건강과 다소간 무절제, 천부적인 말솜씨와 미흡한 설명, 자신감과 모든 타인에 대한 불만, 세상에 대한

우월감과 독선적인 태도, 인간에 대한 이해와 대다수
타인에 대한 불신, 이 모든 것이 동시에 필요합니다.
다른 한편으로는 각각 반대되는 단점이 없는 장점들,
이를테면 근면과 끈기, 정신적인 민첩성, 담대함도
필요합니다. 그러나 아버지에 비한다면 그 모든 특성
중 제가 지닌 것은 거의 없거나, 혹은 아주 조금만
지니고 있을 뿐입니다. 그런데 아버지 같은 분도
가족을 위해 힘겨운 싸움을 해야 했고, 자식들 문제는
뜻대로 되지도 않았습니다. 하물며 제가 무슨 자격으로
감히 결혼하려고 한 것일까요?

『아버지에게 보내는 편지(1919. 11.)』

60 만족하라, (마흔 살이 된 자여.) 순간에 쉬는 법을
배우라. 그렇다, 바로 처참한 순간에 그렇게 하라. 그
순간이 처참한 것이 아니라, 미래에 대한 두려움이 그
순간을 처참하게 한다. 물론 과거를 돌아보는 것도
마찬가지다.
너는 성性이라는 선물로 무엇을 했는가? 결국은
실패했다고 말할 것이다. 그것이 전부일 것이다.
그런데 그것은 쉽게 성공할 수도 있는 일이었다. 물론
아주 사소한 것, 인식하지 못할 정도로 사소한 것이
그것을 결정했다. 거기서 너는 무엇을 발견하는가?
세계사의 모든 커다란 전투가 그러했다. 사소한

것들이 사소한 것들을 결정한다.

『일기(1922. 1. 18.)』

61 나는 소년 시절에는 성적인 문제에서는 오늘날
상대성이론의 문제에서처럼 그렇게나 순진무구하고
무관심했다(만약 내가 강제로 성적인 것들과 마주치지
않았더라면 그 상태로 아주 오래 지냈을 것이다). 다만
아주 사소한 것들이 나의 주의를 끌었다(그러나
그것 또한 자세한 가르침이 있고 나서였다). 예컨대
골목길에서 가장 아름답고 또 가장 멋진 옷을 입은
것으로 보였던 여인들이 저급했다는 사실이었다.

『일기(1922. 4. 10.)』

62 나는 매일 연인의 집을 지나가듯 환락가를 지나갔다.

『일기(1910년)』

63 나는 의도적으로 성매매 여성들이 있는 골목길을
지나간다. 그들 곁을 지나가는 일은 나를 흥분시킨다.
그들 중 한 명과 나갈 가능성은 희박하기는 해도
하여튼 있을 법하다. 이것은 천박한 일일까?

『일기(1913. 11. 19.)』

64 그것 말고는 어제 호텔에서 성매매 여성과 함께

있었던 것처럼 나를 다정하게 만져줄 사람을
긴급히 찾아야 한다. 그녀는 멜랑콜리한 기분을
갖기에는 너무 나이가 많은 편이고, 사람들이 성매매
여성에게는 자기 연인에게만큼 친절하지 않다는 것에
대해 그녀가 놀라지 않는 것도 유감스러울 뿐이다.
나는 그녀를 위로하지 않았다. 그녀도 나를 위로하지
않았기 때문이다.

「막스 브로트에게 보내는 편지(1908. 9. 19.)」 『편지들』

65   나 같으면 1년 동안 같은 도시에서 사는 여자하고는
절대로 결혼하지 않았을 것이다.

『일기(1913. 7. 2.)』

66   내가 말하는 것은 그 행복했던, 이러한 점에서
행복했던 유년 시절이 아니다. 그 시절에는 문이
여전히 닫혀 있었고, 문 뒤에서는 법정이 열렸다(모든
문을 채우는 배심원 역할의 아버지는 그때부터 진작에
모습을 드러냈다). 그런데 나중에는 내가 만나는 두
번째 소녀마다 그 육체가 나를 유혹했다. 그런데 내가
희망을 걸었던 그 처녀의 육체는 나를 전혀 유혹하지
못했다.

「막스 브로트에게 보내는 편지(1921. 4. 13. 또는 1921. 4. 14. 추정)」 『편지들』

67 여자들은 사람을 '오로지-유한한 것'으로 잡아채려고
사방에서 기회를 엿보는 함정들입니다. 사람이
자발적으로 하나의 함정에 뛰어들면, 함정들은 그
위험성을 잃게 됩니다.
『카프카와의 대화』

68 "여자들은 대단한 힘을 갖고 있습니다. 만일 제가
아는 몇몇 여자들의 마음을 움직여서 저를 위해 힘을
모아 일하게 할 수만 있다면, 저는 반드시 뜻을 이룰
수 있을 것입니다. 여자들을 뒤쫓아 다니는 자들로
거의 채워진 이 법원에서는 특히 그렇습니다."
『소송』

69 "당신은 남의 도움을 너무 많이 구하고 있어요. (…)
특히 여자들한테서 말이오. 그것이 진정한 도움이
아니라는 걸 깨닫지 못했나요?"
『소송』

70 내가 만날 때마다 거부감이 드는 인물은, "나는 너를
사랑하지 않는다"라고 말하는 자가 아니라, "아무리
원해도 너는 나를 사랑할 수 없어, 불행하게도 네가
사랑하는 것은 나에 대한 사랑이고, 나에 대한 그
사랑은 너를 사랑하지 않아"라고 말하는 자다.

결과적으로 내가 "나는 너를 사랑한다"라는 말을
경험했다고 하는 것은 온당치 않다. 내가 경험한 것은
다만 기다리고 있던 정적, "나는 너를 사랑한다"라는
나의 말로 중단되어야 했을 정적만이다. 단지 나는
그것만을 경험한 것이고, 그 밖에는 아무것도 없다.

『일기(1922. 2. 12.)』

71   조상, 결혼, 후손에 대한 욕망은 난폭하지만, 조상도
결혼도 후손도 없다. 조상, 결혼, 후손, 그 모든 것이
내게 손을 내밀지만, 내게는 먼 현실이다. 조상,
결혼, 후손, 그 모든 것에는 인위적이고 비참한
대체물이 있다. 사람들은 안간힘을 다해 그 대체물을
만들어내지만, 안간힘을 다하는 동안 파멸하지
않았다면 그 대체물이 어떤 위안도 되지 못하기 때문에
파멸한다.

『일기(1922. 1. 21.)』

VII

자유와 꿈, 치유와 학문

1 성性적인 것의 새로운 공격. 그것은 다른 어떤
것보다도 명백했다. 나는 좌우로 아주 강력한 적들의
공격을 받고 있고, 좌우 어느 쪽으로도 피할 수 없다.
굶주린 짐승을 먹을 수 있는 식량으로, 숨 쉴 수 있는
대기로, 자유로운 삶으로 이끄는 길은 오로지 앞으로
나 있다. 비록 그것이 삶 뒤에 있다고 할지라도.

『일기(1922. 2. 10.)』

2 그렇지 않습니다. 인간은 다르게 행동할 수
있는 존재입니다. 인류의 타락은 인간의 자유를
증명해주는 것입니다.

『카프카와의 대화』

3 인디언이 되고 싶은 소망이 있다! 즉시 채비를
갖추고, 달리는 말 위에 올라 비스듬히 대기를
가르며, 진동하는 대지 위에서 계속 짧은 전율을
느끼는 것이다. 그러다가 박차를 놓게 된다. 박차라는
것이 없기 때문이다. 그러다가 말고삐도 집어던지게
된다. 말고삐도 없기 때문이다. 그리고 앞에 있는
땅이, 매끈하게 풀을 베어낸 황야가 눈에 들어오는데,
벌써 말의 목덜미도 없고 말 머리도 없다.

「인디언이 되고 싶은 소망」『관찰』

4 "당신은 우리를 오해하고 있어요. (…) 우리 자칼은
물론 아랍인들을 죽이지는 않을 것이오. (…) 우리는
그들의 살아 있는 몸뚱이만 보아도 뛰어 달아납니다.
더 순수한 공기 속으로, 사막으로 말입니다. 사막은
그래서 우리의 고향입니다."

「자칼과 아랍인」『시골 의사』

5 "우리는 아랍인들로부터 평화를 되찾아야 합니다.
숨 쉴 만한 공기가 필요하고, 지평선 멀리까지
그들이 보이지 않아야 합니다. 아랍인이 찔러 죽이는
거세된 숫양의 슬픈 부르짖음은 없어져야 합니다.
(…) 순수함, 우리 자칼이 원하는 것은 오로지
순수함뿐이니까요."

「자칼과 아랍인」『시골 의사』

6 하여튼 나는 사무실에서 해방되는 즉시 자서전을
쓰겠다는 나의 욕구에 부응하고자 한다. 많은 사건을
정돈할 수 있으려면 나는 글을 쓰기 시작할 때 우선은
이러한 단호한 변화를 잠정적인 목표로 삼아야
할 것이다. 이러한 변화조차도 개연성이 지독히
낮은 것이지만, 그것을 넘어서는 고무적인 변화를
노리기는 어려울 것이다. 그런데 이러한 변화라도
있게 되면 자서전을 쓰는 일은 큰 기쁨이 될 것이다.

그것은 마치 꿈을 그대로 기록하는 것처럼 쉽게
진행되면서도 내게는 완전히 색다르고 지속적인
영향을 주는 체험, 그리고 모든 다른 사람도 이해하고
느낄 수 있는 체험이 될 것이기 때문이다.

『일기(1911. 12. 16.)』

7   나의 발전은 이제 완성되었고 내가 보기에 더는
희생할 것이 없다. 따라서 나의 진정한 삶을
시작하려면, 나는 사무실 업무를 이 공동체에서
바깥으로 내던지기만 하면 된다. 진정한 삶을 살게
되면, 나의 얼굴은 마침내 내가 일하는 것과 보조를
맞춰 자연스러운 방식으로 늙어갈 것이다.

『일기(1912. 1. 3.)』

8   내 머릿속에 들어 있는 무시무시한 세계. 하지만 그
세계를 찢어버리지 않고 어떻게 나 자신을 해방하고
그 세계를 해방할 수 있을까. 그 세계를 내 안에
잡아두고 있거나 묻어두기보다는 차라리 수천 번
찢어버리는 것이다. 그것을 위해 내가 여기 있다. 이
사실은 내게 아주 명백하다.

『일기(1913. 6. 21.)』

9   불면의 밤들. 벌써 사흘째 불면이 이어지고 있다.

나는 쉽게 잠들지만, 한 시간 정도 지나면 마치
머리를 잘못된 구멍에 집어넣은 것처럼 깨어난다.
(…) 지금부터 대략 새벽 5시까지, 밤새 내내 비록
자고 있기는 하지만 너무나 강력한 꿈들로 동시에
깨어 있는 그런 상태가 계속된다. 나는 분명 내
곁에서 잠을 자고 있지만, 나 자신은 실은 잠들어
있는 사이에 꿈들로 쉴 새 없이 뒤척여야 한다.

『일기(1911. 10. 2.)』

10 내가 자는 잠이라는 것은, 피상적이며 전혀
환상적이지 않고 낮에 떠올랐던 생각들이 단지 더욱
흥분된 형태로 반복되는 그런 꿈들로 채워져 있어
깨어 있는 상태보다 훨씬 더 깨어 있고 더 힘겨운
것입니다.

「그레테 블로흐에게 보내는 편지(1914. 2. 11.)」『편지들』

11 우리에게는 동물이 인간보다 더 가깝게 느껴집니다.
(…) 사람은 누구든지 그 자신이 어디든지 끌고
다니는 창살 뒤에서 살아가기 때문입니다.
그래서 사람들은 요즘 동물에 관한 이야기를 많이
씁니다. 동물 이야기는 자유롭고 자연스러운 삶에
대한 동경의 표현입니다. 하지만 인간에게 있어서
자연스러운 삶은 바로 인간의 삶입니다. 그런데

사람들은 그것을 알지 못합니다. 인간의 삶은 너무나
고달프고, 그래서 사람들은 인간의 삶을 적어도
환상에서나마 벗어던지려 합니다.

『카프카와의 대화』

12 어느 날 아침, 그레고르 잠자는 불안한 꿈에서
깨어났을 때 자신이 침대에서 한 마리의 흉측스러운
갑충으로 변해 있는 것을 발견했다. 그는 갑옷처럼
단단한 등 껍데기를 대고 누워 있었다. 머리를 약간
쳐드니 활 모양의 여러 각질로 나뉘어 있는 배가
갈색으로 불룩하게 솟아 있는 것이 보였고, 그
둥그스름한 배 위에 이불이 금방이라도 미끄러져
내릴 듯 가까스로 걸쳐져 있었다. 그의 눈앞에서는
몸뚱이의 크기에 비해 형편없이 가느다란 여러
다리들이 무력하게 버둥거리고 있었다.
'나에게 무슨 일이 일어난 걸까?' 그는 생각했다.
그것은 꿈이 아니었다.

「변신」

13 그레고르는 대답을 하는 자신의 목소리를 듣고 깜짝
놀랐다. 그것은 틀림없이 예전의 목소리였지만,
그것은 저 아래에서 울려오는 듯한, 억제하기 힘들고
고통스러우며 가느다란 신음이 섞여 있었다. 그 신음

때문에 그의 말들은 처음 한순간만 분명 들리다가 곧 뒤의 울림에 묻힌 탓에 그가 무슨 말을 하는지 제대로 알아들을 수 없었다.

「변신」

14 그레고르는 심심풀이로 벽과 천장을 사방으로 기어다니는 습관을 얻게 되었다. 그는 특히 천장에 매달려 있기를 좋아했는데, 그것은 방바닥 위에 엎드려 있는 것과는 전혀 다른 것이었다. 숨을 쉬는 것이 더 자유로웠고, 가벼운 떨림이 몸 전체로 퍼져나갔다. (…) 그레고르는 사방으로 기어다니면서 곳곳에 끈끈한 점액을 남겼다.

「변신」

15 이렇게도 음악이 그에게 감동을 주고 있는데 그가 정말 짐승이란 말인가? 그에게는 마치 자신이 열망해온 미지의 양식에 이르는 길이 열리는 것 같았다.

「변신」

16 저는 이런 사태에 대해 비유도 즐겨 사용하는데, 솔직히 말해 학술원 회원 여러분이 그런 종류의 원숭이 상태에서 벗어났다고 하는 경우 그 정도는

제가 저의 과거 원숭이 상태에서 벗어난 정도보다
더 크다고 하기 어려울 것입니다. 그런데 이
지상에서 보행하는 존재라면 누구나 발꿈치가
가려운 법입니다. 그것은 조그만 침팬지나 위대한
아킬레우스나 다 마찬가지입니다.

「학술원 보고」『시골 의사』

17 제게는 출구가 없었고, 어떻게든 출구를 하나
마련해야 했습니다. 왜냐하면 저는 출구 없이는 살
수 없었기 때문입니다. (…) 제가 말하는 출구의
의미가 사람들에게 제대로 이해될지 걱정입니다.
저는 이 단어를 가장 평범하고 가장 완전한 의미에서
사용합니다. 저는 의도적으로 자유라고 말하지
않겠습니다. 제가 말하는 것은, 사방으로 열려 있는
자유라는 그 위대한 감정이 아닙니다. 저도 어쩌면
원숭이 시절에 그 감정을 알았을 수도 있고, 그런
것을 동경하는 사람을 만난 적도 있습니다.

「학술원 보고」『시골 의사』

18 말이 나온 김에 덧붙여두자면, 사람들은 자유에
관해 착각하는 일도 허다합니다. 그리고 자유가 가장
숭고한 감정에 속하듯, 그에 상응하는 착각 또한 가장
숭고한 감정에 속합니다. 나는 버라이어티 극장에

내가 등장하기 전에 어떤 한 쌍의 곡예사가 저 위
천장에서 공중그네를 타는 것을 자주 보았습니다.
그들은 몸을 흔들어 움직이면서 그네를 타다가
뛰어올라 서로의 팔을 잡고 공중에 떠 있는데, 각자
상대방의 머리카락을 이로 물고 있었습니다. '저것이
인간의 자유구나.' 그때 이런 생각이 들었습니다.
'자기를 통제하는 움직임. 저것은 성스러운 자연을
조롱하는 것이다.'

「학술원 보고」『시골 의사』

19   아니, 나는 자유를 원하지 않았습니다. 내가 원한
것은 오직 하나의 출구, 오른쪽, 왼쪽 어느 쪽이든
상관없이 하나의 출구였습니다. 나는 어떤 다른
요구도 내세우지 않았습니다.

「학술원 보고」『시골 의사』

20   그리고 나를 위협하는 것은 저 바깥의 적들만이
아니다. 이곳 땅속에도 그런 적들이 있다. (…)
이곳에서는 내 집에 있다기보다는 오히려 적들의
집에 있는 셈이다. 내가 만든 저 출구도 그들로부터
나를 구하지 못할 것이고, 사실 그 출구는 나를
구하는 대신 파멸시킬 것이다. 그래도 그 출구는
하나의 희망이고, 나는 그것마저 없다면 살 수가

없다.

「굴」『유고 2』

21 나는 생각하고, 관찰하고, 확인하고, 기억하고,
    말하고, 더불어 사는 능력이 점점 더 떨어진다. 나는
    돌이 되어가고 있다. 그것을 인정하지 않을 수 없다.
    나의 무능력은 심지어 사무실에서도 더 심해지고
    있다. 글 쓰는 일로 나를 구제하지 않으면, 나는
    끝장이다.

『일기(1914. 7. 28.)』

22 글을 쓸 수 있는 사람이라면 고통의 한가운데서
    고통을 객관화하는 것이 거의 가능하다. 그래서
    예컨대 나는 불행의 한가운데서, 어쩌면 여전히
    불행한 머리에 통증을 느끼면서도 책상에 앉아서
    누군가에게 '나는 불행하다'라고 글로 전할 수 있다.
    내게는 언제나 이해하기 어려운 일이다.
    아니, 나는 그렇게 하는 것을 넘어설 수 있고, 불행과
    어떤 상관도 없어 보이는 재능에 따라서 다양한
    미사여구를 동원하여 불행에 대해 단순하게 또는
    반대 명제의 형태로 또는 종합적인 연상의 형태로
    상상할 수도 있다. 그리고 그것은 전혀 거짓이
    아니고, 고통을 진정시키는 것도 아니다. 간단히 말해

그것은 고통이 나의 모든 힘을 내 존재의 바닥에
이르기까지 현저하게 소모하는 순간에 은혜로
주어지는 힘의 잉여라고 할 수 있다. 고통은 내
존재의 바닥에 생채기를 내고 있다.

『일기(1917. 9. 19.)』

23 대략 나의 입장은 다음과 같이 서술할 수 있습니다.
대체로 의존적이었던 나는 자립과 독립, 사방으로
통하는 자유에 대한 무한한 갈망이 있습니다.
고향집 패거리가 나를 에워싸고 돌면서 나의 시선을
분산하도록 하기보다는 차라리 눈가리개를 한 채로
극단에 이르기까지 나의 길을 가고자 합니다.

『펠리체에게 보내는 편지(1916. 10. 19.)』

24 "나는 다만 옷을 걸친 이 몸뚱이를 내보내는
것뿐이다. 그 몸뚱이가 나의 방문 밖으로 나오려고
발버둥 친다면, 그 모습은 두려움이 아니라 바로
자신의 무가치함을 보여주는 것이다. 그것이 층계에
걸려 넘어지거나 시골로 가서 저녁 식사를 한다고
하더라도 흥분 때문은 아니다. 나라는 사람은 그사이
살짝 열어놓은 창문으로 새어드는 공기를 맞으며
황갈색 이불을 덮고 침대에 누워 있을 테니 말이다.
침대에 누워 있는 내 모습이 한 마리의 커다란 갑충

또는 하늘가재 또는 쌍무늬바구미 같다는 생각이
든다. (…) 그래, 한 마리의 거대한 갑충의 형상이다.
겨울잠이라도 자는 것처럼 나는 불룩한 내 몸뚱이에
나의 가느다란 작은 다리들을 갖다 댔다. 그러고는 몇
마디 말을 속삭이는데, 그것은 내 옆에 바싹 붙어서
허리를 굽히고 있는 나의 슬픈 몸뚱이에 내리는
지시들이다. 지시는 곧바로 실행된다. 몸뚱이는
허리를 굽혀 절하고는 앞으로 나아간다. 내가 편안히
쉬고 있는 동안 몸뚱이가 모든 일을 최고로 잘 해낼
것이다."

「시골에서의 혼례 준비」『유고 1』

25 밤 11시 반이다. 내 사무실에서 해방되지 않는 한
내가 실패한다는 사실, 그것은 내게는 무엇보다
명백하다. 다만 중요한 것은 익사하지 않도록 가능한
한 머리를 높이 쳐드는 것이다. 그것이 얼마나 어려운
일이고, 그것이 내게서 어떤 힘들을 박탈하는지!

『일기(1910. 12. 18.)』

26 오래전부터 나의 기력은 비참할 정도로 약했습니다.
그리고 내가 명백하게 깨닫지는 못했지만 자명하게
드러난 것이 있습니다. 나의 주된 목적으로 보였던
것을 위해 위기 상황에 충분한 힘을 보존하고

있으려면 내가 모든 면에서 힘을 절약하고 어디서나
내게서 힘이 조금 빠져나가게 해야 한다는 것입니다.
만일 그렇게 하지 않고 나 자신을 넘어서려고 한
경우, 나는 나 자신에 의해 다시 원점으로 내몰렸고,
손상당했고, 수치스러워졌고, 영원히 약해졌습니다.
그러나 시간이 흐르면서 순간적으로 나를 불행하게
만들었던 바로 그것이 내게 신뢰감을 주었고, 비록
찾기 힘들기는 하겠지만 저 어딘가에는 사람이 계속
살아갈 수 있는 좋은 별이 분명 있을 것이라고 믿게
되었습니다.

『펠리체에게 보내는 편지(1912. 11. 1.)』

27 나는 이 장소에 여태껏 있어본 적이 없다. 이곳에서는
숨 쉬는 것이 다르고, 태양 옆에서는 별 하나가
태양보다도 더 눈부시게 빛나고 있다.

『잠언집』

28 '이곳에 나는 닻을 내리지 않는다.' 이러한 감정을
갖게 되자, 주위에서 넘실대며 지탱하는 물결을 즉시
느끼게 된다!

『잠언집』

29 아주 늦은 밤입니다, 사랑하는 이여! 이제 자격이

없지만 잠을 자러 갈 것입니다. 그런데 이제 나는 잠을 이루지 못할 것이고, 단지 꿈만 꿀 것입니다.

『펠리체에게 보내는 편지(1913. 1. 23.)』

30   때로는 내가 뇌물을 받고 나의 '불안'을 변호하는 자처럼 보일 수도 있겠지만, 마음 깊은 곳에 자리 잡은 불안에 어쩌면 나 또한 동의하고 있습니다. 그래요, 불안은 나의 존재를 구성하는 것이고, 아마 내가 가진 최상의 것일 겁니다. 그것이 내가 가진 최상의 것이기에 어쩌면 또한 그대가 유일하게 사랑하는 것일 수도 있어요. 그것 말고는 내게 크게 사랑할 만한 것이 무엇이겠어요. 하지만 이것은 사랑스러운 것입니다.

『밀레나에게 보내는 편지(1920. 8. 9.)』

31   나는 내 삶에서 하나의 결단을 내려야 할 필연성이 있다고 이렇게 의심할 여지 없는 신호를 받은 적이 없습니다. 나는 그대와 결혼을 하거나 직장을 그만두고 떠나가는 방식으로 나의 현재 삶에서 벗어나야 합니다.

『펠리체에게 보내는 편지(1914. 3. 25.)』

32   하지만 제가 결혼에 무능한 원인을 따진다면 저

자신에 대한 불안이 훨씬 더 중요합니다. 이미 암시적으로 말씀드렸듯이, 저는 글쓰기에서 미미하게나마 자립과 도피를 시도했습니다. 물론 그 성과는 아주 형편없는 것이었죠. 지금은 그 시도조차 거의 지속할 수 없는데, 많은 사실이 제게 이 점을 확인시켜줍니다. 그럼에도 그 시도들에 대해 깨어 있는 것, 제가 물리칠 수 있는 어떤 위험 내지는 어떤 위험의 가능성도 그 시도들에 접근하지 않도록 하는 것은 저의 의무 내지는 제 삶의 본질이라고까지 할 수 있습니다.

『아버지에게 보내는 편지(1919. 11.)』

33 저는 도대체 생각이라는 것을 할 수 있게 된 이래로 저의 가장 깊은 고민은 정신적인 실존을 유지하는 일이었고, 그 외의 것에는 무관심했습니다.

『아버지에게 보내는 편지(1919. 11.)』

34 사람이 자신의 꿈들을 뒤쫓는 것은 좋은 일입니다. 그러나 대체로 그렇듯 꿈들에 쫓기는 것은 고약한 일입니다. 그리고 당신이 편지에서 말했듯이 세계가 크고 광대하지만, 사람이 스스로 만들어낼 수 있는 것보다는 터럭만큼도 크지 않습니다.

「민체 아이스너에게 보내는 편지(1920. 1. 또는 1920. 2. 추정)」『편지들』

35 이 세계에 대한 혐오와 증오로 가득 찬 머리를
가슴팍에 숙인다. 물론 그럴 수 있겠지만, 그러나
누군가가 너를 목 졸라 죽이면 어떡하지?

『잠언집』

36 인간은 현실에서 도망칠 수 없어요. 꿈은
우회로에 지나지 않습니다. 인간은 우회로를 통해
결국은 반복해서 가장 가까이 있는 경험 세계로
되돌아갑니다.

『카프카와의 대화』

37 믿는 자는 어떤 기적도 체험할 수 없다. 낮에는
사람이 별을 볼 수 없는 법이다. 기적을 행하는 자는
"나는 이 지상을 그대로 둘 수 없다"라고 말한다.

「세 번째 팔절판 노트」『유고 2』

38 나는 나 자신을 특정한 방식으로 실현하고 싶지 않다.
나는 다른 장소로 가기를 원하는데, 그것은 참으로
'저 다른 별에 이르고자 하는 소망'이다. 그것은
어쩌면 내 바로 옆에 서는 것으로도 충분할 것이다.
어쩌면 내가 서 있는 장소를 다른 장소로 파악할 수
있기만 해도 충분할 것이다.

『일기(1922. 1. 24.)』

39 더 많은 말을 마차 앞에 맬수록 더 빨리 달리게 된다.
기본적인 토대를 뜯어내는, 그런 불가능한 일을
말하는 것은 아니다. 하지만 매였던 줄들이 끊어지고,
그로써 텅 빈 상태에서의 즐거운 질주가 일어날
것이다.

『잠언집』

40 나는 내 가족, 내 종족에게 매여 있습니다. 그것은
개별 인간에게 매인 것보다 더 오래 지속됩니다.
그러나 가족이나 종족에 매이는 것 역시 죽음에 대한
지식 앞에서 도피하려는 시도에 불과합니다. 그것은
단지 소망에 지나지 않습니다. 그렇게 해서는 어떤
인식도 얻을 수 없습니다. 오히려 작고 소심하며
이기적인 자아는 자신을 앞세워 진리를 탐색하는
영혼을 이러한 소망으로 가로막습니다.

『카프카와의 대화』

41 그는 자신이 이 지상에 붙잡혀 있다고 느낀다. 그는
운신의 폭이 좁다. 그에게서는 갇힌 자가 갖는 슬픔,
허약함, 질병, 망상이 터져 나오고, 어떤 위안도
그에게 위안이 되지 못한다. 그것은 단지 위안일 뿐
갇혀 있다는 험악한 사실에 대해서 부드러우면서도
머리 아프게 하는 위안에 불과하기 때문이다.

그렇지만 그에게 그가 정말 원하는 것이 무엇이냐고
물으면, 그는 대답할 수가 없다. 그에게는 자유에
관한 표상이 없기 때문이다.

『일기(1920. 1. 17.)』

42 그는 위안을 원치 않는다. 하지만 정말 원하지 않아서
그런 것은 아니다. 누가 위안을 원치 않았겠는가!
그가 위안을 원치 않는 이유는, 위안을 구하는 일이
자신의 삶을 헌신하는 것, 언제나 자기 실존의 변두리
혹은 거의 바깥에서 살아가는 것, 누구를 위해 위안을
찾는지도 더 이상 알지 못하는 것, 따라서 효과적인
위안을 찾을 수 없다는 뜻이기 때문이다. 진정한 위안
같은 것은 없다.

『일기(1920. 1. 17.)』

43 만약 내가 원하는 대로 무엇이든 될 수 있는 자유가
내게 주어졌다면, 나는 작은 동부 유럽의 유대인
소년이 되려고 했을 것입니다. 아마 그 소년은 홀
구석에서 어떤 근심의 흔적도 보이지 않을 것이고,
아버지는 홀 가운데에 서서 남자들과 논쟁을
벌이고, 옷을 두껍게 입은 어머니는 여행 스크랩을
뒤적거리고, 누이는 여자아이들과 수다를 떨면서
예쁜 머리를 긁적이고 있을 것입니다. 그리고 몇 주

후에는 미국에 가 있을 것입니다.

『밀레나에게 보내는 편지(1920. 9. 7.)』

44 숲에는 우리가 습지에 가만히 누워서 수년 동안
생각해봄직한 것들이 있다.

「막스 브로트에게 보내는 편지(1918. 9.)」『편지들』

45 상황은 대략 이러합니다. 숲속 동물인 나는 당시에
거의 숲에서 지내지 않고 어떤 더러운 구덩이에 누워
있었습니다(물론 내가 있어서 더러웠지만요). 그러다가
탁 트인 곳에서 내 눈앞에 당신이 나타났습니다. 내가
본 가장 경이로운 광경이었습니다. 나는 모든 것,
나 자신까지 완전히 잊고, 일어나서 다가갔습니다.
새롭고도 아늑한 자유 속에서 불안을 느끼면서도
나는 당신에게 더욱 바짝 다가갔습니다. 당신은 정말
좋은 분이었어요. 나는 마치 허락받은 것처럼 당신
옆에 웅크리고, 당신의 손에 얼굴을 묻었습니다.
너무나 행복하고, 자랑스럽고, 자유롭고, 강력했고,
마치 집에 있는 것 같았어요. 마치 언제나 집에 있는
것 같았습니다.
하지만 근본적으로 나는 그저 동물일 뿐이었어요.
나는 오로지 숲에 속한 존재였고, 오로지 당신의 은총
덕분에 이곳 개활지에서 살았던 거죠. 당신 눈에서

나의 운명을 읽었습니다. 이곳에서의 삶은 지속될 수 없었어요. 가장 다정한 손으로 나를 쓰다듬어주었을 때조차, 당신은 숲을 가리켰던, 그 기원과 그 진정한 고향을 가리켰던 독특한 것들을 분명 알아차렸을 것입니다.

『밀레나에게 보내는 편지(1920. 9. 14.)』

46 사람들은 자유와 책임을 두려워한다. 그래서 사람들은 차라리 자기가 만든 울타리 안에서 질식되기를 원한다.

『카프카와의 대화』

47 내가 말한 것은 인식에 관한 것이 아니라, 목표로서의 자유에 관한 것입니다. 인식은 단지 거기에 이르는 길에 지나지 않습니다.

『카프카와의 대화』

48 새장 하나가 한 마리의 새를 찾으러 나섰다.

『잠언집』

49 찾는 자는 찾지 못할 것이다. 찾지 않는 자는 발견될 것이다.

「세 번째 팔절판 노트」『유고 2』

50   자유와 속박은 본질적인 의미에서 하나다. 어떤
본질적인 의미일까? 노예가 자유를 상실하지 않고,
어떤 점에서는 자유인보다 더 자유롭다는 그런
의미에서는 아니다.

「네 번째 팔절판 노트」『유고 2』

51   자살자는 교도소 마당에 교수대가 세워지는 것을
보고는 그것이 자신을 위한 교수대라고 착각하고,
밤에 감방에서 탈출하고 마당으로 내려가 스스로
목을 매는 죄수다.

「세 번째 팔절판 노트」『유고 2』

52   만약 진짜 감옥이라면 그는 거기에 적응했을 것이다.
갇힌 자로서 종말을 맞는 것(그것이 삶의 목표일 수도
있을 것이다). 그러나 그것은 창살이 있는 우리였다.
창살을 통해 세상의 소음이 무심하게, 오만하게, 마치
자기 집인 양 흘러들고 흘러나갔다. 그런데 갇힌
자는 실은 자유로운 존재였고, 모든 것에 참여할 수
있었으며, 외부 세계의 어떤 것에 대해서도 놓친
적이 없고, 심지어 우리 바깥으로 나갈 수도 있었을
것이다. 창살은 간격이 넓었고, 그는 실은 한 번도
감금된 적이 없었다.
그는 자신이 살아 있어 그 길을 가로막고 있다고

느낀다. 그리고 이러한 장애를 느끼면서 자신이 살아 있다는 증거를 재차 얻는다.

『일기(1920. 1. 13.)』

53   나의 감방—나의 요새.

『일기(1920. 2. 19.)』

54   정신은 다른 것들을 지탱하는 받침대로 존재하기를 중단할 때 비로소 자유로워진다.

『잠언집』

55   세상의 고통 앞에서 그대는 뒤로 물러나 있을 수 있다. 그것은 그대의 선택에 달린 것이고, 그대의 본성에 상응하는 것이다. 하지만 그렇게 퇴각해버리는 것이 어쩌면 그대가 회피할 수도 있을 유일한 고통일 것이다.

『잠언집』

56   심리학에 너무 심취한 후의 역겨움. 어떤 사람이 튼튼한 다리를 지닌 채 심리학에 접근하게 되는 경우 단시간에, 그리고 멋대로 이리저리로 오가면서 여러 구간을 통과할 수 있다. 어떤 다른 분야에서는 가능하지 않은 일이다. 그렇게 할 때 어떤 사람의 두

눈에서는 눈물이 흘러나온다.

「일곱 번째 팔절판 노트」『유고 1』

57   기쁨으로서의 노동, 심리학자들은 경험할 수 없는

      것이다.

「일곱 번째 팔절판 노트」『유고 1』

58   심리학은 조급함이다.

「세 번째 팔절판 노트」『유고 2』

59   심리학은 지상 세계가 천상의 표면에 비친 것을

      서술하는 학문이다. 더 정확히 말하면 대지에 완전히

      흡수된 존재인 우리가 그 반영된 것을 어떻게

      생각하는지를 서술하는 학문이다. 왜냐하면 반영은

      전혀 일어나지 않고, 우리가 어디를 보든 간에 대지만

      보기 때문이다.

「세 번째 팔절판 노트」『유고 2』

60   가장 마지막에 고려할 것이 심리학이다!

『잠언집』

61 심리학은 거울 문자*를 읽는 일이다. 다시 말해
수고로운 작업이고, 언제나 결과가 합치한다는
점에서는 생산적이다. 하지만 실제로는 아무 일도
일어나지 않은 것이다.

「네 번째 팔절판 노트」『유고 2』

62 이곳에서는 그 누구도 자신의 정신적인 삶의 가능성
이상을 창출하지 않는다. 겉으로 보면 그가 자기
음식, 의복 등을 위해 일하는 것 같지만, 그것은
부차적인 모습이다. 그에게는 눈에 보이는 한 입과
함께 보이지 않는 한 입, 눈에 보이는 옷마다 또한
매번 보이지 않는 옷이 제공된다. 이것이 각 인간의
자기 정당화이다. 겉으로 보면 그는 추가적인
정당화를 통해 자신의 실존을 세우는 것 같지만,
그것은 단지 심리학적인 거울 문자일 뿐이다. 실제로
그는 자기 정당화를 기반으로 자기 삶을 세우고 있다.

「네 번째 팔절판 노트」『유고 2』

63 나는 프로이트의 저작에서는 전대미문의 내용을 읽을
수 있다고 믿는다. 안타깝게도 나는 그에 대해서는
아는 게 별로 없는 반면에 그의 제자들에 대해서는

* 거울에 비친 거꾸로 된 글자를 말한다.

아는 것이 많은 탓에, 정작 프로이트라는 인물에
대해서는 단지 크고도 공허한 존경심만을 지니고
있을 뿐이다.

「빌리 하스*에게 보내는 편지(1912. 7. 19.)」『편지들』

64 사람은 정작 자기 집 안에 어떤 것들이 있는지도
잘 모른다. (…) 내 집에서는 지금 그 역겨운 마부가
날뛰고 있다.

「시골 의사」『시골 의사』

65 내가 탄 마차는 마치 물결에 쓸려 가는 나무토막처럼
마구 휩쓸려 간다. (…) 하지만 그것도 한순간뿐, 마치
환자의 집 마당이 내 집 바로 앞에 이어지기라도
한 것처럼, 나는 벌써 그곳에 도착해 있다. 말들은
조용히 그 자리에 서 있다.

「시골 의사」『시골 의사』

66 이는 정신분석이 밝혀냈다고 여기는 수많은 병리
현상의 하나입니다. 나는 그것을 질병이라고 부르지
않으며, 정신분석의 치료적 측면에는 무력한

오류가 있다고 봅니다. 정신분석학에서 병이라고
하는 모든 것은, 그것이 아무리 암울해 보일지라도
신앙의 문제이고, 곤경에 처한 인간이 어떤 어머니
같은 토대에 닻을 내리는 것입니다. 그러므로
정신분석에서도 각 개인의 '질병들'의 근거가 되는
것이 종교의 근본적인 토대일 것이라고 봅니다.

『밀레나에게 보내는 편지(1920. 11. 17.)』

67 모든 학문은 절대자에 대한 방법론이다. 따라서
명백히 방법론적인 것에 대해서는 어떤 두려움도
가질 필요가 없다. 방법론은 껍데기에 불과하고,
유일한 존재를 제외한 모든 것에 한정될 뿐이다.

「세 번째 팔절판 노트」『유고 2』

68 개 안에는 모든 지식, 모든 질문과 모든 대답을 다
합한 전체가 들어 있다.

「어느 개의 연구」『유고 2』

69 그 철학자는 모든 사소한 것, 예를 들면 돌고 있는
팽이만 잘 인식해도 보편적인 것을 인식하는 데
충분하다고 믿었다. 사소한 것을 제대로 인식한다면
모든 것을 인식한 것이나 마찬가지라고 본 것이다.
이러한 이유에서 그는 돌고 있는 팽이에만 몰두했다.

(…) 하지만 그가 그 멍청한 나무토막을 손에 쥐었을 때, 그는 거북해졌고 갑자기 그의 귀에는 여태까지 들리지 않았던 아이들의 고함까지 갑자기 들리기 시작했다. 고함치는 소리에 내쫓긴 그는 서투른 채찍질로 돌고 있는 팽이처럼 비틀거리고 있었다.

「팽이」『유고 2』

VIII

글쓰기와 예술

1 내 생각에 우리가 오로지 읽어야 할 책들은 우리를
깨물고 찌르는 그런 책들이어야 한다. 우리가 읽는
책이 주먹으로 두개골을 내리치는 것이 아니라면,
무엇 때문에 그 책을 읽는단 말인가? (…)
우리가 필요로 하는 책은 우리를 심하게 아프게 하는
불행과 같고, 우리가 자신보다 더 사랑한 사람의
죽음과 같고, 마치 우리가 모든 사람에게 버림을 받고
멀리 숲속에 추방된 상태와 같고, 자살과 같은 그런
충격을 주는 책들이어야 한다. 한 권의 책은 우리
안에 얼어붙은 바다를 깨뜨리는 도끼여야 한다.

「오스카 폴락에게 보내는 편지(1904. 1. 27.)」『편지들』

2 나는 문학에 관심을 지닌 것이 아니라, 문학으로
구성되어 있습니다. 나는 문학 외에는 다른 어떤 것도
아니고, 또 다른 것일 수도 없습니다.

『펠리체에게 보내는 편지(1913. 8. 14.)』

3 모든 진정한 예술은 기록이고, 증언이다.

『카프카와의 대화』

4 예술은 시계처럼 '(시대를) 앞서가는' 거울과 같다.
때로는 그렇다.

『카프카와의 대화』

5   그런데 상당히 오랫동안 나는 쓴 글이 아무것도 없다.
내 상태는 다음과 같다. 신은 내가 글을 쓰는 것을
원하지 않는다. 하지만 나는 글쓰기를 원하고, 그렇게
해야만 한다. 그래서 그것은 영원한 상승과 하강인데,
결국은 신이 더 강력한 법이다. 그리고 바로 그
지점에 자네가 상상할 수 있는 것보다 더욱 큰 불행이
있다. 내 안에는 그토록 많은 힘이 말뚝에 매여 있다.
그 힘들이 풀려나면 녹색의 나무로 성장할 수도 있고,
국가에 유용한 존재가 될 수도 있을 것이다.
하지만 한탄한다고 해서 목에 달린 맷돌이 떨어져
나가지는 않는다. 그 맷돌을 좋아하는 경우는 더욱
그렇다.

「오스카 폴락에게 보내는 편지(1903. 11. 8.)」『편지들』

6   나는 결코 지친 상태가 되지 않을 것이다. 설령
얼굴이 잘려 나간다고 해도 나의 노벨레* 속으로
뛰어들 것이다.

『일기(1910. 11. 15.)』

7   어제 괴테를 두고 언급한 것을 무엇으로 사과하지?

---

*   산문의 한 형식으로 단편보다는 길고 장편보다는 짧은 중편 분량이며 어떤 하나
의 사건에 집중하여 이야기를 전개시키는 방식을 취한다. 카프카의 「변신」이 대
표적인 노벨레에 속한다.

사과할 길이 없다. 오늘 내가 아직 아무것도 쓴
것이 없음을 무엇으로 사과하지? 사과할 길이 없다.
더군다나 내 컨디션이 최악인 것도 아니다. 계속해서
나의 귓전을 울리는 소리가 있다. "너 보이지 않는
법정아, 오기는 할 테지?"

『일기(1910. 12. 20.)』

8   내가 사는 집에서는 왼편에서 아침 식사의 소음이
잠잠해질 무렵이면 오른편에서는 벌써 점심 식사의
소음이 시작된다. 마치 벽들이 열려 있는 것처럼
지금은 문들이 어디나 열려 있다. 그런데 무엇보다도
불행의 중심은 그대로 남아 있다. 그것은 내가 글을
쓸 수가 없다는 것이다. 내가 인정할 만한 글은 한
줄도 쓰지 못했다는 것이다. 파리 여행 후에 쓴
것들은(그리 많은 양은 아니지만) 전부 폐기해버렸다.
나의 온몸은 미처 글을 써 내려가기도 전에 모든
낱말에 대해 경고하고, 우선은 사방을 둘러본다.
그러면 문장들은 내게서 문자 그대로 부서져 내리고,
나는 문장들의 내부를 들여다보고는 쓰는 일을
중단하게 된다.

「막스 브로트에게 보내는 편지(1910. 12. 17.)」『편지들』

9   자주 생각해본 적이 있는데, 내게 가장 좋은 삶의

방식은 필기도구와 램프를 가지고 외부와 격리된
넓은 지하실의 가장 안쪽 공간에 들어가 지내는
것입니다. 사람들이 음식을 갖다주는데, 내 공간에서
멀리 떨어진 곳, 지하실 가장 바깥 문 뒤에 가져다
놓는 것입니다. 잠옷 바람으로 아치형 천장의 복도를
지나 음식을 가지러 가는 길은 나의 유일한 산책이
되겠죠. 그런 다음 내 책상으로 천천히 돌아와서
천천히 경건하게 음식을 먹고 곧장 다시 글을 쓰기
시작하는 거죠. 그러면 무엇을 쓰게 될까요? 얼마나
깊은 곳에서 그것을 끄집어내게 될까요? 힘들게
노력하지 않고 말이죠! 극도로 긴장하면 힘든 줄도
모른답니다! 문제는 내가 그것을 오래 계속할 수
있을까 하는 것입니다. 어쩌면 그러한 상태에서조차
어쩔 수 없이 실패하여 대단한 광기로 나아가야
할지도 모릅니다. 당신은 어떻게 생각하죠, 사랑하는
이여? 지하실 거주자 앞에서 물러나지 말아요!

『펠리체에게 보내는 편지(1913. 1. 15.)』

10 발자크가 산책할 때 사용하던 지팡이의 손잡이에는
이런 글귀가 있다. "나는 모든 방해를 부순다."
내가 사용하는 지팡이의 손잡이에는 이런 글귀가
있다. "모든 방해가 나를 부순다." 두 글귀에서
공통적인 것은 바로 '모든'이라는 단어다.

「메모장」『유고 2』

11   내가 쓴 글에서 어떤 냉기가 하루 내내 나를
     따라다녔는가? (…) 평소에는 호탕하게 웃는 삼촌은
     내가 단지 힘없이 들고 있던 종이를 넘겨받고,
     잠시 그것을 들여다보고는 마침내 웃지도 않고
     다시 돌려주었다. 그러면서 자신을 주목하는 다른
     사람들에게만 "평범한 글"이라고 말했고, 내게는
     아무 말도 하지 않았다.
     하지만 그 순간 나는 사회에서 일격에 쫓겨났고,
     삼촌의 판단은 거의 실질적인 의미를 지니며 내
     안에서 반복되었다. 정작 가족이라는 감정에서 나는
     우리가 사는 세계의 차가운 공간에 대한 통찰을
     얻게 되었다. 그 공간은 내가 불로 따스하게 해야 할
     공간이지만, 일단은 그 불을 찾아야 한다.

     『일기(1911. 1. 19.)』

12   내가 잘 생각하거나 따져보지 않고 한 문장을 쓰면,
     예를 들어 '그는 창밖을 내다보았다'라고 쓰면, 그
     문장은 이미 완벽하다.

     『일기(1911. 2. 19.)』

13   나는 신지학神智學이 내게 가져올, 내게는 극심하게

고약할 수 있는 새로운 혼란을 두려워하고 있다. 내가
현재 겪고 있는 불안 또한 단지 혼란에서 생겨난
것이기 때문이다. 그 혼란의 정체는 다음과 같다.
나의 행복, 나의 능력 그리고 어떤 식으로든 쓸모
있는 모든 가능성은 일찍부터 '문학적인 것'에 있다는
것이다. 그리고 물론 문학에서 나는 나의 한계뿐만이
아니라 인간적인 것의 한계를 느끼는 상태를
체험했다.

『일기(1911. 3. 28.)』

14 나의 꿈들은 또다시 잠이 들기도 전에 벌써 내 의식
속으로 그 힘을 내뻗고, 그것 때문에 나는 잠을 이룰
수 없다. 작가로서의 나의 능력에 대한 의식은 저녁과
아침에 파악하기 힘들 정도로 대거 발현된다. 나는
내 존재의 밑바닥까지 이완되었음을 느끼고, 내가
원하는 것은 무엇이든 내 안에서 끌어올릴 수 있다.

『일기(1911. 10. 3.)』

15 분명한 점은, 내가 좋은 감정 상태에서 한 단어 한
단어씩 또는 임시이기는 하지만 명확한 말로 미리
생각해낸 모든 착상이 막상 글을 쓰려고 책상에
앉으면 무미건조하고, 뒤집히고, 경직되고, 온통
주위에 방해가 되고, 불안하고, 특히 허술한 것으로

드러난다는 사실, 그렇지만 본래의 착상 중 하나도
잊어버리지는 않는다는 사실이다. 물론 이렇게 되는
주된 이유는, 아무리 갈망하더라도 갈망 이상으로
두려워하는 그런 고양高揚의 시간에만 내가 종이에서
벗어나서 좋은 것을 착상하기 때문이고, 그리고
나면 내가 포기해야만 할 정도로 충만함이 넘쳐서
흐름에서 벗어나 맹목적으로 우연만을 손쉽게
따라가게 되기 때문이다. 그래서 숙고하면서 글을 쓸
때 얻어진 것은 살아 있는 충만함에 비하면 아무것이
아닌 것이 되어버리고, 그 충만함을 다시 불러올
능력이 없어지며, 그것은 유혹적이기는 하지만
무익한 것이어서 결국은 해롭고 방해가 된다.

『일기(1911. 11. 15.)』

16   한참 시간이 지나고 나서 다시 글을 쓰기 시작하면
나는 마치 허공에서 낱말들을 끌어내는 것 같다.
그렇게 한 낱말을 얻게 되면, 그때부터는 단지 그
낱말만 존재한다. 그리고 모든 작업은 처음부터 다시
시작된다.

『일기(1911. 12. 13.)』

17   내 안에서 잘 인식할 수 있는 것은 글쓰기를
향한 집중력과 관련된 것이다. 나라는 유기체

안에서 글쓰기의 방향이 내 존재의 가장 생산적인
방향이라는 점이 분명해지자, 모든 것이 그 방향으로
몰려들었다. 그 대신 성적인 것, 먹고 마시는 일에
대한 즐거움, 철학적 사색, 무엇보다도 음악이 주는
즐거움으로 향하던 모든 능력은 텅 빈 상태가 되었다.
이 모든 방향에서 나는 더욱 야위어졌다.

『일기(1912. 1. 3.)』

18   단식 광대만 알고 있고 다른 어떤 공연 관계자도
알지 못하는 사실이 있었는데, 그것은 단식이 얼마나
쉬운 일인가 하는 것이었다. 단식 광대에게 단식은
세상에서 가장 쉬운 일이었다.

「단식 광대」『단식 광대』

19   "나는 단식을 할 수밖에 없고, 달리 도리가 없습니다.
(…) 왜냐하면 내 입에 맞는 음식을 찾을 수 없었기
때문입니다. 만약 내가 그런 음식을 찾을 수 있었다면
괜한 소동을 벌이지 않았을 것이고, 당신이나 다른
모든 사람처럼 배불리 먹었을 것입니다."

「단식 광대」『단식 광대』

20   내가 쓴 것에 대해 절대로 과대평가하지 말 것!
그렇게 하면 정작 내가 써야 할 것이 내게는 도달할

수 없는 것이 된다.

『일기(1912. 3. 26.)』

21 나의 삶은 오래전부터 지금까지 근본적으로 글을
쓰려는 시도로 이루어져왔고 현재도 그러합니다.
그러나 이러한 시도는 대부분은 실패했습니다. 글을
쓰지 않을 때 나는 방바닥에 누워 있고, 빗자루로
쓸어 담기에 적당합니다.

『펠리체에게 보내는 편지(1912. 11. 1.)』

22 이제 나는 그대를 생각하는 일까지 포용하면서 나의
삶을 확장했습니다. (…) 그러나 이것조차도 나의
글쓰기와 연관이 있습니다. 글쓰기의 부침만이 나의
삶을 결정합니다. (…)
내 삶의 방식은 오로지 글쓰기에 맞춰져 있고,
혹시라도 삶의 방식이 변한다면 그것은 오직
글쓰기에 더욱 부응하기 위함입니다. 이는 주어진
시간은 짧고, 기력은 미약하며, 사무실은 끔찍하고,
집은 시끄럽기 때문입니다. 만일 그것이 아름답고
반듯한 삶과 더불어 가능하지 않다면 어떻게든
요령을 다해 헤치고 나가는 방도를 찾아야 할
것입니다.

『펠리체에게 보내는 편지(1912. 11. 1.)』

23   나는 언젠가 글 쓰는 일을 위해 내가 희생한 것이
무엇인지, 글쓰기로 인해 잃은 것이 무엇인지 또는
더 정확히 말해 이러한 선언을 통해 견딜 수 있게 된
손실들에 대해 하나하나 목록을 만들어보았습니다.

『펠리체에게 보내는 편지(1912. 11. 1.)』

24   내가 글을 더 많이 쓸수록 그리고 나 자신을 더욱
해방할수록, 아마도 나는 그대를 위해 더 순수하고 더
품위 있는 사람이 될 것입니다. 그런데 분명한 것은
내게는 아직 버릴 것이 많다는 것이고, 이 극단적으로
쾌락적인 일*을 하기에 밤들은 충분히 길지 못하다는
것입니다.

『펠리체에게 보내는 편지(1912. 11. 24.)』

25   이제 밤이 시작되면서 나는 거의 흥분 상태가 되고
글을 쓰고 싶은 강한 욕망을 느낍니다. 글을 쓰고자
하는 욕망 속에 언제나 숨어 있는 악마가 가장
부적절한 시간에 움직이는 것입니다. 그러라고 하고,
나는 잠을 자러 갑니다. 그리고 만약 내가 성탄절
연휴를 글쓰기와 잠자기로 나누어 보낼 수 있다면,
그것은 행복일 것입니다!

*   글쓰기를 가리킨다.

『펠리체에게 보내는 편지(1912. 12. 15.)』

26 사랑하는 그대, 글을 쓰다가 보니 다시 아주 늦은
시각입니다. (…) 정말 유감스럽게도 나를 깨우는
것은 여자친구가 아니라 그녀에게 쓰려고 하는
편지뿐입니다. 그대는 언젠가 내가 글을 쓰는
동안 내 옆에 앉아 있고 싶다고 한 적이 있습니다.
생각해봐요, 그러면 나는 글을 쓸 수가 없습니다. (…)
글을 쓴다는 것은, 지나칠 정도로 자신을 개방하는
것을 말합니다. (…) 따라서 글을 쓸 때는 정말
혼자 있는 고독이 너무나 당연합니다. 밤 시간도
너무 짧습니다. 마음껏 쓸 수 있는 시간이 충분치
않습니다. 가야 할 길은 멀고, 길을 잃어버리기 쉽기
때문입니다.

『펠리체에게 보내는 편지(1913. 1. 15.)』

27 **깊은 밤에**
추운 밤에 나는 책을 읽느라고
잠자리에 들 시간을 잊어버렸습니다.
금침 이불의 향기도 이미 사라지고,
벽난로도 더는 타지 않습니다.
나의 애첩은 그때까지 간신히
화를 억누르고 있다가

내게서 램프를 빼앗으며 묻습니다.
"얼마나 늦은 시각인지 알아요?"

「깊은 밤에(1912. 11. 24.)」*『펠리체에게 보내는 편지』

28 어쩌면 빛은 내면의 어둠에서 주의를 다른 곳으로
돌리도록 해줄 것입니다. 빛이 인간을 압도하는 것은
좋은 일입니다. 만약 요즘처럼 견디기 힘든 이러한
불면의 밤이 없다면, 나는 결코 글을 쓸 수 없을
것입니다. 그러나 그럴 때면 나는 언제나 어두운
독방에 감금되어 있음을 의식하게 됩니다.

『카프카와의 대화』

29 글을 쓰는 일은 나의 내적 실존의 유일한
가능성이라는 점을 그대는 충분히 이해하지 못하는
것 같습니다.

『펠리체에게 보내는 편지(1913. 4. 20.)』

30 내 가장 깊은 내면에 있는 의사는 내가 글을 써야
한다고 말합니다.

『펠리체에게 보내는 편지(1913. 5. 1.)』

* 중국 청대의 시인 원매袁枚의 시 〈한야寒夜〉를 인용한 글.

31   내가 무엇인가를 말로 하면, 그것은 즉시 중요성을
      완전히 잃어버린다.
      내가 무엇인가를 글로 남기게 되면, 그것은 늘
      중요성을 상실하기는 해도 때로는 새로운 중요성을
      얻기도 한다.

『일기(1913. 7. 3.)』

32   사랑하는 펠리체, 당신은 나를 알지 못합니다. 내가
      얼마나 저열한 존재인지 알지 못합니다. 그런데 나의
      저열한 존재 또한 그대가 문학이라고 부를 수 있는
      저 핵심에서 기인하는 것입니다. 내가 얼마나 비참한
      글쟁이이고 나 자신에게 얼마나 화가 나 있는지
      당신에게 확신시켜줄 수 없었습니다.

『펠리체에게 보내는 편지(1913. 8. 30.)』

33   나는 항상 전달할 수 없는 무엇을 전달하려고
      시도하고, 설명할 수 없는 것을 설명하려 하고,
      나의 뼛속에 있는 것, 그리고 이 뼛속에서만 체험이
      가능한 것을 이야기하려고 합니다. 어쩌면 그것은
      근본적으로는 우리가 자주 언급해왔던 불안, 크고
      사소한 모든 것에서 느끼는 불안, 한마디 말을 할 때
      느끼게 되는 경련성 불안에 지나지 않을 것입니다.
      물론 이 불안은 어쩌면 단지 불안일 뿐만 아니라,

불안을 일으키는 모든 것을 뛰어넘는 다른 무엇을
향한 동경일 수도 있습니다.

『밀레나에게 보내는 편지(1920. 11. 19.)』

34 나는 문학과 관계없는 모든 것을 싫어한다. 대화는
그것이 문학과 관련된 것일지라도 나를 지루하게
만든다. 누군가를 방문하는 일, 내 친척들의 고통과
기쁨은 영혼까지 나를 지루하게 만든다. 대화는
내가 생각하는 모든 것에서 중요성, 진지함, 진실을
앗아간다.

『일기(1913. 7. 21.)』

35 최근에 구스타프 로스코프가 쓴 『악마의 역사 Geschichte
des Teufels』*를 읽은 적이 있습니다.
"한 성직자의 목소리가 너무 아름답고 감미로워서
그 목소리를 듣는 것은 최대의 쾌락을 선사했습니다.
그런데 이 사랑스러운 목소리를 들은 다른 한
성직자는 그것이 사람의 소리가 아니라 사탄의
소리라고 했습니다. 그리고 모든 경탄하는 자들
앞에서 그 성직자는 사탄을 불러냈습니다. 그러자

* 오스트리아의 신학자 구스타프 로스코프(Gustav Roskoff, 1814~1889)의 저서로,
1869년 출간되었다.

성직자의 몸에서 사탄이 빠져나왔고, 성직자의
몸은 무너져 내리고 심한 악취를 풍기는 시체로
변했습니다."
나와 문학의 관계도 이와 정말로 유사합니다. 다만
나의 문학은 저 성직자의 목소리만큼 감미롭지
않습니다. 나의 글에서 그것을 끄집어내려면 사람들은
노련한 필적 감정사가 되어야 할 것입니다.

『펠리체에게 보내는 편지(1913. 8. 14.)』

36 나는 문학 외에는 다른 그 무엇도 아니고, 다른 그
무엇일 수 없으며, 다른 무엇이기를 원치도 않는다.
(…) 문학이 아닌 모든 것은 나를 지루하게 만들고,
나는 그것을 증오한다. 가족생활에 대한 감각은
내게는 아주 결핍된 상태다. (…)
내 직장이 나를 변화시킬 수 없듯이, 결혼도 이러한
나를 막지 못할 것이다.

『일기(1913. 8. 21.)』

37 나는 다시 글을 쓸 것이다. 하지만 그동안 나 자신의
글에 대해 얼마나 회의적이었던가! 근본적으로 나는
무능하고 무지한 인간이다. 만약에 내가 강요를
당하지 않은 상태에서 나 자신이 애를 쓰지 않고
어떤 강요도 거의 느끼지 않아서 학교에 다니지

않았더라면, 아마도 나라는 인간은 개집에 웅크리고
있다가 먹이를 주면 뛰쳐나가고 먹이를 삼키고 나면
제자리에 다시 돌아오는 꼴이 되어 있을 것이다.

『일기(1913. 11. 18.)』

38 사람은 각자 자기 방식으로 지하 세계에서 위로
탈출합니다. 나는 글을 쓰면서 그렇게 합니다.
그래서 필요하다면 나는 평온함과 잠을 통해서가
아니라 글쓰기를 통해 나 자신을 지상에서 보존할 수
있습니다. 평온함 속에서 글쓰기를 하는 것이 아니라,
오히려 글쓰기를 통해 평온함을 얻는 것입니다.

「그레테 블로흐에게 보내는 편지(1914. 6. 6.)」『편지들』

39 지금 나는 혼자 있는 것의 보상을 받고 있다. 물론
그것은 거의 보상이라고 볼 수 없다. 혼자 있는 것은
처벌만 초래할 뿐이다. (…)
그러나 그 모든 일에도 나는 글 쓰는 일은 무조건
할 것이다. 글을 쓰는 것은 자기보존을 위한 나의
투쟁이다.

『일기(1914. 7. 31.)』

40 나는 며칠 전부터 다시 글을 쓰고 있고, 이 상태를
유지하고 싶다. 지금은 두 해 전처럼 그렇게 보호막을

치며 글 쓰는 일로 기어든 것은 아니다. 하여튼 나는 하나의 의미를 얻게 되었고, 규칙적이고 공허하고 미치광이 같은 내 독신의 삶에 대한 정당성을 얻었다. 나는 다시 나와의 대화를 이끌어갈 수 있고, 그렇게 완전한 공허함만 바라보지 않는다. 오로지 이 길에만 나를 위한 개선이 있다.

『일기(1914. 8. 15.)』

41 깨어 있는 상태가 아니라 자기 망각이 작가라는 실존의 첫 전제다. 나는 자신을 완전히 망각한 상태에서 온갖 감각을 동원해 작가임을 즐긴다는 점, 또는 같은 의미이지만 그것을 이야기하려고 한다는 점에서 충분한 작가라고 할 수 있다. 하지만 그런 일은 더는 일어나지 않을 것이다.

「막스 브로트에게 보내는 편지(1922. 7. 5.)」『편지들』

42 상상력이 떨어진 작가. 그는 자신의 식탁에서 떨어진 음식을 먹는다. 그러면 잠시는 다른 사람보다 배부를지 모르겠지만, 위에 있는 식탁에서 먹는 법을 잊어버릴 것이다. 그렇게 되면 식탁에서 떨어지는 일도 중단될 것이다.

『잠언집』

43 문학의 측면에서 보면, 나의 운명은 아주 단순하다.
나의 꿈 같은 내면의 삶을 서술하려는 감각이 다른
모든 것을 부차적인 것으로 밀어냈다. 다른 모든 것은
끔찍스러울 정도로 위축되어 있고, 점점 그렇게 되고
있다. 다른 어떤 것도 나를 만족시킬 수 없다.
그런데 이제 문학적인 서술을 할 만한 힘이 내게 남아
있는지 전혀 짐작할 수 없다. 어쩌면 그 힘은 영원히
사라졌을지도 모른다. 그것은 언젠가 다시 한번 나를
엄습할 터이지만, 내 삶의 상황은 물론 유리하지
않다. 그래서 나는 흔들리고, 부단히 산꼭대기를 향해
날아가지만, 거의 한순간도 위쪽에 머물 수 없다.

『일기(1914. 8. 6.)』

44 저의 전 존재는 문학을 향해 있습니다. 저는 지난
30년 동안 이 방향을 고수했습니다. 문학에서 떠나게
되면 저는 더는 살 수 없습니다.

「약혼녀 펠리체의 아버지 카를 바우어에게 보내는 편지(1913. 8. 28.)」

『편지들』

45 적어도 문학 작업의 관점에서 보면, 펠리체, 당신은
내 글쓰기 작업의 가장 훌륭한 친구였을 뿐만 아니라
동시에 최대의 적이었습니다.

『펠리체에게 보내는 편지(1914. 10. 30.)』

46 옛날이나 지금이나 내 안에서는 두 자아가 싸우고
있습니다. 한 자아는 그대가 원했던 것과 거의 같은
자아입니다. 그 자아는 그대의 소망을 충족시키는 데
있어 결핍된 부분이 있다면 추가적인 발전을 통해
그것을 달성할 것입니다. (…) 그런데 나의 다른
자아는 문학 작업만을 생각합니다. 문학 작업만이 이
자아의 유일한 걱정거리인 거죠. (…) 첫 번째 자아는
두 번째 자아에 종속되어 있습니다.

『펠리체에게 보내는 편지(1914. 10. 30.)』

47 나는 무엇인가를 끄적거림으로써 나 자신에게서
도망치려고 하지만, 결국에는 나 자신을 붙잡기 위해
그렇게 합니다. 나는 나 자신에게서 도망칠 수가
없습니다.

『카프카와의 대화』

48 '사냥'은 단지 비유일 뿐이고, 나는 '지상의 마지막
경계를 향한 돌진'이라고 말할 수 있다. 그런데
이것은 밑에서부터, 인간들로부터의 돌진이라고
할 수 있고, 이것 또한 비유이므로 위로부터 내게로
내려오는 돌진이라는 비유로 대체될 수 있다.
이 모든 문학은 '경계로 향한 돌진'이고, 만일
시오니즘이 그 중간에 끼어들지 않았더라면 쉽게

어떤 새로운 비교秘敎, 어떤 카발라 같은 것으로
발전할 수 있었을 것이다.

『일기(1922. 1. 16.)』

49 글쓰기가 제공하는 기이하고 비밀스럽고 어쩌면
위험하면서도 어쩌면 구원을 주는 위안이 있다.
그것은 살인자의 대열에서 뛰쳐나오는 것, 행위를
관찰하는 것, 그것도 더욱 차원 높게 행위를 관찰하는
것이다. 그 차원 높은 관찰은 더 예리한 관찰은
아니겠지만, 더 높으면 높을수록 또 '대열'에서 더
멀어질수록 더욱 독자성을 띠게 되고 더욱 자신의
운동법칙을 따르며, 그 행로는 더욱 예측할 수 없고,
더욱 기쁨을 준다.

『일기(1922. 1. 27.)』

50 글을 쓰는 것은 하나의 달콤하고 경이로운 보상인데,
하지만 무엇에 대한 보상일까? 밤에 내가 분명하게
알게 된 것은, 나의 글쓰기가 악마에게 봉사한
대가로 주어지는 보상이라는 것이다. 이렇게 어두운
힘들에 끌려 내려가는 일, 본래 속박된 정신들이
사슬에서 풀려나는 일, 의심스러운 포옹들, 그리고
저 아래서 일어나는 일들, 그런 것들은 우리가
태양 아래에서 이야기를 쓸 때는 아무것도 모르는

것이다. 어쩌면 종류가 다른 글쓰기도 있겠지만,
내가 아는 글쓰기는 불안으로 잠들지 못하는 밤에
쓰는 이런 글쓰기뿐이다. 나는 이런 글쓰기에 들어
있는 악마적인 요소를 아주 분명하게 본다. 허영심과
향락 욕구가 끊임없이 자신의 형상 또는 타인의 형상
주위를 어지럽게 배회하고 또 그렇게 하기를 즐기는
것이다.

「막스 브로트에게 보내는 편지(1922. 7. 5.)」『편지들』

51 이 글쓰기 작업은 나를 둘러싼 개개인에게는 가장
끔찍한 방식일지 모르지만 내게는 이 지상에서 가장
중요한 일입니다. 마치 어떤 광인에게는 그의 광기가
중요하고, 어떤 여자에게는 그녀의 임신이 중요한
것처럼 말입니다.

「로베르트 클롭슈톡에게 보내는 편지(1923. 3.)」『편지들』

52 착상을 적어 내려갈 때는 언제나 더 불안해진다.
이해할 수 있는 일이다. 모든 단어가 유령들의 손에서
방향을 바꾸어(손을 이렇게 움직이는 것은 유령들의
독특한 움직임이다) 창槍이 되고, 그것은 화자를
향해 날아든다. 이러한 논평은 아주 특별한 것이다.
그렇게 무한히 진행된다. 위안이 되는 것은 단 하나,
네가 원하든 원하지 않든 그러한 일이 일어난다는

것이다. 유감스럽게도 네가 원하는 바는 눈에 띄지도
않을 만큼 거의 도움이 되지 않는다. 그래도 위안을
넘어서는 것은, 너 자신도 무기를 갖고 있다는
것이다.

『일기(1923. 6. 12.)』

53 존경하는 에른스트 로볼트 씨, 이번 편지에 당신이
보고 싶어 하는 작은 산문집『관찰』을 동봉합니다.
(…) 작가들의 가장 널리 퍼진 특성은 모든 작가가
아주 특별한 방식으로 자신의 결점을 은폐한다는
것입니다.

「출판인 에른스트 로볼트에게 보내는 편지(1912. 8. 14.)」『편지들』

54 사랑하는 이여, 하여튼 두 손을 들고 부탁하건대
내 소설에 대해 질투하지 말아요. (…) 소설은 나
자신이고, 내 이야기들은 나 자신입니다. 제발
부탁하는데, 거기에 그대가 질투할 것이 어디
조금이라도 있을까요?

『펠리체에게 보내는 편지(1913. 1. 3.)』

55 나는 이「선고」라는 이야기를 9월 22일 저녁 10시에
시작해서 23일 아침 6시까지 단숨에 집필했다. 오래
앉아서 뻣뻣해진 다리는 책상 아래에서 꺼내기도

힘든 지경이었다. 끔찍하게 힘들기도 했지만, 기쁨도
있었다. 나는 마치 물속에서 앞으로 나가듯 이야기를
펼쳐나갔다. 이날 밤 나는 여러 번 내 몸무게를 등에
지탱하고 있었다. 이렇게 모든 것을 말할 수 있고,
또 가장 낯선 착상들을 포함해 모든 것이 얼마든지
나타났다가 사라지게 하고 되살릴 수 있는 거대한
불길이 충분히 준비되어 있다. (…)
글이라는 것은 오로지 이처럼 육체와 영혼이 완전히
개방된 상태에서만 쓸 수 있다.

『일기(1912. 9. 23.)』

56 내가 지금 쓰고 있는 이야기는 물론 그 구상이
무한대로 뻗어나가고 있습니다. 당신에게 잠정적인
구상을 알려준다면 『실종자』라는 제목의 소설이고,
전적으로 북미합중국을 배경으로 사건이 진행되는
작품입니다. 각 장의 제목은 다음과 같습니다. I 화부,
II 외삼촌, III 뉴욕 근교의 별장, IV 람세스로 가는
길, V 옥시덴탈 호텔에서, VI 로빈슨 사건.

『펠리체에게 보내는 편지(1912. 11. 11.)』

57 「선고」 텍스트를 교정하는 것을 계기로 나는 이야기
속에서 명백하게 드러나고 현재 나와 관련된
모든 관계들을 기록한다. 이런 과정이 꼭 필요한

이유는, 이 이야기가 제대로 된 출산처럼 온갖
더러운 점액질로 뒤덮여서 내게서 튀어나온 것이기
때문이다. 그리고 오직 나만이 몸에 집어넣을 수 있고
그렇게 하고 싶은 욕망이 내재된 손을 갖고 있다.

『일기(1913. 2. 11.)』

58 작품「선고」에 나오는 '친구'는 아버지와 아들을
연결하는 존재이고, 아버지와 아들의 최대
공통점이다. 게오르크는 외롭게 창가에 앉아
탐욕스럽게 이 공통점을 파헤치면서, 아버지를
자신 안에 간직하고 있다고 믿었고, 잠시 스쳐
가는 우울한 생각에 잠긴 것을 제외한다면 모든
것이 평화롭다고 여기고 있었다. 그런데 이야기가
전개되면서 공통점이었던 친구로부터 아버지가
솟아올라 게오르크와 대립하고, 이러한 대립은 또
다른 작은 공통점들, 예를 들면 사랑, 어머니에 대한
추억, 아버지가 사업상 얻은 고객 등으로 강화된다.
게오르크는 아무것도 가진 것이 없다. 그의 신부는
아버지와의 공통점인 친구를 통해서만 살아 있을
뿐이고, 아직 결혼식을 치르지 않아 아버지와 아들을
잇는 혈연관계 속으로는 들어올 수 없고, 그래서
아버지에게 쉽게 쫓겨난다. 공통적인 것은 모두
아버지를 중심으로 탑처럼 쌓여 있는데, 게오르크는

친구를 어떤 낯선 것, 그에게서 독립된 존재, 자신에 의해 결코 보호받지 못한 존재, 오로지 러시아혁명에 내맡겨진 존재라고 느낀다. 결국 그 자신은 아버지만 바라볼 수밖에 없고, 따라서 그를 정죄하면서 내치는 아버지의 선고는 그에게 그토록 강력하게 작용한다.

『일기(1913. 2. 11.)』

59 작품 「선고」에서 게오르크Georg는 프란츠Franz와 철자 수가 같다. 벤데만Bendemann에서 만Mann은 이야기에서 아직도 미지의 모든 가능성을 염두에 두고 벤데Bende를 미리 강화하는 것일 뿐이다. 그러나 벤데는 카프카와 철자 수가 같고, 모음 e가 카프카의 a와 같은 자리에 있다. 프리다Frieda 역시 펠리체Felice와 철자 수가 같다. 브란덴펠트Brandenfeld도 첫 자음이 바우어Bauer와 같고, 들판이라는 뜻의 낱말 펠트Feld는 농부를 뜻하는 바우어와 의미상으로도 어떤 관련성이 있다. 어쩌면 베를린을 향한 생각까지도 영향력을 끼친 것 같고, 프로이센의 마크 브란덴부르크 지역에 대한 기억이 작용한 것 같기도 하다.

『일기(1913. 2. 11.)』

60 「화부」 「변신」 그리고 「선고」 이 세 작품은 외적으로,

또 내적으로 서로 연관성이 있습니다. 이들 작품에는 명백한 결합, 또 그것을 넘어서는 비밀스러운 결합이 있는데, 나는 예컨대 '아들들'이라는 제목의 작품집 형태로 그 결합을 요약해 표현하는 것을 단념하고 싶지 않습니다.

「쿠르트 볼프에게 보내는 편지(1913. 4. 11.)」『편지들』

61 그대는 작품 「선고」에서 어떤 의미를 발견하나요? 직접적이고 연관성이 있으며 추적 가능한 의미 말입니다. 나는 그런 의미를 발견하지 못하고, 아울러 작품의 어떤 것도 설명할 수 없습니다. 그러나 특이한 점이 많기는 합니다. 이름만 봐도 그래요. (…) 주인공 게오르크 벤데만Georg Bendemann의 경우, 이름 게오르크Georg는 나의 이름 프란츠Franz와 철자 수가 같습니다. 성은 Bende와 Mann을 합한 것인데, Bende는 나의 성 카프카Kafka와 철자 수뿐만 아니라 두 모음의 위치가 같습니다. Mann은 어쩌면 동정심에서 나온 것으로 이 가련한 Bende가 투쟁에 나서도록 강화하는 역할을 합니다. 주인공의 약혼녀 프리다 브란덴펠트Frieda Brandenfeld의 경우, 프리다Frieda는 그대 이름 펠리체Felice와 철자 수뿐만 아니라 첫 철자가 같습니다. 성 브란델펠트Brandenfeld에는 '들판Feld'이라는 낱말이

들어 있어 농부Bauer라는 뜻을 지닌 그대의 성과
연결되고 첫 철자까지 같습니다. 이러한 몇 가지
사항은 물론 내가 나중에 발견한 것들입니다.

『펠리체에게 보내는 편지(1913. 6. 2.)』

62 인간은 질문하기 위해 책을 읽습니다. 작품「선고」는
하룻밤의 유령입니다.

『카프카와의 대화』

63 작품「선고」는 설명될 수 없어요. 어쩌면 내가
그대에게 일기장에서 몇 부분을 보내줄 수도 있어요.
이야기는 노골적으로 드러나지는 않지만, 온갖
'추상들'로 가득합니다. 친구라는 존재는 거의 실존
인물이라고 할 수 없고, 오히려 아버지와 게오르크 두
인물이 지닌 공통되는 그 무엇입니다. 이 이야기는
어쩌면 아버지와 아들을 둘러싼 이야기이고, 친구의
변하는 형상은 아버지와 아들 사이의 시점 변화일 수
있고요. 하지만 내게는 그것도 확실한 것은 아닙니다.

『펠리체에게 보내는 편지(1913. 6. 10.)』

64 「선고」에서 나 자신의 경우에 대해 결론을
도출해본다. 우회적으로 볼 때 나는 그 이야기가
펠리체 그녀 덕분이라고 생각한다. 그런데 작품에서

주인공 게오르크는 정작 자신의 약혼녀 때문에
몰락한다.

『일기(1913. 8. 14.)』

65 오늘 나는 그대에게 「화부」를 보냅니다. 거기 나오는
어린 청년을 호의로 맞아주고, 그대 옆에 앉게 한
다음 그가 바라는 대로 그를 칭찬해주세요.

『펠리체에게 보내는 편지(1913. 6. 2.)』

66 작품 「변신」의 표지 삽화와 관련, 당신은 얼마
전에 오트마르 슈타르케가 삽화를 그릴 것이라고
썼습니다. 그가 어쩌면 실제로 곤충을 그려 넣으려
할지도 모른다는 생각이 문득 들었습니다. 그렇게
해서는 곤란하고, 절대로 안 됩니다! 나는 삽화가의
권한을 제한하려는 것은 아니고, 다만 내 작품을
당연히 더 잘 알고 있어서 부탁하는 것입니다. 곤충
자체를 그려 넣어서는 안 됩니다. 멀리서 암시하는
정도로도 절대 그려서는 안 됩니다. (…) 내가 삽화를
제안한다면, 다음과 같은 장면을 고를 겁니다. 잠긴
문 앞에 있는 부모와 회사 지배인, 아니면 더욱 좋은
것은 불을 켠 방에 있는 부모와 여동생, 그리고 열린
문 너머로 보이는 어둠에 잠긴 옆방.

「쿠르트 볼프에게 보내는 편지(1915. 10. 25.)」『편지들』

67 그것은 어떤 암호가 아닙니다. 잠자Samsa 가족이
전적으로 카프카Kafka 가족이라고 할 수 없어요.
작품「변신」은 어떤 의미에서는 비밀누설이기는
하지만, 고백이라고는 할 수 없습니다. (…)「변신」은
경악스러운 꿈, 경악스러운 착상입니다. 꿈은 이러한
착상 배후에 있는 현실을 폭로합니다. 그것이
삶의 경악스러움입니다. 그것은 바로 예술이 주는
충격입니다.

『카프카와의 대화』

68 만약에 내가 여전히「시골 의사」같은 작품을 쓸
수만 있다면(그 가능성은 매우 희박하지만) 나는 이따금
만족감을 느낄 것이다.
그것은 물론 내가 이 세상을 순수한 것, 참된 것,
불변의 것으로 들어 올릴 수 있을 때만 주어지는
행복이기도 하다.

『일기(1917. 9. 25.)』

69 그런데 이제 사람들이 혜성을 향해 망원경을
들이대듯이, 매일 나 자신을 점검해보는 한 줄을
써나가야 할 것이다.

『일기(1909. 11.)』

70 나는 일기장을 더는 떠나지 않을 것이다. 내
일기장에서 나 자신을 붙들어야 한다. 일기장에서만
그렇게 하는 것이 가능하기 때문이다.

『일기(1910. 12. 16.)』

71 일기장을 갖고 있지 않은 사람은 일기장에 대해
잘못된 입장을 지니고 있다. 그런 사람이 예를 들어
괴테의 일기에서 "1797년 1월 11일, 하루 내내 집에서
여러 일을 정리하고 있다"라는 대목을 읽게 되면,
정작 자기 자신은 그렇게 무위無爲의 상태로 보낸 날이
없었다고 여길 것이다. 하지만 괴테의 여행 관찰들은
오늘날의 여행기와는 다르다. 괴테의 관찰들은 우편
마차를 타고 가면서 이루어진 것이고, 천천히 바뀌는
지형과 더불어 보다 단순하게 전개되었고, 그 지역을
알지 못하는 사람들이 더욱 쉽게 추적할 수 있게 되어
있기 때문이다. 말하자면 고요하고 분명한 형태를
갖춘 풍경화 같은 사유가 나타나는 것이다.

『일기(1911. 9. 29.)』

72 일기를 쓰는 장점 중의 하나는 우리가 부단히 겪게
되는 자신의 변화를 평온한 상태로 명료하게 의식할
수 있다는 점이다. 그 변화는 우리가 물론 대체로
믿고, 예감하고, 인정하는 것이지만, 어떤 희망

또는 평화를 이끌어내는 것이 중요해질 때는 늘 무의식적으로 그 변화를 부인하기도 한다. 일기에는 우리가 오늘의 관점에서 보면 참을 수 없다고 생각되는 상황에서도 살아가며 주위를 관찰하고 그 내용을 기록해왔음을 보여주는 증거들이 있다. 다시 말해 오늘날처럼 그때도 오른손은 계속 움직였다. 사실 오늘날에는 우리가 과거를 조망할 수 있는 덕분에 더 현명할 수 있겠지만, 바로 그 때문에 당시 상황에 대해 잘 모르면서도 살아남기 위한 불굴의 노력을 기울였음을 더욱 인정할 수밖에 없다.

『일기(1911. 12. 23.)』

73 오늘부터 일기장에 단단히 매달리고자 한다! 규칙적으로 일기를 쓸 것이다! 포기하지 않고자 한다! 설령 어떤 구원이 오지 않는다고 해도 나는 매 순간 구원에 합당한 존재가 되어 있고자 한다.

『일기(1912. 2. 25.)』

74 일주일 전쯤에 내가 그동안 썼던 모든 일기장을 M*에게 주었다. 나는 조금 더 자유로운가? 그렇지

---

* 밀레나 예젠스카를 가리킨다. 생애 후반기에 자신의 사생활과 관련해 폐쇄적인 태도를 지녔던 카프카가 이때까지 쓴 일기를 밀레나 예젠스카에게 내어주었다는 것은 이 여성에 대한 카프카의 친밀도를 보여준다.

않다. 나는 여전히 일기 같은 것을 쓸 능력이 있을까? (…) 나 자신이 여전히 살아 있는 기억이고, 그래서 또한 이렇게 불면에 시달린다.

『일기(1921. 10. 15.)』

75 서로가 편지 속에서 만난다는 것은 참으로 무익한 일입니다. 그것은 마치 바다를 사이에 두고 떨어져 있는 두 사람이 해변에서 물결을 찰랑이는 것 같은 일입니다.

「헤트비히 바일러에게 보내는 편지(1907. 8. 29.)」『편지들』

76 친애하는 이여, 내게 더는 편지를 쓰지 마십시오! 나도 당신에게 편지를 쓰지 않겠습니다. 나의 편지 쓰기가 당신을 불행하게 만들었을 수도 있는데, 나로서는 어쩔 수 없습니다.

『펠리체에게 보내는 편지(1912. 11. 9.)』

77 이제는 내게 편지를 그렇게 많이 보내지 말아요. 편지 왕래가 잦다는 것은 무엇인가가 정상이 아니라는 표시입니다. 평화로운 시기에는 편지가 필요 없습니다.

『펠리체에게 보내는 편지(1913. 8. 15.)』

78 종이에 적은 글로써만 여자를 어떻게 붙잡아둘 수
있겠습니까?

『카프카와의 대화』

79 오늘 당신의 편지에서 눈에 띈 것은, 우리가 적어도
한 가지 면에서는 완전히 대립하고 있다는 점입니다.
그대는 입으로 말하기를 기뻐하고 그것을 필요로
합니다. 그대는 직접적인 교류를 좋아합니다.
글은 그대를 혼란스럽게 하고, 그대에게 불완전한
대용물일 뿐이며 대부분은 그 대용물조차 되지
못합니다. (…) 나는 정반대입니다. 나는 말로 하는
것이 아주 거슬립니다. 글로 쓰는 것이 내게 어울리는
표현 형식입니다. 우리가 함께 지낸다고 해도 그
상태는 변하지 않을 것입니다.

『펠리체에게 보내는 편지(1913. 8. 20.)』

80 내가 그날 밤을 그렇게 보낸 것은, 당신이 편지를
보내어 한쪽 눈으로는 잠을 자고 다른 눈으로는
기회를 엿보는 그 모든 늙은 악마들을 깨웠기
때문입니다.

『밀레나에게 보내는 편지(1920. 6. 23.)』

81 도대체 사람들이 어떻게 편지를 수단으로 삼아 서로

교제할 수 있다는 생각을 할 수 있는지! 멀리 떨어져
있는 인간은 생각할 수 있고, 가까이 있는 인간은
만질 수가 있습니다. 그 밖의 모든 것은 인간의
힘을 뛰어넘는 것입니다. 그런데 편지를 쓰는 것은
탐욕스럽게 기다리는 유령들 앞에서 자신이 벌거벗은
존재가 되는 것을 의미합니다. 글로 쓴 입맞춤은
그 목적지에 이르지 못하고 도중에 유령들이 다
들이켜게 됩니다. 이러한 음식물이 풍성한 탓에
유령들이 엄청나게 늘어나고 있습니다.

『밀레나에게 보내는 편지(1922년 3월 하순)』

82　나의 절친 막스, 내 마지막 부탁이야. 나의
유품(그러니까 책 상자, 옷장, 집이나 사무실 책상, 그 밖의
어느 곳이든) 중에서 발견되는 일기, 원고, 내가 쓰거나
받은 편지, 그림 등이 발견되면 모조리 불태우고 읽지
말아달라는 거야. 자네가 가진 것, 아니면 자네가 내
이름으로 불태워달라고 부탁해야 할, 다른 사람들이
가지고 있는 글이나 그림 역시 모두 불태워줘.
누군가가 자네에게 내어주려 하지 않는 편지는 그들
스스로 태워버릴 수 있게 해줘.

「막스 브로트에게 보내는 첫 번째 유언(1921년 가을 또는 겨울 추정)」『편지들』

83　사랑하는 막스, 어쩌면 이번에는 정말 일어나지

못할지도 몰라. 폐열이 한 달간 지속되어 폐렴일
가능성이 크거든. (…)
이런 경우를 대비해 내가 쓴 모든 것에 관한
나의 마지막 유언을 밝히려고 하네. 내가 쓴
모든 글 중에서 유효한 책은「선고」「화부」
「변신」「유형지에서」「시골 의사」그리고「단식
광대」뿐이야(단편집『관찰』몇 권은 남겨도 좋아. 나는
그것들을 파기하는 수고를 끼치고 싶지 않지만, 새로
그 책을 인쇄해서도 절대 안 돼). (…) 이에 반해 그
밖의 나의 모든 글(잡지에 인쇄된 것, 원고나 편지)은
예외 없이 불태워야 해. 직접 구할 수 있거나
수신인에게 요청해서 얻을 수 있는 것은 그렇게
해주게. (…) 그 모든 것은 예외 없이 읽지 않도록
했으면 좋겠고(그런데 자네가 그 글들을 들여다보는
것은 금지하지는 않지만 보지 않았으면 하고, 어쨌든 다른
누구도 볼 수 없게 해주게), 그 모든 것들은 예외 없이
불태워줘. 가능한 한 빨리 그렇게 해주기를 부탁할게.
「막스 브로트에게 보내는 두 번째 유언(1922. 11. 29.)」『편지들』

84 너는 굳이 집 밖으로 나갈 필요가 없다. 너의 책상에
앉아 귀를 기울여보라. 귀를 기울일 것도 없이 그냥
기다려보라. 기다릴 것도 없이 아주 잠자코 혼자
있어보라. 세계는 자청해서 네게 자신을 드러낼

것이다. 세계는 달리 어떻게 할 수 없고, 황홀경에
취해 네 앞에서 몸부림칠 것이다.

「네 번째 팔절판 노트」『유고 2』

85 개개인의 주변에는 삶의 영광이 언제나 아주
풍성하게 준비되어 있지만, 그것이 저 깊은 곳 아주
멀리 보이지 않게 걸려 있다고 생각하기 쉽다. 그러나
삶의 영광은 그 자리에 있고, 어떤 적의나 거부감도
없으며, 귀가 먹은 것도 아니다. 그래서 그것은
올바른 말로, 올바른 이름으로 부르면 다가올 것이다.
이 마법의 본질은 창조하는 것이 아니라, 불러내는
것이다.

『일기(1921. 10. 18.)』

86 실타래처럼 생겨 집 안을 떠돌아다니는 이 정체를 알
수 없는 어려운 구조물을 보고 있노라면 예전에는
어떤 목적에 합당한 형태를 갖추고 있다가 지금은
부서져서 이렇게 된 거라고 믿고 싶은 유혹을 느낄
수도 있을 것이다. (…) 비록 전체는 무의미하게
보이지만 그래도 그 나름의 방식으로 완결되어 있어
보인다. 그런데 이에 관해 더 자세하게 말할 수는
없다. 이 오드라데크는 대단히 민첩하게 움직여서
붙잡을 수가 없기 때문이다.

이 오드라데크는 도대체 죽을 수 있는 것일까?
사멸하는 모든 것은 그 전에 일종의 목표를, 일종의
행위를 가지며, 그로 인해 마모되어 으스러지는
법이거늘, 오드라데크의 경우에는 해당하지 않는다.
(…) 그것은 여전히 누구에게도 해를 끼치지는
않는다. 그러나 내가 죽은 후에도 그것이 살아
있으리라는 상상이 내게는 고통스러울 정도다.

「가장의 근심」 『시골 의사』

87 나의 삶에 대해서조차 나 스스로가 확신을 가졌던
때가 없었다. 다시 말해 내 주변의 사물들이 한때는
살아 있었을지는 모르지만, 그 사물들이 이제 아래로
가라앉고 있다고 늘 믿고 있고, 내 주변의 사물들을
그 정도로 불안정한 표상들의 형태로 파악하고 있다.

「어느 투쟁의 기록」 『유고 1』

88 뚱보 남자가 말했다. "물가에 계신 신사분, 나를
구조하려고 하지 마시오. 이것은 물과 바람이 내게
가하는 복수입니다. 이제 나는 끝장입니다. 그래요,
이것은 복수입니다. 왜냐하면 우리가, 그러니까 내가
그리고 기도자인 내 친구가 그것들을 너무 자주
공격했기 때문입니다."

「어느 투쟁의 기록」 『유고 1』

89 다른 사람들 앞에서는 작은 술잔도 마치 기념비처럼
확고하게 서 있는데, 내 주위에서는 사물들이 내리는
눈처럼 가라앉고 있습니다.
「어느 투쟁의 기록」『유고 1』

90 내가 경험한 것, 그것이 단단한 육지에서의 뱃멀미
같은 것이라고 하는 나의 말은 농담이 아닙니다.
그것의 본질은 다음과 같습니다. 당신은 사물들의
진정한 이름을 망각했고, 이제 그 사물들에
성급하게도 우연한 이름들을 쏟아붓고 있다는
것입니다. 당신이 사시나무를 알지 못했거나 알고
싶지 않아 '바벨탑'이라고 불렀던 그 들판의 나무는
다시 이름 없이 흔들거리고, 그러면 당신은 틀림없이
그것을 '술 취한 노아'라고 부를 것입니다.
「어느 투쟁의 기록」『유고 1』

91 나는 돌로 만들어진 것 같고, 나 자신의 묘비 같다.
거기에는 특별한 형태이든 일반적인 형태도 어떤
의혹이나 신념, 사랑이나 반감, 용기나 불안을 위한
틈이 전혀 없다. 어떤 막연한 희망만 살아 있는데, 그
희망조차 묘비에 적힌 어떤 글귀보다 낫지 않다.
내가 쓰는 어떤 단어도 다른 단어에 들어맞지 않는다.
내 귀에는 자음들이 서로 마찰하며 쇳소리를 내는

듯하고, 모음들은 전시된 흑인들이 흥얼거리는 노래 같다. 단어마다 그 주위에는 나의 의심이 둘러싸고 있고, 그래서 그 단어보다 의심을 더 먼저 보게 된다. 도대체 어떻게 된 것인가! 나는 그 단어를 전혀 보지 못하게 되어, 그 단어를 고안해낸다. 물론 그것이 가장 큰 불행은 아닐지도 모른다. 그렇게 되면 나는 나와 독자의 얼굴 정면으로는 시체 냄새를 풍기지 않을 그런 단어들을 고안해낼 수 있어야 할 것이다. 책상에 앉게 되면, 나는 번잡한 오페라 광장 한복판에서 넘어져 두 다리가 부러진 사람보다 나은 형편이 아니라는 기분이 든다. 모든 자동차는 그 소란에도 불구하고 말없이 사방에서 와서 사방으로 흩어진다. 그런데 그곳에서 경찰들보다 더 나은 질서를 만들어내는 것은 다리가 부러진 남자의 고통이다. 그 고통은 그 남자의 눈을 감게 하고, 자동차들이 우회하지는 않겠지만 광장과 거리를 황량하게 만든다. 그 남자 자신이 교통의 장애물이기 때문에, 도로의 생기 가득한 삶은 오히려 그 남자를 고통스럽게 한다. 그런데 공허한 상태가 이보다 덜 고약하다고 할 수는 없다. 그 남자의 진짜 고통이 시작되기 때문이다.

『일기(1910. 12. 15.)』

92 그렇습니다. 어떤 것을 말하는 것만으로는 너무나
부족합니다. 우리는 사물들을 체험해야 하는
법입니다. 이렇게 할 때 언어는 본질적인 중재자,
어떤 살아 있는 것, 하나의 매개체입니다. 그렇다고
이 매개체를 도구로 취급해서는 안 되고, 그것을
체험하고 그 고통까지 온전히 겪어보아야 합니다.
언어는 영원한 애인입니다.

『카프카와의 대화』

93 침묵은 완벽함의 속성 중 하나다.

「세 번째 팔절판 노트」『유고 2』

94 언어는 감각세계의 바깥에 있는 모든 것에 대해서
암시적으로만 사용될 수 있을 뿐이다. 하지만
비유적으로는 결코 사용될 수 없다. 언어는
감각세계에 상응하여 단지 소유와 그것의 관계들에
대해서만 다루기 때문이다.

『잠언집』

95 "올바른 단어는 제대로 이끌어가고, 올바르지 않은
단어는 잘못 이끌어갑니다." 카프카가 말했다.
"성경이 '글'이라고 불리는 것은 우연이 아닙니다.
그것은 유대 민족의 목소리인데, 역사적으로 과거인

것의 어떤 목소리가 아니라 전적으로 현재인 것의
목소리입니다."

『카프카와의 대화』

96 문학이라는 것이 어떤 사람들의 머릿속에서는 어떤
의미가 있는지, 펠리체 당신은 알지 못합니다. 그것은
땅 위를 걷는 대신에 나무 꼭대기로 옮겨 다니는
원숭이들처럼 끊임없이 뒤쫓아 옵니다. 그러면
그것은 파멸이고, 달리 어쩔 수가 없습니다. 어떻게
해야 할까요?

『펠리체에게 보내는 편지(1913. 7. 8.)』

97 소수민족의 기억이라고 해서 큰 민족의 기억보다
작은 것은 아니다. 따라서 소수민족의 기억은
주어진 소재를 더 철저하게 가공할 수 있다. 물론
문학사를 연구하는 전문가의 수는 더 적겠지만, '소수
문학'에서는 문학이 문학사의 관심사라기보다는
민족 전체의 관심사이고, 따라서 문학의 보존이
완전히 순수하게까지는 아니더라도 비교적 확실하게
이루어진다. 왜냐하면 소수민족 내에서 민족의식이
개별 인간들에게 제기하는 요구들 때문에, 그
누구든지 자신에게 주어지는 문학의 몫을 항상
배우고 짊어지고 옹호할 준비가 되어 있어야 하기

때문이다. 설령 그 뜻을 잘 알지 못하고 짊어지지
못한다고 해도 그런 자세가 있어야 한다.

『일기(1911. 12. 25.)』

98 머리에서부터 펜에 이르는 길은 머리에서부터 혀에
이르는 길보다 훨씬 더 길고 더 힘든 법입니다.
도중에 상실되는 것도 많습니다.

『카프카와의 대화』

99 글로 쓰인 것은 체험의 잔재물에 불과합니다.

『카프카와의 대화』

100 글은 불변하는 것이고, 해석들은 종종 그것에 대한
절망의 표현일 뿐인 경우가 많습니다.

『소송』

101 나의 언어들은 밤의 정적 속에서 더욱 명료해지는 것
같습니다.

『펠리체에게 보내는 편지(1912. 11. 1.)』

102 이 모든 비유가 사실 말하려는 것은, '파악할 수 없는
것은 파악할 수 없다'라는 점이다. 그리고 우리는 그
사실을 알고 있었다. 하지만 우리가 날마다 힘겨운

노력을 기울여야 하는 일들은 다른 것들이다.

「비유에 관하여」『유고 2』

103 어떤 책은 나 자신의 성城에 있는 낯선 방들을 여는
열쇠와 같다.

「오스카 폴락에게 보내는 편지(1903. 11. 8.)」『편지들』

104 내 안에는 의심할 여지가 없이 책에 대한 탐욕이
있다. 책을 소유하거나 읽고자 하는 욕망이 아니라,
오히려 책을 보는 욕망, 서점 진열장에 책들이 쌓여
있는 것을 확신하는 욕망이다. 어딘가에 같은 책이
여러 권 있다면, 그 책 하나하나가 내게 기쁨을 준다.
그런데 이 탐욕은 마치 위胃에서 나오는 것 같고, 마치
잘못된 식욕인 것 같다. 내가 소유한 책들은 나를 덜
기쁘게 하지만, 내 누이들의 책들은 벌써 나를 기쁘게
만든다. 그 책들을 소유하고 싶은 욕망은 비교할 수
없을 만큼 작고, 거의 존재하지 않는다.

『일기(1911. 11. 11.)』

105 천재적인 작품이 우리 주변의 것을 불태우며 파는
구덩이는 그것의 작은 등불을 집어넣기에 좋은
장소다. 따라서 천재적인 것에서 나오는 격려는
단순히 모방을 부추기는 것만을 넘어서는 보편적인

격려다.

『일기(1912. 9. 15.)』

106 당신은 하루살이들을 두고 너무 많이 불평합니다.
하루살이 같은 현대 서적들은 대부분이 단지 현재를
순간적으로 반영한 것에 지나지 않습니다. 그것은
매우 빨리 사라집니다.
당신은 옛날 서적을 더 많이 읽어야 합니다. 고전을
읽고, 괴테를 읽어야 합니다. 고전은 가장 내면적인
가치를 바깥으로 발산하고, 영속성이 있습니다.
단지 새롭기만 한 것은 무상함 자체입니다. 지금은
그것이 아름다울지라도 내일이면 우스꽝스러워 보일
뿐입니다.

『카프카와의 대화』

107 아니, 시문학은 응축이고 정수精髓입니다. 반면에
통상적인 문예는 해체이고, 무의식의 삶을 가볍게
하는 향락 수단, 하나의 마취제입니다. 시문학은 그
반대입니다. 시문학은 각성시키는 것입니다.
확실한 것은, 시문학이 기도의 형식이 되는
경향이 있다는 것입니다. 기도와 예술은 열정적인
행위입니다. 우리 인간이 정상적으로 존재하는
의지의 가능성 영역을 뛰어넘으려고 하는 거죠.

『카프카와의 대화』

108 기도의 형식으로서 글쓰기.
「메모장」『유고 2』

109 심장의 박동이 다음 순간 어떻게 될지 사람이 예견할
수 있을까요? 아니, 그것은 불가능합니다.
그런데 펜은 심장이라는 지진계의 바늘에 지나지
않습니다. 이로써 지진을 확인하는 것은 가능하지만,
지진을 예측할 수는 없습니다.
『카프카와의 대화』

110 시인은 사물들을 진실의 영역, 순수함과 지속성의
영역으로 끌어올리도록 강요받습니다.
『카프카와의 대화』

111 실제로 시인은 언제나 사회 평균보다도 훨씬 더 작고
약한 존재입니다. 그래서 시인은 다른 사람들보다
지상의 실존이 지닌 무게를 더 집중적으로, 더
강렬하게 느낍니다.
『카프카와의 대화』

112 시인에게 시인의 노래는 개인적으로는 외침에

불과합니다. 예술가에게 예술은 고뇌입니다. 이 고뇌를 통해 예술가는 자신을 해방하고 새로운 고뇌로 나아갑니다. 시인은 결코 거인이 아니고, 자기 실존이라는 새장에 갇힌 약간 다양한 색깔을 지닌 새에 지나지 않습니다.

『카프카와의 대화』

113　시인은 죽을 운명의 고립된 존재를 무한한 삶으로 이끌고, 우연한 존재를 합법칙적인 삶으로 이끄는 과제를 안고 있습니다. 시인은 예언자의 임무를 부여받았습니다.

『카프카와의 대화』

114　시인들은 사람들에게 다른 눈을 갖게 하여 현실을 변화시키고자 시도합니다. 이런 이유로 시인들은 본래 국가를 위협하는 요소입니다. 시인들은 변화를 추구하기 때문입니다. 반면 국가 그리고 국가의 모든 충복은 오로지 현 상태가 지속되기만을 원합니다.

『카프카와의 대화』

115　비난조로 내뱉는 문학이라는 용어는 강력한 언어의 단축이다. 어쩌면 이것이 맨 처음 의도한 것일 수 있는데, 언어의 단축은 서서히 사고의 단축도

초래한다. 사고의 단축은 올바른 시각을 앗아가고,
비난을 목표에서 멀리 떨어진 저쪽에 떨어지게 한다.

『일기(1917. 8. 4.)』

116 문학은 열병입니다. 열을 억누른다고 해서 사람이
건강해지지 않습니다. 그 반대입니다! 열화熱火는
정화하면서 빛을 비춥니다.

『카프카와의 대화』

117 작가들은 악취 나는 것을 말한다.

『일기(1910년)』

118 작가의 실존은 정말로 책상에 의존해 있다. 작가는
사실 정신착란을 피하려면 책상을 절대로 멀리해서는
안 되고 이를 악물고 책상에 달라붙어 있어야 한다.
작가에 대해, 이러한 작가에 대해 정의를 내리고 그
영향력을 설명한다면, 작가는 인류의 속죄양이라고
할 수 있다. 작가는 인간에게 죄를 즐기게 하되,
죄책감 없이, 거의 죄의식 없이 즐기게 한다.

「막스 브로트에게 보내는 편지(1922. 7. 5.)」『편지들』

119 잔혹하지 않은 동화는 없습니다. 모든 동화는 피와
불안의 심연에서 생겨납니다. 그것은 모든 동화의

유사성입니다. 그 표면은 다양합니다.

『카프카와의 대화』

120 　모든 '노벨레'의 시작 부분은 우선은 우스꽝스럽다.
이 새롭고 온통 민감한 미완성의 유기체는, 모든
완성된 조직처럼 자신을 폐쇄하는 성향을 지닌
세상의 완성된 조직에서 자신을 보존할 희망이 없어
보인다. 물론 이 점과 관련해 사람들은 그 노벨레가
정당한 것이라면 아직 이야기가 완전히 전개된
상태가 아니어도 그 자체로 완성된 조직을 지니고
있음을 잊고 있다. 따라서 노벨레의 시작 부분에서
이러한 점 때문에 절망하는 것은 온당치 않다.
부모들도 이와 마찬가지로 자신의 젖먹이 앞에서
절망할 수밖에 없을 것이다. 그들 또한 이 가련하고
특히 우스꽝스러운 존재를 세상에 출산하려 한 것은
아니었기 때문이다. 물론 사람들은 자신들이 느끼는
절망이 정당한지 아니면 부당한지 전혀 알지 못한다.
이러한 성찰은 그런데 일종의 디딤대 역할을 할 수
있다. 이러한 경험이 부족해서 나는 손해를 본 적이
있다.

『일기(1914. 12. 19.)』

121 　자서전에서는 사실에 부합하게 '한번은'이라는

표현을 사용해야 할 자리에 매우 빈번하게 '종종'이라는 표현을 사용하는 상황을 피할 수 없다. 왜냐하면 사람이 어둠에서 끄집어내는 기억이라는 것은, '한번은'이라는 단어에 의해서는 파괴되지만, '종종'이라는 단어에 의해서는 완전히 보호받지는 못해도 적어도 글 쓰는 자신의 시야에 계속 머물게 되는 그런 기억임을 늘 의식하기 때문이다. 작가의 기억이 그렇게 어둠에서 끄집어낸 것은 그가 어쩌면 자기 삶에서 한 번도 있지 않은 부분들을 건너뛰게 하지만, 작가 자신의 기억에서 예감으로도 닿지 않은 부분들에 대한 대체물을 제공할 것이다.

『일기(1912. 1. 3.)』

122 형식은 내용의 표현이 아니라 단지 내용을 자극하는 것이고, 내용으로 나아가는 문이자 길이다. 그것이 제대로 작동하면, 숨겨진 배후의 맥락도 열리게 된다.

『카프카와의 대화』

123 괴테의 일기를 조금 읽었다. 멀리 떨어져 있다는 사실만으로도 벌써 이 삶을 차분하게 유지하도록 해주지만, 괴테의 이 일기들은 거기에 불까지 붙여준다. 공원의 울타리가 넓은 잔디밭을 볼 때 우리의 눈에 안정감을 주듯이, 모든 사건의 명료함은

괴테의 일기를 신비스럽게 만들고, 우리에게 태생이
동등하지 않은 존경심을 갖게 한다.

『일기(1910. 12. 19.)』

124 괴테는 그의 작품들이 지닌 힘 때문에 어쩌면
독일어의 발전을 저지하고 있을지도 모른다. 산문은
그동안 가끔 괴테에게서 멀어지는 모습을 보이기도
했지만, 특히 요즘 그러하듯이 결국에는 더 강렬해진
동경과 함께 다시 그에게 되돌아갔고, 심지어는
괴테한테서 발견되기는 하지만 괴테 자신과는 아무
관계도 없는 표현법을 본받기도 했다. 그러면서
그들은 괴테에게 자신들이 무한히 종속된 것을
온전히 바라보면서 즐거워했다.

『일기(1911. 12. 25.)』

125 괴테는 우리 인간에 관해 말할 수 있는 것을 거의 다
말했다.

『카프카와의 대화』

126 도스토옙스키가 정신병자들을 너무 많이
등장시킨다고 하면서 친구 막스가 이의를 제기한
것은 전적으로 옳지 않다. 그들은 정신병자들이
아니다. 병명은 성격을 묘사하기 위한 수단, 그것도

아주 부드러우면서도 효과적인 수단이다.

『일기(1914. 12. 20.)』

127 최근에 나는 아르놀트 츠바이크의 비극
『헝가리에서의 인신 공양Ritualmord in Ungarn』*을
읽었습니다. 초현실적인 장면 묘사는 내가 아는
츠바이크에게서 기대했던 대로 형편없었습니다.
그러나 현실적인 장면들은 아주 생생합니다. 그것은
대부분 실제 소송의 사례들에서 나온 것입니다. 이제
나는 이 작가를 다른 눈으로 봅니다. 한 대목에서
나는 읽기를 멈추고 긴 소파에 앉아 큰 소리로
울었습니다. 지난 몇 년 동안은 제대로 울어본 적이
없습니다.

『펠리체에게 보내는 편지(1916. 10. 28.)』

128 도스토옙스키의 『죄와 벌』 역시 본래는 범죄소설에
불과합니다. 셰익스피어의 『햄릿』은 어떨까요? 탐정
이야기입니다. 줄거리의 중심에는 하나의 비밀이
있고, 그 비밀이 서서히 폭로됩니다. 그런데 진실보다
더 큰 비밀이 있을까요?

* 독일의 작가 아르놀트 츠바이크(Arnold Zweig, 1887~1968)의 저서로 1914년 출
간되었다.

문학은 언제나 진실의 탐구입니다.

『카프카와의 대화』

129 이것은 하인리히 폰 클라이스트의 단편들입니다.
진정한 문학입니다. 그의 작품에서 언어는 아주
명료합니다. 그의 작품에서 당신은 미사여구나
거드름을 찾아내지 못할 것입니다. (…) 여기에 현대
독일 언어예술의 뿌리가 있습니다.

『카프카와의 대화』

130 찰스 디킨스는 내가 좋아하는 작가 중 한 사람입니다.
사실 한때 그는 심지어 내가 실패했지만 도달하려고
애썼던 본보기였습니다. 당신이 사랑하는 카를
로스만(소설『실종자』의 주인공)은 '데이비드
코퍼필드'와 '올리버 트위스트'의 먼 친척입니다.

『카프카와의 대화』

131 에드거 앨런 포는 환자였습니다. 그는 세상에 대해
아무 방비가 없었던 가련한 사람이었습니다. 그
때문에 환각 상태로 도망했던 것입니다. 환상은
그에게 목발에 지나지 않습니다. 그는 세상에
잘 적응하기 위해 무시무시한 이야기들을 썼던
것입니다.

『카프카와의 대화』

132 나는 오늘 키르케고르의 『재판관의 책Buch des Richters』*을 얻었다. 내가 예감했듯이 그 사람은 근본적인 차이에도 불구하고 나와 매우 흡사하다. 최소한 그는 나와 같은 세계에 속했다. 그는 나를 친구처럼 인정해준다.

『일기(1913. 8. 21.)』

133 키르케고르는 하나의 별이다. 그런데 그 별은 나로서는 거의 접근할 수 없는 곳에 떠 있다. 자네가 그를 이제 읽게 되었다니 기쁘다. 나는 다만 그의 저작 『두려움과 떨림』만 알고 있다.

「오스카 바움에게 보내는 편지(1917. 10. 또는 1917. 11. 추정)」『편지들』

134 키르케고르를 두고는 내가 정말 착각했을 수 있다. 그에 대한 자네 글을 읽었을 때 놀라움과 함께 그 사실을 알아차렸다. 실은 자네가 말한 그대로다. 키르케고르에게는 결혼을 결행하는 문제가 가장 중요한 관심사이고, 그것은 끊임없이 그의 의식에

---

* 일기 등을 발췌해서 간행한 이 책 『재판관의 책—1833~1855년의 일기』에서 키르케고르는 신과 세계에 대한 자신의 관계를 성찰하고 있다.

이르기까지 나타나는 문제다. 나는 그것을 『이것이냐,
저것이냐』 『두려움과 떨림』 『반복』과 같은 저작에서
보았다. (…)
키르케고르는 지금은 언제나 내 눈앞에
어른거리지만, 나는 그것을 완전히 잊고 있었다.
그리고 다른 문제에 너무 몰두하고 있었고,
키르케고르와는 제대로 접촉하지 못했다.
『키르케고르와 약혼녀의 관계Søren Kierkegaard og
Regine Olsen』라는 책을 읽고는 이 소책자에서 보인
것 같은 그와의 '육체적인' 유사성은 이제 완전히
사라졌다. 나의 옆방 친구가 이제는 나의 존경과
냉정한 연민이라는 두 가지 측면에서 별 같은 존재가
된 것이다. 그 밖에는 내가 감히 어떤 분명한 말을
하지 않고자 하는데, 언급한 책들을 제외하면 내가
아는 것은 『순간』이라는 최신작이다. 우리는 매우
다른 두 렌즈(『이것이냐 저것이냐』 『순간』)를 통해 삶을
앞으로, 뒤로 그리고 동시에 두 방향으로 살펴볼 수
있다. 그러나 그의 저작 어디에서도 나는 부정적인
평가만을 내릴 수는 없다. (…)
완벽한 사랑 및 결혼과 관련해서는, 자네는 『이것이냐
저것이냐』의 토대에 동의할 것이다. A가 B와 완벽한
결혼을 이룰 수 없는 것은, 완벽한 사랑의 결핍
때문이다. 그렇지만 나는 첫 번째 저작인 『이것이냐

저것이냐』를 여전히 어떤 망설임 없이 읽을 수는
없다.

「막스 브로트에게 보내는 편지(1918. 3. 5.)」『편지들』

135 쇼펜하우어는 언어의 예술가입니다. 그의 사상은
거기에서 유래합니다. 오로지 언어 때문에라도
우리는 그의 글을 반드시 읽어야 합니다.

『카프카와의 대화』

136 어제 편지에서 온통 엘제 라스커쉴러*에 관해
말했는데, 오늘 그 여성 시인에 대해 그대가
묻는군요. 나는 그녀의 시들을 견딜 수 없습니다. 그
시들의 공허함에 지루함을 느끼고, 인위적으로 공을
들인 것에 오히려 반감이 생길 뿐입니다. 그녀의 산문
역시 같은 이유에서 성가신 느낌을 줍니다. 지나치게
흥분한 대도시 여자의 뇌에서 나오는 무차별적인
자극을 따라 쓴 글 같거든요. 그런데 어쩌면 내가
철저하게 착각한 것일 수도 있습니다. 그녀를
좋아하는 사람들이 많으니까요. 예를 들어 프란츠
베르펠은 그녀 이야기만 나오면 매우 열광합니다.

---

* 엘제 라스커쉴러(Else Lasker-Schüler, 1869~1945)는 독일의 표현주의 시기 아방
가르드적 모더니즘 예술을 대표하는 여성 시인이다.

그래요, 그녀의 상황이 좋지 않습니다. 내가 아는
바로는 두 번째 남편이 그녀를 떠났고, 우리 쪽에서도
그녀를 위한 모금 활동을 하고 있어요. 나는 일말의
동정심도 느끼지 않으면서도 5크로네를 기부해야
했습니다. 왜 그런지 이유를 알 수 없지만, 그녀를
상상하면 알코올의존자, 야심한 밤에 이 카페, 저
카페를 전전하는 알코올의존자가 생각납니다.

『펠리체에게 보내는 편지(1913. 2. 13.)』

137 아버지에 대한 아들의 반항은 문학의 매우 오래된
주제이고, 현실 세계에서는 한층 더 오래된
문제입니다. 이 문제에 대해 희극과 비극 작품이
쓰이지만, 실제로는 그것은 희극의 소재입니다.

『카프카와의 대화』

138 인도의 종교 서적들은 내 마음을 끌기도 하지만,
동시에 싫증 나게 하기도 합니다. 이 책(『바그다드
기타』)은 마치 독과 같이 한편으로는 유혹을 하면서
다른 한편으로는 겁을 먹게 만드는 측면이 있습니다.
그 요가 수행자들과 마술사들이 수련한 삶은, 자유에
대한 불타는 사랑이 아니라, 삶에 대한 말할 수
없는 싸늘한 증오로 자연의 포로가 된 삶입니다.
인도의 신앙 수련의 원천은 깊이를 헤아리기 어려운

비관주의입니다.

『카프카와의 대화』

139 친애하는 로베르트, 히브리어 수업뿐만이 아니라 '탈무드' 수업에도 들어가는 것이 좋습니다. 친구는 그것을 완전히는 이해하지 못할 것입니다. 탈무드에 대해 말한다면, 그대는 멀리서 전해지는 이야기를 듣게 될 것입니다. 그대에게는 먼 곳에서 오는 소식일 뿐이니까요.

「로베르트 클롭슈톡에게 보내는 편지(1923. 12. 19.)」『편지들』

140 예술은 언제나 인격 전체에 관한 사안입니다. 그 때문에 예술은 근본적으로 비극적입니다.

『카프카와의 대화』

141 우리의 예술은 진리에 눈이 부신 상태다. 뒤로 물러나는 찡그린 얼굴 위에 비치는 빛만이 참된 것이고, 그것 말고는 아무것도 아니다.

「세 번째 팔절판 노트」『유고 2』

142 예술의 자기 망각과 자기 지양—실은 도피라고 할 수 있는 것이 겉으로는 산책 또는 심지어 공격의 모습을 띤다.

143 예술은 진리 주변을 날아다닌다. 그러나 그 자신이
불타지 않으려는 단호한 의지도 갖고 있다. 예술의
능력은, 어두운 공허 속에서 이전에는 식별할 수
없었을 빛의 발산이 활력 있게 포착되는 장소를
발견하는 데 있다.

「세 번째 팔절판 노트」『유고 2』

144 수공 기술이 예술을 필요로 하는 것보다는 예술이
수공 기술을 더 필요로 한다.

『카프카와의 대화』

145 척박한 사막에 사는 수도승들이 있습니다. 그렇다고
해서 그들 안에 사막이 있는 것은 아닙니다. 음악은
바로 그런 것입니다!

『카프카와의 대화』

146 음악은 내게는 바다 같은 것입니다. (…) 나는
압도당하고, 매혹당해 감탄도 하고, 감동도 하지만,
동시에 그 무한함에 대한 두려움, 아주 끔찍한
두려움도 느낍니다.

『카프카와의 대화』

147 A라는 인물은 거장이고, 하늘이 그의 증인이다.

『잠언집』

148 단식 광대에게는 익숙한 것이지만 언제나 그를
쇠약하게 만드는 이러한 진실의 왜곡은 그에게
감당하기 어려운 것이었다. 문제의 사진에서는
단식을 빨리 중단한 결과를 단식 중단의 원인으로
바꾸어 제시하고 있었다! 단식 광대가 이러한
몰이해에 대항해, 이런 몰상식한 세상에 맞서
싸운다는 것은 불가능했다.

「단식 광대」『단식 광대』

149 우리는 노래가 어떤 것인지에 대해 어렴풋한
느낌은 있는데, 요제피네의 예술은 이 느낌과
맞아떨어지지 않는다. 그것이 도대체 노래란 말인가?
그것은 어쩌면 찍찍거리는 소리가 아닐까? (…)
만약 요제피네가 노래를 부르는 것이 아니라 그저
찍찍거리는 것이고, 적어도 내게는 그렇게 보이는데
심지어 그 찍찍거림도 어쩌면 흔히 있는 찍찍거림의
한계조차 벗어나지 못하는 것이 사실이라면, 만약
토목공사를 하는 평범한 쥐도 종일 자기 일을 힘들지
않게 수행하는 반면에 그녀의 힘은 어쩌면 이 평범한
찍찍거림에도 미치지 못하는 것이라면, 만약 이 모든

게 사실이라면 요제피네의 이른바 예술가 성향은
물론 반박당하겠지만, 그러나 여기서 비로소 그녀의
큰 영향력에 대한 수수께끼가 제대로 풀릴 수도 있을
것이다.

「여가수 요제피네 또는 쥐 종족」『단식 광대』

150 힘겨운 결심들 한가운데서 가늘게 울어대는 여가수
요제피네의 찍찍 소리는 적대적인 세계의 혼란
한복판에 있는 우리 쥐의 종족이 처한 가련한 처지와
거의 같은 것이다.

「여가수 요제피네 또는 쥐 종족」『단식 광대』

151 예술가의 행복한 모습을 보게 된 관람객은 얼굴을
난간에 대고 마치 깊은 꿈속에 잠기듯 마지막 행진곡
속에 잠기면서, 운다는 것도 의식하지 못한 채 울고
있다.

「관람석에서」『관찰』

152 아마도 여가수 요제피네 없이 지내는 상황을 우리는
아주 많이 아쉬워하지는 않을 것이다. 그러나
요제피네는 그녀의 말에 따르면 선택받은 자들에게
주어진다는 지상의 고통에서 구원받은 존재로서
우리 종족의 무수히 많은 영웅의 무리 속으로 기꺼이

사라질 것이고, 머잖아 더 높은 단계로 구원받을
것이다. 아울러 우리는 더는 역사를 기록하지
않는 종족이므로 그녀는 자신과 같은 모든 영웅과
마찬가지로 망각 속으로 빠져들 것이다.

「여가수 요제피네 또는 쥐 종족」『단식 광대』

153 음악은 새롭고, 더욱 섬세하고, 더욱 복잡하고 따라서
더 위험한 자극을 만들어냅니다. (…) 시문학이
이루고자 하는 것은 자극의 혼란을 정제하고,
의식으로 끌어올리고, 정화하고 이로써 인간화하는
것입니다. 음악은 감각적인 삶을 증폭시킵니다.
반면에 시문학은 감각적인 삶을 길들이고
고양합니다.

『카프카와의 대화』

154 연극이 삶에 영향을 미치려면 일상의 삶보다 더
강렬하고, 더 집중적이어야 한다.

『카프카와의 대화』

155 연극은 비현실적인 것들을 현실적인 것으로 만들 때
가장 효과적이다. 그럴 때 무대는 현실을 내부에서
조명하는 영혼의 잠망경이 된다.

『카프카와의 대화』

156 '드라마의 본질은 결핍에 있다'라는 명제가
있다. (무대 위의) 드라마가 장편소설보다 더
소모적인 이유는 보통 우리가 읽기만 하는 모든
것을 드라마에서는 눈으로 보기 때문이다. 이는
겉보기에만 그렇다고 할 수 있다. 왜냐하면
소설에서는 시인이 단지 중요한 것만을 제시하는 데
반해, 드라마에서는 우리가 중요한 것만 보는 것이
아니라, 배우, 무대 장치 등 모든 것을 보게 되고,
따라서 보다 적게 보게 되기 때문이다.

『일기(1911. 10. 28.)』

157 배우들은 내가 여태껏 그들에 관해 썼던 글
대부분이 틀렸다는 점을 그들의 현존을 통해 반복해
증명함으로써 나를 경악시킨다. 배우들에 대해 내가
쓴 것이 잘못된 이유는, 내가 변함없는 애정을 품고
글을 쓰지만 변하는 힘을 갖고 배우들에 대해서 쓰기
때문이고, 이 변하는 힘은 실제 배우들에 대해 크게
그리고 제대로 타격을 가하지 않기 때문이다. 오히려
이 변하는 힘은 그 힘에 결코 만족하지 못하고 따라서
그 힘을 억제하는 것을 통해 배우들을 보호한다고
여기는 애정 때문에 둔탁하게 소멸해버리기
때문이다.

『일기(1911. 10. 23.)』

158 모든 것을 기초부터 몸소 만들어내야 하는 극장장,
그는 심지어 배우들까지도 우선은 만들어내야 한다.
방문객을 미리 들여보내는 일은 없다. 극장장은
중요한 연극 작업에 몰두해 있다. 그것이 무엇일까?
그는 한 미래 배우의 기저귀를 갈고 있다.

『일기(1922. 2. 18.)』

159 사람이 사물들의 사진을 찍는 것은 사물들의 의미를
축출하는 행위입니다. 나의 이야기들은 (내면세계를
들여다보기 위한) 일종의 눈 감기입니다.

『카프카와의 대화』

160 물론 영화는 놀라운 장난감입니다. 그러나 나는
그것을 참을 수 없습니다. 본성적으로 나는
'시각적인' 존재이기 때문입니다. 나는 '눈의
인간'입니다. 그런데 영화예술은 내가 보는 행위를
방해합니다. 신속한 움직임과 영상들의 급격한
변화는 보는 것을 강요합니다. 나의 시선이 영화를
지배하는 것이 아니라, 영상들이 나의 시선을
지배합니다.

『카프카와의 대화』

161 호두 하나를 딱 소리를 내며 까는 일은 진실로 예술이

아니다. 이러한 이유에서 그 누구도 관객을 즐겁게
해주기 위해 관객을 불러 모아 그들 앞에서 호두를
까는 일은 감행하지 않을 것이다.
그런데도 누군가가 그런 일을 해서 의도한 대로
관객이 좋아한다면, 그 행위는 그저 단순한 호두
까기에 불과한 것만은 아닐지 모른다.

「여가수 요제피네 또는 쥐 종족」『단식 광대』

IX

구원

1 인간은 자기 안에 있는 어떤 파괴될 수 없는 것에
대한 지속적인 믿음이 없이는 살 수 없다. 이때
파괴될 수 없는 것은 물론이고 그것에 대한 신뢰도
그 인간에게는 계속 숨겨진 채 남을 수 있다. 이러한
숨겨지고 남겨진 것의 표현 가능성 하나가 개인적인
신에 대한 신앙이다.

『잠언집』

2 신앙이라는 것은 내 안에 있는 '파괴될 수 없는 것'을
해방하는 것, 또는 더 정확하게 말한다면 자신을
해방하는 것, 또는 더 정확하게 말한다면 파괴될 수
없게 존재하는 것, 또는 더욱 정확하게 말한다면
존재하는 것을 의미한다.

「세 번째 팔절판 노트」『유고 2』

3 신은 오로지 개인적으로만 파악 가능합니다.
개개인은 누구나 각자의 삶과 각자의 신을 갖고 있고,
각자의 변호인과 재판관을 갖고 있습니다.

『카프카와의 대화』

4 신앙은 하나의 단두대와 같다. 그렇게 무거운
것이기도 하고 그렇게 가벼운 것이기도 하다.

『잠언집』

5   "우리에게 신앙이 부족하다고 말할 수는 없다. 우리의
삶이라는 단순한 사실에서만도 그 안에 담긴 신앙의
가치를 모두 끌어낼 수 없다."
"여기에 신앙의 가치가 있다고? 그런데 사람은
모름지기 살지 않을 수는 없다."
"'않을 수는 없다'라는 사실에 신앙의 엄청난 힘이
내재해 있다. 신앙의 힘은 이렇게 부정의 방식으로
자신의 모습을 드러낸다."

『잠언집』

6   십자가 기호는 어떤 성스러운 것의 상징물이 아니다.
모든 기호뿐만이 아니라 모든 움직임, 심지어 가장
미미한 동작조차도 그것이 신앙으로 채워져 있으면
성스러운 것이다.

『카프카와의 대화』

7   저를 긍휼히 여기소서, 저는 존재의 모든 구석에
이르기까지 죄인입니다. 그런데 제게는 아주
경멸스러운 소질만 있었던 것은 아니고 작은 선의
능력도 있었는데, 지금은 그 모든 것이 제게서
소진되었습니다. 충고를 마다하는 경솔한 존재였던
저는 지금은 거의 끝장입니다. 외적으로는 모든 것이
저를 위해 선한 것으로 바뀔 수도 있을 시점에 저는

거의 종말에 와 있습니다.

저를 파멸하는 자들에게로 내치지 마옵소서. 이러한
간청이 우스꽝스러운 자기애라는 점을 압니다. 멀리
있든 가까이 있든 우스꽝스러운 자기애입니다.
하지만 제가 살아 있는 한은 살아 있는 자의
자기애도 지니고 있을 것이고, 만약 살아 있다는 것이
우스꽝스러운 게 아니라면 그것의 필연적인 표현도
우스꽝스러운 것이 아닐 것입니다.

『일기(1916. 7. 20.)』

8   내가 유죄판결을 받은 것이라면, 종말에 이르는
     판결만 받은 것이 아니라 최후까지 저항하라는
     판결도 받은 것이다.

『일기(1916. 7. 20.)』

9   그러니까 이제 나는 죽음에 나 자신을 내맡기고자
     한다. 믿음의 잔재. 아버지께로 돌아가는 것. 위대한
     화해의 날.

『일기(1917. 9. 28.)』

10   나는 은총의 정당한 상속자가 되려고 노력하고
     있습니다. 나는 잠잠히 기다리면서 지켜보고
     있습니다. 은총은 어쩌면 찾아올 수도 있고, 찾아오지

않을 수도 있습니다. 평온한 기대 속에 지내는 것이
이미 은총의 전조이거나 은총 자체일 수 있습니다.

『카프카와의 대화』

11 단지 의례적이고 틀에 박힌 것은 끔찍한 것이다.

『일기(1914. 5. 6.)』

12 세차게 쏟아지는 빗줄기. 너 자신을 빗줄기에 맡겨서
그 얼음장 같은 빗줄기가 너 자신을 관통하게 하고,
너를 떠내려가게 할 물속에 미끄러져라. 하지만
그렇게 머물러 꼿꼿한 자세를 취하고, 갑자기 그리고
끝없이 몰려오는 햇살을 기대하라.

『일기(1914. 5. 27.)』

13 지성소에 들어가기 전에 너는 신발을 벗어야 한다.*
아니 신발뿐만이 아니라, 여행복과 여행 가방 등
모든 것을 벗어던져야 한다. 그 모든 것에는 알몸도
포함되고, 알몸 속의 모든 것도 포함된다.

「세 번째 팔절판 노트」『유고 2』

* '지성소'는 구약시대 히브리 민족의 성막 또는 성소에서 가장 안쪽에 있는 공간
으로 이스라엘 민족을 위하여 여호와가 임재하는 거룩한 장소로서, 1년에 한 번
대제사장이 속죄를 위해 들어갈 수 있었다. 신 앞에 서기 위해서는 인간이 모든
것을 벗고 벌거숭이 상태가 될 수밖에 없는 상황을 말해준다.

14 은신처는 무수히 많고, 구원은 단 하나뿐이다. 그런데
구원의 가능성은 은신처만큼이나 많다.

『잠언집』

15 이론적으로는 완전한 행복의 가능성이 있다. 그것은
자기 안에 있는 파괴될 수 없는 것을 믿고, 그것을
추구하지 않는 것이다.

『잠언집』

16 어떤 행복에 대한 약속들은 영생에 대한 희망과도
유사하다. 어느 정도 떨어진 거리에서 보면 그것들은
견고하게 버티고 있고, 사람들은 감히 가까이
접근하지 못한다.

『일기(1915. 1. 6.)』

17 파괴될 수 없는 것은 하나다. 모든 개별 인간이
파괴될 수 없는 존재이고, 동시에 그것은 모든
사람에게 공통되는 것이다.
따라서 전례 없이 분리될 수 없는 인간들의 결합이
생겨난다.

『잠언집』

18 인류를 기준으로 너 자신을 검증하라. 인류는

의심하는 자를 의심하게 만들고, 믿는 자를 믿게
만든다.

『잠언집』

19 소유라는 것은 없고, 오로지 존재가 있을 뿐이다.
오직 마지막 숨, 질식사를 열망하는 존재가 있을
뿐이다.

『잠언집』

20 그 자신이 어쩌면 소유하고는 있으나 존재하지는
않는다고 하는 주장에 대해 그의 대답은 단지 떨림과
심장의 두근거림이었다.

『잠언집』

21 영혼의 관찰자는 영혼 속으로 침투할 수는 없다.
그러나 아마도 영혼의 가장자리를 스치며 접촉하는
일은 있을 것이다. 이러한 접촉에서 생겨나는 인식은,
영혼 역시 자기 자신에 대해 아는 바가 없다는
것이다. 그러므로 영혼은 미지의 영역으로 남을
수밖에 없다. 만약 영혼 외에 다른 무엇이 있다고
하면 슬플 수밖에 없겠지만, 그 어떤 다른 것도 없다.

「세 번째 팔절판 노트」『유고 2』

22   인간 족속에 대한 하느님의 분노

두 그루의 나무

근거 없는 금지

모두(뱀, 여자, 남자)의 처벌

『일기(1916. 6. 19.)』

23   낙원에서의 추방은 그 주요 부분이 영속하는 것이다.
다시 말해 낙원 추방은 최종적이고, 이 세상에서의
삶은 불가피하다. 그렇지만 그 과정의 영속성(또는
시간으로 표현하자면, 그 과정의 영원한 반복)은 우리가
계속 낙원에 남을 수 있는 것도 가능하게 할 뿐
아니라, 이곳의 우리가 그 사실을 깨닫든 깨닫지
못하든 실제로 그곳에 있게 한다.

『잠언집』

24   낙원에서 이른바 파괴되었다고 하는 것이 본래
파괴될 수 있는 것이었다면, 그것은 결정적인 것은
아니었다. 그런데 그것이 본래 파괴될 수 없는
것이었다면, 우리는 잘못된 신앙 속에 살아가고 있다.

『잠언집』

25   우리는 낙원에서 추방되었다. 그러나 낙원이
파괴된 것은 아니다. 우리가 낙원에서 추방된 것은

어떤 의미에서는 하나의 행운이었다. 만약 우리가
추방되지 않았더라면, 낙원이 파괴되어야만 했을
것이기 때문이다.

「세 번째 팔절판 노트」『유고 2』

26 우리는 어째서 인류의 타락 때문에 한탄하는가?
우리가 낙원에서 추방된 것은, 죄로 인한 타락 자체
때문이 아니라 생명나무 때문이라고 할 수 있다.
우리는 생명나무의 열매를 먹지 못하도록 추방된
것이다.

『잠언집』

27 원죄라는 것, 다시 말해 인간이 범했다는 저 오래된
불법은, 인간이 자신에게 어떤 부당한 일이 일어났고
원죄가 저질러졌다고 비난을 가하는 것 그리고 그
비난을 중단하지 않는 것이다.

『일기(1920. 2. 15.)』

28 우리는 신*에게서 양면으로 분리되어 있다.
한편으로는 원죄로 인한 타락이 우리를 신에게서
분리하고 있고, 다른 한편으로 생명나무가 우리를

*   기독교에서의 신, 하느님을 의미한다.

신에게서 분리하고 있다.

「세 번째 팔절판 노트」『유고 2』

29 우리가 유죄의 상태에 있는 것은, 선악을 알게 하는
나무의 열매(선악과)를 먹었기 때문만이 아니라,
생명나무의 열매를 아직 먹지 못했기 때문이다.
우리의 잘못과 무관하게 우리가 처해 있는 상황이
유죄인 것이다.

『잠언집』

30 인류 타락에 관한 보고의 거의 마지막에 이르기까지
에덴동산도 인간들과 함께 저주를 받을 가능성이
남아 있다. 그러나 인간들만이 저주를 받았고,
에덴동산은 저주를 받지 않았다.

「세 번째 팔절판 노트」『유고 2』

31 우리는 낙원에 살도록 창조되었고, 낙원은 우리에게
봉사하는 소명을 부여받았다. 그런데 우리에게
부여된 소명은 바뀌었다. 하지만 낙원에 부여된
소명도 바뀌었을 것이라는 말은 없다.

『잠언집』

32 원죄를 부인하는 것은, 신을 부인하고 인간을

부인하는 것을 뜻합니다. 어쩌면 죽어야 하는
운명이기 때문에 인간에게 자유가 주어졌는지도
모릅니다. 누가 그것을 알겠습니까?

『카프카와의 대화』

33 형이상학적 욕구는 단지 죽음의 욕구뿐이다.

『일기(1912. 4. 8.)』

34 인식이 시작되고 있다는 첫 신호는 죽고 싶다는
소망이다. 현세의 삶은 참을 수 없는 것, 다른 삶은
도달할 수 없는 것으로 나타난다. 죽고자 하는 의지는
더는 부끄러운 것이 아니다.
죄수는 자신이 지금 증오하는 낡은 감방에서 벗어나,
자신이 차차 증오하게 될 새로운 감방으로 옮겨
달라고 애원한다. 이렇게 하는 데는 혹시 옮겨지는
중에 주님이 우연히 통로로 지나다가 죄수를 보고
'다시는 이 사람을 감금하지 말라. 그는 내게로 오고
있다'라고 말씀하실 것이라는 미약한 믿음의 잔재가
작용하고 있기 때문이다.

『잠언집』

35 하느님은 첫 인간 아담에게 선악을 알게 하는 나무의
열매를 먹는 날에는 죽을 것이라고 말했다. 하느님에

따르면, 선악과 열매를 먹은 즉각적인 결과는
죽음이어야 했다. 그런데 뱀에 따르면(적어도 우리는
그런 뜻으로 이해될 수 있다), 선악과를 먹으면 하느님과
같아진다는 것이다.
두 가지 모두 유사한 방식으로 옳지 않다. 인간은
곧바로 죽지 않았고, 죽을 수밖에 없는 존재가
되었다. 인간은 하느님처럼 되지는 않았으나, 그렇게
될 수 있는 필수적인 능력을 얻었다.
두 가지 모두 유사한 방식으로 옳다. 인간은 죽지
않았으나, 낙원의 인간은 죽었다. 인간은 신이 되지는
않았지만, 신적인 인식을 지닌 존재가 되었다.

「세 번째 팔절판 노트」『유고 2』

36 우리는 인식을 지니고 있다. 특별히 인식을 추구하는
노력을 기울이는 자는 인식을 거부하는 노력을
기울인다는 의심을 받는다.

「세 번째 팔절판 노트」『유고 2』

37 성경에서 '만약 ~하는 경우 너는 필연 죽을
것이다'라는 계명이 의미하는 것은, 인식이 영원한
생명에 이르는 계단이면서 동시에 그것을 가로막는
장애물이라는 것이다. 그대가 이미 획득한 인식에
따라 영원한 생명에 이르려 한다고 가정해보자.

그리고 그대는 그렇게 할 수 있기를 원하는 것 말고는
다른 방도가 없다. 인식이 바로 그러한 의지이기
때문이다.
이 경우 파괴 행위에 해당하는 계단을 만들기
위해서는 그것을 가로막는 장애물인 너 자신을
파괴해야만 할 것이다. 따라서 낙원에서의 추방은
어떤 행위가 아니라 하나의 사건이었다.

「세 번째 팔절판 노트」『유고 2』

38 인류의 타락 이후 우리는 선과 악을 인식하는 능력에
있어 근본적으로 같다. 그런데도 우리는 바로 여기서
우리의 특별한 장점을 탐색한다. 하지만 진정한
다양성은 인식 저편에서 비로소 시작된다.
이와 반대되는 가상은 다음과 같은 사실에 의해
생겨난다. 즉 그 누구도 인식하는 것만으로 만족할
수는 없고, 인식에 합당하게 행동하는 노력을
기울여야 한다는 것이다. 그러나 누구에게도 그렇게
할 힘은 주어져 있지 않은 탓에 자기 자신을 파괴하지
않을 수 없다. 그렇게 함으로써 필요한 힘을 얻지
못하는 위험이 있다고 해도 자신을 파괴할 수밖에
없다. 그에게는 이 마지막 시도 말고는 다른 선택지가
없다. (이것이 또한 선악을 알게 하는 나무의 열매를
금지했을 때 가해졌던 죽음의 위협에 담긴 의미이기도

하다. 이것은 어쩌면 자연적인 죽음의 원래 의미이기도 할 것이다.)

인간은 이제 이러한 시도를 두려워한다. 차라리 그는 선과 악에 대한 인식을 되돌리고자 한다. ('인류 타락'이라는 명칭은 이러한 불안에서 기인한 것이다.) 그러나 일단 일어난 사건은 철회될 수 없고, 단지 흐려질 수 있을 뿐이다. 이러한 목적을 위해 이른바 '동기들motivations'이 생겨난다. 전 세계는 이러한 동기들로 가득 차 있다. 그렇다, 눈에 보이는 세계 전체가 어쩌면 한순간 휴식하고 싶은 인간의 동기에 지나지 않을 것이다. 그것은 인식의 사실을 조작하려는 시도고, 인식을 비로소 목표로 삼으려는 시도다.

『잠언집』

39 죽음의 잔혹함은 죽음이 실질적인 고통을 종식하지만, 그것이 끝이 아니라는 점에 있다. 죽음의 가장 잔혹한 측면은 가상의 종말로 인해 실질적인 고통이 야기된다는 것이다.

임종의 침상에서의 한탄은 사실 그곳에서 진정한 의미에서 죽음이 일어나지 않았다는 데 대한 한탄이다.

「네 번째 팔절판 노트」『유고 2』

40 인류의 발전은 죽음의 능력이라는 측면에서 성장하는
    것이다. 우리의 구원은 죽음이지만, 이러한 죽음은
    아니다.

「네 번째 팔절판 노트」『유고 2』

41 죽음을 생각할 때 그대는 불안해지나요? 나는
    다만 고통이 너무 무서울 뿐입니다. 이것은 나쁜
    징조입니다. 죽음을 원하면서 고통은 원하지
    않는다는 것, 그것은 나쁜 징조입니다. 만약 그렇지
    않다면 사람은 죽음을 감행해볼 수 있을 것입니다.
    사람은 성경의 비둘기처럼 방주에서 내보내졌으나
    어떤 녹색도 발견하지 못하고, 그래서 이제 다시
    어두운 방주로 돌아가는 것입니다.

『밀레나에게 보내는 편지(1920. 9. 23.)』

42 선악을 알게 하는 나무와 생명나무를 통해 제시된
    것처럼, 인간에게는 두 종류의 진실이 있다. 활동하는
    자의 진실 그리고 안식하는 자의 진실이다. 활동자의
    진실에서는 선이 악과 분리된다. 그런데 안식하는
    자의 진실은 선 그 자체이고, 선도 악도 알지 못한다.
    첫 번째의 진실은 우리에게 실제로 주어진 것이고,
    두 번째의 진실은 예감의 형태로 주어졌다. 이것은
    우울한 광경이다. 유쾌한 광경은, 활동하는 자의

진실이 순간에 속한다는 것, 안식하는 자의 진리는
영원에 속한다는 것이다. 따라서 활동하는 자의
진실은 안식하는 자의 진실의 빛 가운데 소멸한다.

「네 번째 팔절판 노트」『유고 2』

43 명상과 활동은 각각 나름대로 가상의 진리를 갖고
있다. 그러나 명상에서 출발한 활동 또는 명상으로
되돌아가는 활동이 비로소 진리다.

「네 번째 팔절판 노트」『유고 2』

44 진리는 개개인이 살아가는 데 필요한 것이지만, 그
누구에게서 얻을 수 있거나 돈으로 살 수 있는 것이
아니다. 개개인은 자기 내면에서 그것을 부단히
창출해내야 한다. 그렇게 하지 않으면 그는 소멸한다.
진리가 없는 삶은 불가능하다. 어쩌면 삶 그 자체가
진리일 것이다.

『카프카와의 대화』

45 모든 사람이 진리를 볼 수 있는 것은 아니다. 그러나
각자가 진리일 수 있다.

「세 번째 팔절판 노트」『유고 2』

46 진리라는 것은 나누어지지 않는 불가분의 것이고,

따라서 그 자신에게 인식될 수 있는 것이 아니다.
진리를 인식하려는 자는 거짓이 될 수밖에 없다. 오직
진리와 허위, 이 두 가지만 있을 뿐이다.

『잠언집』

47 모든 것, 심지어 허위조차도 진리에 봉사합니다.
그림자가 태양을 꺼뜨릴 수는 없습니다.

『카프카와의 대화』

48 허위의 세계에서는 허위가 그것과 대립하는 것에
의해 세상에서 추방되는 것이 결코 아니고, 진리의
세계에 의해 추방된다.

「네 번째 팔절판 노트」『유고 2』

49 진리는 어떤 성과도 가져다주지 못한다. 진리는 다만
파괴된 것을 파괴할 뿐이다.

「막스 브로트에게 보내는 편지(1922. 6. 26.)」『편지들』

50 하나의 정신적 세계 외에는 아무것도 존재하지
않는다. 우리가 감각세계라고 부르는 것은 정신적
세계에서는 악이다.
그리고 우리가 악하다고 부르는 것은 단지 우리의
영원한 발전에 있어 한순간의 필연성일 뿐이다.

『잠언집』

51　　정신적인 세계 외에 다른 어떤 것도 존재하지
　　　않는다는 사실은, 우리에게서 희망을 앗아가기도
　　　하고 우리에게 확신을 주기도 한다.
　　　『잠언집』

52　　우리에게는 여전히 부정적인 것을 행하는 것이
　　　부과되어 있다.
　　　긍정적인 것은 이미 우리에게 주어져 있다.
　　　『잠언집』

53　　선善은 어떤 점에서는 위안이 되지 못한다.
　　　악은 선에 대해 알고 있지만, 선은 악에 대해 알지
　　　못한다.
　　　자기 인식을 지닌 것은 오직 악이다.
　　　『잠언집』

54　　악은 선의 별들이 총총하게 빛나는 밤하늘이다.
　　　「세 번째 팔절판 노트」『유고 2』

55　　악이란 인간의 의식이 특정한 과도기 지점들에서
　　　발현되는 것이다. 본래는 감각적인 세계가 가상이

아니고, 감각적인 세계의 악이 가상이다. 물론 우리
눈에는 감각적인 세계의 악이 감각적인 세계를
형성한다.

『잠언집』

56   부정적인 것은 여전히 강력하다고 해도 그것
      단독으로는 내가 가장 불행한 시절에 믿는 것만큼
      충분하지는 않다. 왜냐하면 가장 낮은 계단이라도
      기어오르게 되면, 나는 비록 그 안전성이 가장
      의심스러운 경우라고 해도 온몸을 쭉 펴고, 부정적인
      것이 예를 들어 나를 뒤따라 오르기를 기다리는 것이
      아니라 작은 계단이 나를 아래로 끌어내릴 때까지
      기다리기 때문이다. 따라서 그것은 내게 조금이라는
      지속적인 안락함을 허용하지 않는 일종의 방어
      본능이고, 예를 들어 결혼 침대가 아직 설치되기도
      전에 부수는 것과 같은 것이다.

      『일기(1922. 1. 31.)』

57   악은 사람이 일단 자기 안으로 받아들이게 되면 더는
      자신을 믿어달라고 요구하지 않는다.

      『잠언집』

58   악은 우리의 관심을 다른 데로 돌리는 것이다.

악은 선에 대해 알고 있지만, 선은 악에 대해 알지 못한다.
자기 인식을 지닌 것은 오직 악이다.
악의 수단은 대화다.

「세 번째 팔절판 노트」『유고 2』

59 그것은 뱀의 중재를 필요로 했다.
악은 인간을 유혹할 수 있지만, 인간이 될 수 없다.

『잠언집』

60 악마적인 것은 때로는 선의 모습을 띠거나 심지어 완전히 선한 것으로 둔갑하기도 한다. 나에게 그것이 숨겨져 있는 경우, 나는 당연히 굴복한다. 그렇게 선으로 둔갑한 것은 진짜로 선한 것보다 더 유혹적이기 때문이다. 그러나 내게 그것이 숨겨져 있지 않은 경우라면 어떨까? 만약 내가 몰이사냥의 형태로 악마들에 의해 선한 쪽으로 내몰리게 되는 경우라면? 만약 내가 구역질의 대상이 되어 내 몸을 이리저리 더듬는 바늘 끝들에 의해 선의 방향으로 굴러가게 되고 찔리고 내몰리게 되는 경우라면? 만일 눈에 보이는 선의 발톱이 나를 붙잡으려 하는 경우라면? 나는 한 걸음 뒤로 물러나, 내 뒤쪽에서 내내 나의 결정을 기다리고

있던 악 속으로 부드럽게 그리고 처량하게 몰락한다.
「세 번째 팔절판 노트」『유고 2』

61   악마적인 것에 대한 지식은 있을 수 있다. 그러나
      그것에 대한 믿음은 있을 수 없다. 현존하는 것
      이상의 악마적인 것은 없기 때문이다.
      『잠언집』

62   네가 악을 받아들이는 데 작용하는 배후 동기는 너의
      것이 아니라 악의 것이다.
      『잠언집』

63   악마에게는 분할상환이 통하지 않는다. 그런데도
      사람들은 계속 그것을 시도한다.
      『잠언집』

64   최소한 속이고자 하는 것, 통상적인 속임에 머무는
      것, 최대치로 속이려 하는 것—그 모든 것이
      기만이다.
      첫 번째 경우는 선을 너무 쉽게 얻으려고 한다는
      점에서 선을 속이는 것이고, 악에게 너무 불리한 싸움
      조건을 제시한다는 점에서 악을 속이는 것이다. 두
      번째 경우는 이 지상에서 선을 추구하지 않는다는

점에서 선을 속이는 것이다. 세 번째 경우는 선에서
되도록 멀리 떨어진다는 점에서 선을 속이는 것이고,
악을 최고로 고조시켜 그것을 무력하게 만든다고
희망한다는 점에서 악을 속이는 것이다.
따라서 선호해야 할 것은 두 번째 경우일 수 있다.
사람들은 늘 선을 기만하는데, 두 번째 경우에는
적어도 외견상은 악을 기만하지 않는 것이기
때문이다.

『잠언집』

65   위안이 되지 않는 악마의 범위. 악마는 이미 선과
악을 인식하는 것에서 신과 동등하게 되었다고
믿는다. 그는 저주를 받아서 그 본성이 더 나빠진
것으로 보이지는 않는다. 그는 자신의 배를 동원해
길의 길이를 측정할 것이다.

「세 번째 팔절판 노트」『유고 2』

66   사람이 인식하든 인식하지 못하든, 악은 가끔은
하나의 작업 도구처럼 손에 놓여 있다. 사람이 의지가
있으면 악은 어떤 이의도 없이 옆으로 비켜난다.

『잠언집』

67   악의 가장 효과적인 유혹 수단의 하나는 싸움을

거는 것이다. 그 싸움은 침대에서 끝나는 여자들과의
싸움과도 같다.

『잠언집』

68 죄는 모든 질병의 뿌리입니다. 이것은 인간이 죽음을
맞을 수밖에 없는 이유이기도 합니다.

『카프카와의 대화』

69 죄는 언제나 공공연하게 찾아오고, 감각들로써 곧장
파악될 수 있다. 죄는 자신의 뿌리들로 가게 되고
뽑히지 않아도 된다.

『잠언집』

70 '감각성Sinnlichkeit'이라는 낱말의 어간은
'의미Sinn'입니다. 여기에는 아주 특별한 뜻이
있습니다.
인간은 자신의 '감각들Sinne'을 통해서만 의미에 이를
수 있습니다. 물론 '의미'에 이르는 길에는 위험도
따릅니다. 그런데 우리는 수단을 목적 위에 세울 수도
있습니다. 그렇게 되면 우리는 '감각성'에 이르게
되고, 그것은 우리의 주의를 '의미'에서 다른 곳으로
돌리게 만듭니다.

『카프카와의 대화』

71 감각적인 사랑은 천상의 사랑을 알지 못하도록
기만한다.
감각적인 사랑이 단독으로 그렇게 할 수는 없을
것이지만, 자신 안에 천상의 사랑의 요소를
무의식적으로 지니고 있어서 그렇게 할 수 있다.
『잠언집』

72 세계의 유혹 수단 그리고 이 세계가 단지 하나의
과정에 지나지 않음을 보증하는 표시, 이 둘은 같은
것이다.
그것은 정당한 언급이다. 세계가 단지 과정에 지나지
않기 때문에 이 세계는 우리를 유혹할 수 있고
그것이 진실에 부합하기 때문이다. 그러나 고약한
점은, 유혹이 성공하고 나면 우리가 그 보증을
망각하게 된다는 점, 그래서 본래 선한 것이 우리를
악으로 유혹하고, 여자의 시선이 그녀의 침대로
이끌어갔다는 점이다.
『잠언집』

73 메시아는 신앙의 가장 무절제한 개인주의가 가능하게
되면, 누구도 이러한 가능성을 말살하지 않고 누구도
그렇게 말살하는 것을 용인하지 않게 되면, 다시
말해 무덤들이 열리게 되면 나타날 것이다. 이것은

따라야 할 하나의 모범, 하나의 개인주의적인 사례를
실제로 제시하고 있다는 점에서뿐만 아니라, 개별
인간에게서 중재자의 부활을 상징적으로 제시하고
있다는 점에서도 아마 기독교 교리이기도 할 것이다.

「세 번째 팔절판 노트」『유고 2』

74 메시아는 그가 더는 필요하지 않게 되면 비로소
나타날 것이다. 메시아는 메시아가 도착하고 나서
하루 뒤에 나타날 것이다. 그는 마지막 날이 오는
것이 아니고, 가장 최후의 날에 올 것이다.

「세 번째 팔절판 노트」『유고 2』

75 매 순간에 상응하는 것은 시간 바깥의 어떤 것이기도
하다.
현세의 삶에 이어져 내세의 삶이 뒤따르는 것이
아니다. 내세의 삶은 영원한 것이고, 따라서 현세의
삶과는 시간적인 면에서 접촉하지 않기 때문이다.

「세 번째 팔절판 노트」『유고 2』

76 최후의 심판이 최후의 심판으로 불리는 것은 단지
우리의 시간 개념 때문이다. 그것은 본래 즉결
심판이다.

『잠언집』

77 저녁에 눈 내린 길 위에서 엄습하는 생각들, 예를
들면 다음과 같은 생각들이 뒤섞여 일어난다.
이 세계에서라면 이러한 상황은 끔찍할 것이다.
이곳에서만 해도 걷는 길이 황량하고, 어두운 눈길
속에서 계속 미끄러지며, 지상의 목표도 없이
무의미한 길을 걷고 있다. (…) 만약 단지 눈 덮인
길에서 보이는 이런 상황이라면, 그것은 끔찍한
일일 것이다. 그리고 나는 가망 없는 존재일 것이고,
그것을 하나의 위협이 아니라 즉결 처형으로
파악했을 것이다.

『일기(1922. 1. 29.)』

78 이 도시*에서 생겨난 모든 전설과 노래들은 이
도시가 다섯 번 짧게 계속되는 어떤 거인의 주먹질로
박살이 날 것이라고 예언된 날에 대한 동경으로 가득
차 있다. 그 때문에 이 도시의 문장紋章에도 주먹이
그려져 있다.

「도시의 문장」『유고 2』

79 그런데 영원은 시간성이 정지된 상태가 아니다.
영원이라는 개념에는 억압적인 부분이 있다. 시간이

* 프라하를 가리킨다.

영원 속에서 경험해야 하는, 우리로서는 이해할 수
없는 정당성 그리고 여기에서 생겨나는 우리 자신이
있는 그대로 지니는 정당성이 그것이다.

「네 번째 팔절판 노트」『유고 2』

80   우주가 무한히 광활하고 충만하다는 표상은 수고로
가득한 창조와 자유로운 자기 성찰이 극단적인
형태로 혼합된 결과물이다.

『잠언집』

81   육체의 세계에서 우스꽝스러운 것이 정신적인
세계에서는 가능하다. 그곳에는 어떤 중력의 법칙도
작용하지 않는다. (천사들은 날아다니는 게 아니고
그 어떤 중력을 폐기한 것도 아니다. 단지 우리 지상의
관찰자들만 그것에 대해 더 나은 생각을 할 줄 모른다.)
그것은 물론 우리로서는 상상하기 힘들거나, 아니면
높은 단계에서만 비로소 생각할 수 있는 현상이다.
나의 자기 인식은 예를 들어 나의 방에 대한 나의
인식과 비교하면 얼마나 빈약한 것인가!

「세 번째 팔절판 노트」『유고 2』

82   그것은 나한테 해당하는 것으로 의심할 여지가
없었는데, 나를 해방해야 할 어떤 현상이 준비되고

있었다. (…) 내가 그 높이를 잘못 측정한 꽤 높은 곳에서 반쯤 어두운 상태에서 천사 하나가 푸른 빛이 감도는 자주색 천을 휘감고 금빛 실에 감싸인 채 흰색 비단처럼 빛나는 커다란 날개를 펼치고는 아주 천천히 내려온 것이다. 높이 쳐든 팔에서는 수평으로 칼이 길게 뻗어 있었다. '천사다!' 나는 생각했다. '천사가 온종일 나를 향해 날아오고 있는데, 믿음이 없는 나는 그것을 깨닫지 못했다. 이제 천사는 내게 말을 걸어올 것이다.'

『일기(1914. 6. 25.)』

83 첫 번째 우상숭배는 분명 사물들에 대한 두려움, 그러나 이것과 연관성이 있는 것으로 사물들의 필연성을 두려워하는 것, 그리고 이것과 연관성이 있는 것으로 사물에 대해 책임지는 것을 두려워하는 것이다.

이 책임은 너무나 엄청난 것이어서, 사람들은 하나의 유일한 인간 외적 존재에게 그 책임을 감히 부과할 수 없었다. 단 하나의 존재의 중재를 통해서도 인간의 책임은 여전히 충분히 경감되지 않았을 것이고, 단 하나의 존재와의 교류는 여전히 책임에 의해 너무나 오염되었을 것이기 때문이다.

그래서 인간은 각각의 사물에 사물 자체에 대한

책임을 부여했을 뿐 아니라, 인간에 대한 상대적인
책임까지 사물에 떠넘긴 것이다.

『잠언집』

84 표범들이 성전에 침입하여 희생 제의에 사용되는
    항아리들을 마셔서 비워버린다. 그 일은 계속
    반복된다. 마침내 사람은 그것을 예측할 수 있게
    되고, 그것이 의식의 한 부분이 된다.

    『잠언집』

85 나는 자네가 말하는 의미에서의 어떤 '이방 문화'도
    믿지 않아. 이를테면 그리스인들은 이원론 같은 것에
    정통했었어. 그렇지 않다면 '모이라'* 또는 많은 다른
    것이 무슨 의미가 있었겠어?
    그리스인들은 아주 특별하게 겸손한 인간들,
    종교적인 면에서 본다면 루터교 종파였다고 할
    수 있어. 그들은 결정적으로 신적인 것이 자기
    자신들에게서 충분히 멀리 떨어져 있다고 생각할 수
    없었던 거야. 그 모든 신들의 세계는 단지 결정적인
    것을 이 지상의 몸에서 떼어내고 인간의 호흡을 위한
    대기를 확보하기 위한 수단에 불과한 것이었어.

*   그리스어로 운명, 분깃을 뜻한다.

「막스 브로트에게 보내는 편지(1920. 8. 7.)」『편지들』

86 "도대체 정지해 있는 것은 어떤 것도 없단 말인가?"
이 절박한 물음에 그리스의 철학자 제논은 이렇게
대답했다. "그렇다, 날아가는 화살은 정지해 있다."
『일기(1910. 12. 17.)』

87 모든 가능한 것은 실제로 일어나기 마련이다. 또
실제로 일어나는 것만이 가능한 것이다.
『일기(1914. 1. 5.)』

88 실재하는 현실은 언제나 비현실적이다.
『카프카와의 대화』

89 어떤 사태를 올바로 파악하는 것과 같은 사태를 잘못
이해하는 것은 서로 완전히 배타적인 것이 아니다.
『소송』

90 사과에 대해서는 다양한 관점을 취할 수 있다.
하나는 탁자 위의 사과를 보기 위해 목을 쭉 뻗어야
하는 소년의 관점이다. 다른 하나는 사과를 집어
식탁에 앉은 사람에게 거침없이 건네주는 집주인의
관점이다. 이브는 그 사이에 있다.

『잠언집』

91 진실을 말한다는 것은 어렵습니다.
하나의 진실이 있기는 하지만, 그 진실은 살아 있고
따라서 그 얼굴을 생생하게 바꾸기 때문입니다.

『밀레나에게 보내는 편지(1920. 6. 23.)』

92 그 밖에 클람*의 이미지는 가변적입니다. (…) 그는
마을에 올 때와 떠날 때의 모습이 다르고, 맥주를
마시기 전과 마신 후의 모습이 다르며, 깨어 있을
때와 잘 때의 모습이 다르고, 혼자 있을 때와 대화할
때의 모습이 완전히 다르다고 합니다. (…) 그리고
마을 안에서 떠도는 이야기들 사이에도 상당히
큰 차이가 있습니다. 몸짓, 태도, 수염에 대한
보고가 차이가 있지만, 복장에 대해서만은 다행히
일치합니다. (…) 그런데 이 차이는 무슨 마법 같은 것
때문에 생긴 일이 아니라, 대체로 잠시 클람을 보는
것이 허용되었던 사람들이 처해 있던 순간적인 기분,
흥분 정도, 수많은 차이를 지닌 희망과 절망의 분량에
따른 것입니다.

『성』

* 『성』에 나오는 관리를 가리킨다.

93 어떤 사람에게는 쓰레기 더미 또는 개로 보이는 것이
다른 사람에게는 하나의 표지이기도 합니다.
『카프카와의 대화』

94 낱말의 오류를 피하고자 한다. 적극적으로 파괴해야
할 대상은 먼저 아주 단단히 붙들고 있어야 했던
대상이다. 잘게 부서지는 것은 부서지기는 할 뿐,
파괴될 수는 없는 것이다.
『잠언집』

95 우연이라는 것은 단지 우리의 머릿속, 우리의 제한된
지각 속에만 존재하는 것입니다. 그것은 우리 인식의
한계를 반영해주는 것입니다.
우연에 대항하는 싸움은 언제나 우리 자신에
대항하는 싸움이고, 우리가 결코 완전히 이길 수는
없는 싸움입니다.
『카프카와의 대화』

96 탄원하는 일은 왜 무의미한가? 탄원한다는 것은,
질문을 던지고 대답이 올 때까지 기다리는 것이다.
그런데 질문을 던질 때 바로 대답을 얻지 못하는 그런
질문은 결코 대답을 얻지 못한다.
질문하는 자와 답변하는 자 사이에는 어떤 거리가

존재하지 않는다. 극복되어야 할 어떤 거리도 없다.
따라서 질문을 하고 기다리는 일은 무의미하다.
『일기(1915. 9. 28.)』

97   이전에는 나는 어째서 나의 질문에 대한 대답을
      얻지 못했는지 이해하지 못했다. 지금은 내가 어떻게
      질문할 수 있다고 믿을 수 있었는지 이해할 수 없다.
      그러나 나는 전혀 믿은 것이 아니고, 다만 물어보았을
      뿐이다.
      『잠언집』

98   어떤 질문들은 우리가 자연의 본성상 그 질문들에서
      해방되지 않는다면 도저히 뛰어넘을 수 없다.
      『잠언집』

99   만약 질문을 던지지 않았으면 너를 되돌아오게 했을
      것이다. 질문한다는 것은 너를 대양만큼 더 멀리
      밀어낼 것이다. 그런데 바깥으로 나가게 된 것은
      질문들이 아니고 너 자신이다.
      「네 번째 팔절판 노트」『유고 2』

100   "그런데 그것은 단지 하나의 시험에 불과한 것이었다.
      질문에 대답하지 않은 자가 시험에 합격한 것이다."

「시험」『유고 2』

101　나는 개 족속들의 무관심 때문에 몰락해가고 있다. 개 족속들의 무관심은 이렇게 말한다. "저놈은 죽는다." 아마 그렇게 될지도 모른다. 그것은 틀림없는 사실이다. 그러나 나는 이곳에서 이대로 삶을 마치고 싶지는 않다. 이 허위의 세계를 떠나 진실에 이르고 싶다.

「어느 개의 연구」『유고 2』

102　이 모든 기획의 본질적인 것은, 하늘에까지 이르는 탑을 쌓으려는 생각이었다. 그것 외에 다른 모든 생각은 부수적이다. 일단 그 정도 규모의 생각에 사로잡히게 되면 그것은 더는 사라질 수 없는 법이다. 인간들이 존재하는 한 그러한 탑을 끝까지 쌓겠다는 그 강한 소원 또한 존재할 것이다.

「도시의 문장」『유고 2』

103　만약 바벨탑에 기어오르는 일 없이 탑을 쌓을 수 있다면, 바벨탑 건축은 허용되었을 것이다.

『잠언집』

104　우리는 바벨의 갱도를 파고 있다.

「메모장」『유고 2』

105 친애하는 막스, 내가 사실 언제나 놀라워한
점은, 자네가 나와 다른 사람들에 대해 "불행 중
다행"이라는 말을 한다는 것, 그것도 어떤 확인이나
유감 또는 극단의 경우를 경고하는 차원이 아니라
비난의 차원에서 그런 말을 한다는 거야. 그게 무슨
말인지 모르겠어? 카인에게 표지가 새겨졌을 때
"불행 중 다행"이라는 말에 내포된 이러한 동기가
작용했을 거야.
어떤 사람에 대해 "불행 중에 다행"이라고 하면,
그것은 우선은 그 사람이 세상과 보조를 맞춰 걷지
않았다는 뜻이야. 더 나아가 그 사람에게는 모든 게
붕괴했거나 무너지고 있다는 뜻, 그에게는 이제 그
어떤 목소리도 굴절되지 않은 채로 전달되지 않아
그 어떤 목소리에도 그가 진심으로 따를 수 없다는
뜻이야.

「막스 브로트에게 보내는 편지(1917. 10. 13.)」『편지들』

106 사람이 실제로 거짓말을 가능한 한 적게 하는 것은,
거짓말할 기회가 가능한 한 적을 때가 아니라 단지
거짓말을 가능한 한 적게 할 때다.

『잠언집』

107 이제 나는 조금이라도 진실에 머물기 위해 입을
다물고자 합니다. 거짓말은 끔찍한 것이고, 그것보다
심한 정신적인 고통은 없습니다.

『밀레나에게 보내는 편지(1920. 11. 19.)』

108 어떤 사람들은 원래의 큰 속임수 외에도 하여튼 그들
자신을 위해 작고 특별한 속임수가 행해지고 있다고
가정한다. 즉, 애정극이 무대에서 공연될 때 여배우는
자기 연인에게 거짓된 미소를 짓는 것 말고도 마지막
관객석에 있는 특정 관객을 위해 특별히 교활한
미소를 짓는다고 가정하는 것이다. 그렇게 생각하는
것은 너무 멀리 가는 것이다.

『잠언집』

109 로빈슨이 만약 반항심이나 겸손 또는 두려움이나
무지나 동경 때문에 섬에서 가장 높은 곳, 더 정확히
말하면 가장 잘 보이는 지점을 절대로 떠나지
않았다면, 그는 곧바로 파멸했을 것이다.
하지만 로빈슨은 배들 또는 배들이 구비하고 있던
도수가 낮은 망원경에 개의치 않고 섬 전체를
탐험하면서 그곳을 즐기기 시작했고, 그 덕분에
생명을 보존할 수 있었으며(물론 논리적으로 꼭
필연적인 결과는 아니지만) 결국 발견되었다.

『일기(1920. 2. 18.)』

110 부르심을 받지도 않았는데 나서는 아브라함! 그것은
마치 최우수 학생이 연말에 엄숙하게 상을 받아야
하는 상황에서, 기대 가득한 정적을 뚫고 최하위
학생이 자신을 부르는 줄 착각해서 지저분한 교실 맨
뒷줄에 앉아 있다가 앞으로 나서면서 학급 전체가
포복절도하는 것과 같은 것이다.
그런데 어쩌면 잘못 듣지 않은 것일 수도 있다.
선생이 그의 이름을 실제로 불렀고, 선생의 의도에
따르면 최우수 학생에게 상을 주는 일은 동시에
최하위 학생에 대한 처벌이기도 하다.

「로베르트 클롭슈톡에게 보내는 편지(1921. 6.)」『편지들』

111 키르케고르는 정신의 분량이 너무 많고, 마치 마법의
전차를 오른 것처럼 길이 없는 곳에서도 자기 정신과
함께 온 지상을 여행한다. 그러면서 그곳에 길이
없다는 것을 자기 자신에게서는 경험할 수 없다.
그 때문에 제자로 따르겠다는 그의 겸손한 요청은
폭정이 되고, '길 위에 있다'라고 하는 그의 정직한
신앙은 오만이 된다.

「네 번째 팔절판 노트」『유고 2』

112 태양을 가리키면서 비참함을 부정하는 사람들이
     있다. 그*는 반대로 비참함을 가리키면서 태양을
     부정한다.

『일기(1920. 1. 17.)』

113 까마귀들은 단 한 마리의 까마귀가 하늘을 파괴할 수
     있다고 주장한다. 그 주장은 의심할 여지가 없지만,
     그렇다고 그것이 하늘에 맞서는 증명은 되지 못한다.
     하늘은 바로 까마귀들의 불가능성을 의미하기
     때문이다.

『잠언집』

★ 카프카는 1920년 1월 10일, 13일, 14일, 17일 일기에서 가상의 관찰자 '그Er'를
   주어로 하여 간접적으로 실존적인 불안, 고립, 삶의 부조리를 표현한 바 있다. 이
   중에서 몇 대목을 발췌해 「그Er」가 사후에 간행되기도 했다.

루터파 신학에선 율법law과 복음gospel을 구별하는 게 중요하다. 전자는 죄를 고발하면서 인간을 침묵과 간구로 인도하고, 후자는 의義를 비추면서 인간에게 위로와 소망을 제시한다. 율법은 심판하고 복음은 용서한다. 혹은 율법은 죽이고 복음은 살린다. 카프카는 율법 앞에 서 있다. 그런데 놀랍게도, 그곳을 떠나지 않는다(못한다).

'책은 도끼여야 한다'라는 이젠 진부해진 그의 비유가 민망함 없이 어울리는 이는 카프카 자신뿐이다. 그 도끼는 방법론적 절망이고, 그것이 깨는 것은 가짜 희망이다. 그러므로 인류가 산출한 가장 신실하고 명석한 절망의 기록 앞에서 희망이 희박해진다 느껴지면 그건 잘된 일이다. 카프카에스크kafkaesque, 그때가 진짜 희망의 시작이므로.

여기 수록된 문장들은 고립과 독립 사이의 어떤 상태에 놓여 있다. 소설에서 발췌된 것들은 고립된 문장이다. 얼른 일어나 원작으로 가게 하면 족하다. 처음부터 따로 쓰인 아포리즘들도 있다. 그 독립된 문장에는 머물러야 한다.

가급적 오래, 어쩌면 평생을. 그의 문장은 다른 작가의 책 한 권을, 심지어 수십 권을 능가하기 때문이다.

독립된 문장은 의지할 맥락이 없어 번역이 어렵다. 내가 신뢰하는 독문학 번역자 권혁준은, 이번에도 역시, 카프카라는 갱도에 들어가서 가장 환한 어둠을 채굴해 나왔다. 내가 거의 외우다시피 하는 구절들부터 찾아봤는데, 예상대로 다른 어떤 판본들보다 그 구절이 환했다. 이럴 땐 카프카를 처음 읽기라도 한 것처럼 눈이 맑아진다.

신형철(문학평론가)

1883년   7월 3일, 당시 오스트리아-헝가리 이중제국에 속
              한 보헤미아의 수도 프라하에서 독일어를 쓰는
              유대인 중산층 가정의 장남으로 태어난다. 카프
              카Kafka라는 성은 까마귀라는 뜻을 지닌 체코어
              'kavka'에서 유래한다. 사회적 신분 상승과 주류사
              회 편입을 위해 남부 보헤미아 지역의 시골에서 중
              심지 프라하로 진출해 시내에서 잡화상을 경영한
              아버지 헤르만 카프카와 어머니 율리에 뢰비 사이
              에는 카프카 아래로 다섯 명의 동생이 태어나는데,
              남동생 둘은 영아기에 사망하고 그 아래로 여동생
              셋(가브리엘레, 발레리, 오틸리에)이 함께 성장한다.
              카프카는 특히 '오틀라'라고 불린 막내와 가깝게 지
              냈다. 세 여동생은 후에 나치 강제수용소에 끌려가
              사망한다.

1889년(6세)   당시 독일어를 사용하는 프라하의 상류층에 진입
              하기 위한 부모님의 뜻에 따라 '독일계 소년학교'에
              입학해 4년간 수학한다.

1893년(10세)   프라하 구시가지에 있는 '독일계 김나지움'에 진학
              한다. 이곳에서 평생을 함께한 친구들(사회주의 지
              식을 전해준 루돌프 일로비, 시온주의자 후고 베르크만,
              훗날 '보헤미아 왕국 노동자재해보험공사'에 카프카를

추천해준 에발트 펠릭스 프리브람, 문학적 감수성을 지닌 오스카 폴락 등)을 만난다. 이 시기에 카프카는 글쓰기에도 몰두했으나, 초기의 습작품과 일기는 모두 유실된다.

1900년(17세) 체코 동부 모라비아 지방에서 시골 의사로 있던 외삼촌 지크프리트 뢰비의 집에서 여름방학을 보내며 프리드리히 니체의 저작을 읽기 시작한다. 외삼촌은 후에 「시골 의사」를 집필하는 데 영감이 된 인물이다.

1901년(18세) 프라하 시내의 독일계 대학 '카를페르디난트대학'에서 가을부터 학업을 시작한다. 처음에는 화학을 선택했으나 곧 법학으로 방향을 바꾼다.

1902년(19세) 여름학기에 독문학과 미술사 강의를 수강하고 뮌헨으로 여행하며 그곳에서 독문학을 공부할 계획도 세워보지만, 결국 프라하로 돌아와 가족의 기대에 따라 카를페르디난트대학에서 법학을 계속 전공한다. 10월에 평생의 지기이자 사후에 카프카가 문명을 떨치는 데 결정적인 역할을 한 막스 브로트를 만난다.

1905년(21세)   단편 「어느 투쟁의 기록」(보존되어 있는 첫 작품)을
집필하기 시작한다. 아울러 막스 브로트, 오스카 바
움, 펠릭스 벨치와 정기적으로 교유하는데, 이들은
후에 프라하의 유대계 문인 그룹 '프라하 서클'을
형성한다.

1906년(22세)   6월 18일, 대학 공부 5년 만에 법학 박사학위를 취
득하고, 가을부터 프라하 민사법원과 형사법원에
서 1년 동안 법률 시보로 실습한다.

1907년(23세)   미완성 단편 「시골에서의 혼례 준비」의 집필을 시
작한다. 10월, 이탈리아계 민간 보험회사에 취직하
여 10개월 정도 근무한다.

1908년(24세)   3월, 문예지 〈히페리온〉에 '관찰'이라는 제목으로
여덟 편의 산문 소품을 발표한다(이때 발표한 산문들
은 1912에서 1913년에 다른 소품들과 함께 카프카의 첫
작품집 『관찰』에 수록되어 출판된다). 7월 30일, 프라
하 소재 '보헤미아 왕국 노동자재해보험공사'로 직
장을 옮겨 1922년 7월 조기퇴직할 때까지 14년간
법률가로 근무한다.

1909년(25세)   「어느 투쟁의 기록」의 일부인 「기도하는 자와의 대

화」와 「취한 자와의 대화」가 〈히페리온〉에 개재된
다. 막스 브로트와 이탈리아를 여행하고, 브레시아
에서 열린 항공전시회를 관람한 후 신문에 관련 글
을 기고한다.

1910년(26세)　　본격적으로 일기를 쓰기 시작한다. 선거 집회 및 사
회주의 대중집회에 참석하기도 하고, 동유럽 유대
인 순회극단의 연극을 자주 관람한다.

1911년(27세)　　10월, 프라하 시내 카페 '사보이'에서 동유럽 유대
인 순회극단이 이디시어로 공연한 연극 〈배교자Der
Abtrünnige〉를 관람하고, 이후 배우 이츠하크 뢰비
와 교유하면서 동유럽 지역에 보존되어 전해진 유
대교 전통에 관심을 보이기 시작한다. 첫 장편소설
『실종자』(이 작품은 브로트에 의해 '아메리카Amerika'
라는 제목으로 1927년에 첫 출간된다)의 집필에 착수
하지만, 이듬해 7월에 200매 분량의 원고를 파기해
버린다.

1912년(28세)　　2월, 이츠하크 뢰비와 함께 프라하에서 개최된 강
연회에서 '소수민족 문학론'을 설파한다. 8월 13일,
막스 브로트의 소개로 베를린 출신의 펠리체 바우
어를 만나고, 9월 20일부터는 활발한 편지 왕래를

시작한다. 9월 22일에서 23일, 하룻밤 사이 카프카의 문학 역정에서 '돌파구'로 평가받는 단편 「선고」를 집필하고, 새로이 『실종자』의 본격적인 집필에 착수하여 연말까지 첫 장인 「화부」에 이어 이후 다섯 장을 완성한다. 11월에서 12월, 『실종자』의 작업을 중단하고 3주에 걸쳐 가장 널리 알려진 작품 「변신」을 집필한다. 12월 4일, 프라하 작가 모임에서 「선고」를 낭독하여 독일어권에서 재능 있는 작가의 출현을 알린다.

1913년(29세)　5월, 『실종자』의 첫 장에 해당하는 「화부」가 쿠르트 볼프 출판사의 표현주의 문학 시리즈 '최후 심판일'에 포함되어 출간된다. 막스 브로트가 발행하는 문학 연감 〈아르카디아Arkadia〉에 작품 「선고」가 실린다. 11월, 펠리체 바우어의 친구 그레테 블로흐를 만나 서신교환을 시작한다.

1914년(30세)　6월 1일, 베를린에서 펠리체 바우어와 약혼하지만, 6주 만에(7월 12일) 베를린의 한 호텔(아스카니셔 호프)에서 파혼한다. 8월, 러시아에 대한 독일의 선전포고로 제1차 세계대전이 발발하고 카프카는 노동자재해보험공사의 요청으로 징집에서 면제되어 장편소설 『소송』의 집필에 몰두한다. 10월, 세계대전

의 암울한 분위기에서 단편 「유형지에서」와 『실종
자』의 마지막 장을 집필한다. 12월, 이후 『소송』에
삽입될 핵심적인 비유담 「법 앞에서」를 집필해 이
듬해 별도로 출간한다.

1915년(31세)　1월, 『소송』 집필을 중단하고, 펠리체와 파혼 후 처
음으로 재회한다. 3월, 프라하 시내에 방을 얻어 처
음으로 공간적으로 가족에게서 독립한다. 10월, 중
편 「변신」이 〈디 바이센 블래터〉에 발표되고, 뒤이
어 쿠르트 볼프 출판사의 표현주의 문학 시리즈 ‘최
후 심판일’의 하나로 출간된다. 12월, 1913년에 출
판된 「화부」로 폰타네 문학상을 수상한다.

1916년(32세)　7월, 펠리체와의 관계가 회복되어 체코의 휴양지
마리엔바트에서 열흘 동안 함께 휴가를 보낸다.
10월, 「선고」가 ‘최후 심판일’ 시리즈로 출간된다.

1917년(33세)　7월, 펠리체와 함께 부다페스트를 여행하고 프라하
로 돌아와 두 번째로 약혼을 했으나, 얼마 지나지
않아 당시에는 불치병인 폐결핵 진단을 받은 것을
계기로 파혼을 결심한다. 즉각 요양을 위해 오틀라
의 농장이 있는 보헤미아 북부의 취라우에서 이듬
해 5월까지 8개월 정도 머물면서 「세이렌의 침묵」

과 다수의 잠언을 쓴다. 12월 25일, 프라하에서 펠리체와 두 번째로 파혼하고, 같은 날 오스트리아 조간신문에 「학술원 보고」가 게재된다.

1918년(34세)　5월에 다시 복직하지만, 12월부터 휴가를 내고 프라하 북부의 셸레젠에서 4개월 정도 요양한다(10월 종전 후 오스트리아-헝가리 이중제국이 해체되면서 체코공화국이 탄생한다).

1919년(35세)　5월, 「유형지에서」가 쿠르트 볼프 출판사에서 출간된다. 9월 중순, 체코의 유대인 수공업자 집안의 딸 율리 보리체크와의 약혼을 발표한다. 그러나 이 약혼도 아버지의 반대로 1920년 7월 취소하게 되는데, 이를 계기로 1919년에 작성한 『아버지에게 보내는 편지』는 카프카가 개인적으로 안고 있던 '부자 갈등'에 관한 장문의 기록물로서 그의 문학을 이해하는 데 중요한 자료가 된다.

1920년(36세)　3월, 직장 동료의 아들인 구스타프 야누흐가 카프카를 자주 방문한다. 야누흐는 1951년 『카프카와의 대화』를 출간한다. 아울러 체코 출신의 저널리스트이자 카프카의 작품을 체코어로 번역한 밀레나 예젠스카와 교유하며 서신 왕래를 시작한다. 5월, 두 번째 단편집 『시골 의사』가 쿠르트 볼프 출판사에서 출간된다(같은 제목의 소품을 포함해 열네 편의 단편이 수록된다). 12월, 슬로바키아 타트라산지의 마틀리아리 요양소에서 지내며 단편 「귀향」 「작은 우화」를 집필한다. 이곳에서 후일 자신의 임종을 지키는 동료 환자이자 의학도인 로베르트 클롭슈톡을 만난다.

1921년(37세)　8월 말, 직장에 복귀하지만 두 달 정도 근무하다가 또다시 장기 휴가를 얻게 된다. 10월 초, 밀레나에게 10년에 걸친(1910~1920년) 일기를 모두 건네주고 새로 일기를 쓰기 시작한다. 이어 막스 브로트에게 사후에 발견되는 모든 원고를 불태워달라고 부탁하는 유언을 남긴다(1922년 11월에도 같은 사안을 재차 부탁한다).

1922년(38세)　1월, 일기에 불면과 절망감 등 신경쇠약 증세를 토로한다. 1월 27일, 체코 북부 리젠산맥의 슈핀델뮐레에서 3주간 요양하면서 마지막 장편소설 『성』의 집필을 시작한다. 2월 17일, 요양에서 돌아와 단편 「첫 고통」 「단식 광대」 「어느 개의 연구」 등을 집필한다. 7월 1일, 14년간 재직한 직장에서 조기퇴직하고 연금 생활을 시작한다. 8월 말, 다시 신경쇠약 증세가 나타나 프라하 서쪽 플라나에 위치한 오틀라의 여름 별장에서 요양한다. 10월, 밀레나를 만나 『성』의 원고를 넘겨준다.

1923년(39세)　4월, 병상 생활을 하면서 시온주의와 히브리어 공부에 몰두하던 중 후고 베르크만의 방문을 받고 팔레스타인으로 이주 계획을 세우기도 한다. 7~8월, 발트해의 뮈리츠로 떠난 여행에서 마지막 연인인 열다섯 살 연하의 유대계 폴란드인 도라 디아만트를 만난다. 9월 24일, 도라 디아만트와의 동거를 위해 프라하를 떠나서 베를린으로 이사하고, 단편 「작은 여인」과 「굴」을 집필한다.

1924년(40세)　3월 17일, 건강상태가 더욱 나빠지면서 막스 브로트가 카프카를 프라하로 데려온다. 「여가수 요제피네 또는 쥐 종족」을 집필한다. 4월, 폐결핵이 후두 부위까지 진전되었다는 진단을 받는다(점차 음식물 섭취 능력과 말하는 능력을 상실한다). 4월 19일, 빈 북쪽 키얼링의 호프만 요양소로 옮겨져 생의 마지막 시간을 보내면서 마지막 작품집 『단식 광대』의 원고를 교정한다(「첫 고통」 「작은 여인」 「단식 광대」 「여가수 요제피네 또는 쥐 종족」 등 총 네 편을 수록한 이 작품집은 카프카가 막스 브로트에게 남긴, 모든 유고를 불태워달라는 유언에서 제외되어 그해 8월 디 슈미데 출판사에서 출간된다). 6월 3일, 호프만 요양소에서 마흔한 살의 나이로 사망하고, 6월 11일에 프라하의 '신 유대인 공동묘지'에 안장된다.

국내외 번역서 및 연구서

프란츠 카프카, 『소송』, 권혁준 옮김, 문학동네, 2010.

프란츠 카프카, 『카프카 단편집』, 권혁준 옮김, 지식을만드는지식, 2013.

프란츠 카프카, 『성』, 권혁준 옮김, 창비, 2015.

프란츠 카프카, 『카프카의 편지―약혼녀 펠리체 바우어에게』, 변난수 외 옮김, 솔출판사, 2017.

프란츠 카프카, 『카프카의 일기』, 장혜순 외 옮김, 솔출판사, 2017.

프란츠 카프카, 『프란츠 카프카』, 박병덕 옮김, 현대문학, 2020.

프란츠 카프카, 『실종자』, 이재황 옮김, 문학동네, 2023.

프란츠 카프카, 『변신·단식 광대』, 김태환 옮김, 문학동네, 2024.

최윤영, 『카프카, 유대인, 몸―「변신」과 「학술원에 드리는 보고」』, 민음사, 2012.

구스타프 야누흐, 『카프카와의 대화』, 편영수 옮김, 지식을만드는지식, 2013.

뤼디거 자프란스키, 『프란츠 카프카―문학이 되어버린 삶』, 편영수 옮김, 사람in, 2025.

Peter-André Alt, *Franz Kafka: Der ewige Sohn*, C.H.Beck, 2005.

카프카 비평판批評版 전집(독일어판)

Jürgen Born u. a. (Hrsg.), *Kritische Ausgabe: Schriften-Tagebücher-Briefe*, S. Fischer, 1982ff.

Franz Kafka, *Das Schloß*, hrsg. von Malcolm Pasley, S. Fischer, 1982.

Franz Kafka, *Der Verschollene*, hrsg. von Jost Schillemeit, S. Fischer, 1983.

Franz Kafka, *Der Proceß*, hrsg. von Malcolm Pasley, S. Fischer, 1990.

Franz Kafka, *Nachgelassene Schriften und Fragmente I*, hrsg. von Malcolm Pasley, S. Fischer, 1993.

Franz Kafka, *Nachgelassene Schriften und Fragmente II*, hrsg. von Jost Schillemeit, S. Fischer, 1992.

Franz Kafka, *Tagebücher*(3 Bde.: Text, Apparat und Kommentar), hrsg. von Hans-Gerd Koch u. a., S. Fischer, 1990.

Franz Kafka, *Drucke zu Lebzeiten*, hrsg. von Wolf Kittler u. a., S. Fischer, 1994/1996.

Franz Kafka, *Briefe 1900-1912*, hrsg. von Hans-Gerd Koch, S. Fischer, 1999.

Franz Kafka, *Briefe 1913-1914*, hrsg. von Hans-Gerd Koch, S. Fischer, 2001.

Franz Kafka, *Briefe 1914-1917*, hrsg. von Hans-Gerd Koch, S.

Fischer, 2005.

Franz Kafka, *Briefe 1918-1920*, hrsg. von Hans-Gerd Koch, S. Fischer, 2013.

Franz Kafka, *Briefe 1921-1922*, hrsg. von Hans-Gerd Koch, S. Fischer, 2027(출간 예정).

Franz Kafka, *Amtliche Schriften*, hrsg. von Klaus Hermsdorf u. a., S. Fischer, 2004.

마음산책
문장들

푸시킨의 문장들	심지은 엮고옮김	"삶이 그대를 속일지라도" 고난 속에 피어난 위대한 시인
프루스트의 문장들	최미경 엮고옮김	인간의 감정을 극한까지 파고들다
체호프의 문장들	오종우 엮고옮김	생의 고단함을 끌어안는 통찰과 위트
버나드 쇼의 문장들	박명숙 엮고옮김	인생이라는 무대를 비추는 버나드 쇼의 아포리즘
미야자와 겐지의 문장들	정수윤 엮고옮김	자연과 우주를 사랑한 미야자와 겐지의 세계
생텍쥐페리의 문장들	신유진 엮고옮김	인생의 사막에서 의미를 발견하다
헤르만 헤세의 문장들	홍성광 엮고옮김	깊은 내면에서 울려오는 목소리
폴 발레리의 문장들	백선희 엮고옮김	"바람이 분다! ……살아봐야겠다!" 시인 폴 발레리의 아포리즘
소로의 문장들	박명숙 엮고옮김	한 권으로 만나는 소로의 정수
제인 오스틴의 문장들	박명숙 엮고옮김	사람, 사랑, 삶에 대한 날카롭고도 유연한 통찰

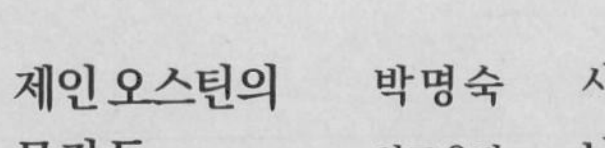

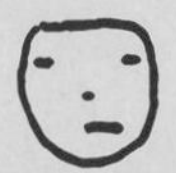